긴키 지방의
어느 장소에

대하여

긴키 지방의 어느 장소에 대하여

세스지 장편소설

전선영 옮김

정보가 있으신 분은 연락 바랍니다.

모 월간지 별책
2017년
7월호 게재

단편 「이상한 댓글」

도쿄에 거주하는 24세 회사원 A씨는 대학 졸업 후 한 시스템 회사에 엔지니어로 입사했다. 회사 업무에도 슬슬 익숙해져 자극 없는 하루하루가 답답하던 차였다.

이렇다 할 취미도 없고 애인도 없는 A씨가 스트레스를 풀기 위해 한 일은 이런저런 인터넷 사이트를 구경하는 것이었다.

"창피한 이야긴데, 이른바 성인 사이트라는 데를 접속했어요. 요즘엔 동영상을 공짜로 볼 수 있는 사이트도 많잖아요. 물론 자랑할 건 아니지만요. 매일 자기 전에 그런 사이트를 몇 군데 돌아다니는 게 일과였어요."

그중에서도 특히 즐겨 찾던 사이트가 있었다.

"그 사이트에는 유명한 회사의 신작도 올라와서 자주 접속했던 것 같네요. 근데 어딘가 만듦새가 독특하다고 해야 하나…? 보통은 동영상 재생 화면 아래에 다른 추천 영상이 주르륵 나오잖아요. 근데 거긴 댓글 창이 있었어요."

엔지니어로서 제 의견이지만, 하고 운을 떼더니 A씨는 말을 이었다.

"그런 부류의 사이트는 거의 다 법의 회색지대에서 굴리는 거라 언제 닫혀도 안 이상하거든요? 그래선지 사이트 자체를 공들여 만드는 편은 아니에요. 말하자면 다른 사이트 구조를 많이들 훔쳐 쓰죠. 일일이 안 만들어도 되니 훨씬 간편하고요. 그 사이트의 댓글 창도 운영자가 의도적으로 만들었다기보다는 마침 베껴온 곳에 그런 게 있었겠구나, 싶었죠. 무단으로 올린 야동을 보고 댓글로 교류하려 드는 이상한 사람도 없을 테고요."

그의 예상을 뒷받침하듯 댓글 창에 댓글이 적히는 일은 거의 없었고, 댓글이 달려도 "동영상이 중간에 끊겼네"라거나 "이런 거 말고 신작이나 올려"와 같은, 불평에 가까운 댓글이 드물게 보일 뿐, 운영자의 답글이 달린다든가 하며 활용되는 모습은 눈에 띄지 않았다.

그러던 어느 날, 평소처럼 사이트에 접속한 A씨는 묘한 댓글 하나를 발견했다.

"댓글이 달린 동영상은 즐겨 보는 회사에서 한창 밀고 있는 신인 여자애의 데뷔작이었어요. 찾아냈을 땐 땡잡았다고 생각했죠. 다 보고 무심코 스크롤을 내렸는데 댓글 창이 눈에 들어오더라고요."

「귀엽네요. 우리 집에 오지 않겠습니까?」

"처음 봤을 때는 인터넷 사용법을 잘 모르는 노인네가 썼나 했는데, 어쩐지 분위기가 묘한 것이 마음에 걸렸습니다."

한 달쯤 지나서 A씨는 같은 사이트에서 그 배우의 신작을 발견했다.

"벌써 두 번째 작품이 나왔구나, 하면서 봤는데 거기에 댓글이 또 달려 있더라고요."

「우리 집에 오지 않겠습니까? 감도 있답니다.」

"직감적으로 확신했죠. 같은 사람의 짓이라고. 이런 데 댓글을 남겨 봐야 배우 본인이 읽을 리도 없거니와 문장도 뭔 소린지 모르겠고, 아무튼 좀 밥맛이었어요."

그 후로도 부정기적으로 올라오는 배우의 동영상에는 비슷한 문체의 댓글이 어김없이 달렸다. 댓글이 거의 달리지 않는 댓글 창에서 그 문장은 꽤 시선을 끌었다.

"저도 점점 기대감이 생겨서 그 여배우의 동영상이 올라오면 댓글이 달리나 확인하게 됐죠."

그렇게 몇 달이 지나, 또 그 배우가 출연한 동영상이 올라왔고, 댓글 창에는 이런 댓글이 적혔다.

「산에 오지 않겠습니까? 감도 있습니다.」

그날따라 상사에게 야단도 맞았겠다, A씨의 머리에 음험한 호기심이 솟았다.

"놀려 볼까, 싶었어요."

그는 그 댓글에 답글을 달았다.

「산에 오지 않겠습니까? 감도 있습니다.」
「늘 댓글을 달아주셔서 고맙습니다. ○○(출연 배우의 이름)이에요. 댁이 어디신가요?」

답글을 단 것은 재미있었지만 그뿐, 그날 이후 A씨는 그런 답글을 남겼다는 사실조차 잊었다.

다음에 그 일을 떠올린 것은 그 배우의 새로운 동영상이 올라왔을 때였다. 댓글 창에는 이렇게 적혀 있었다.

「왜 안 오지? 계속 기다리고 있는데.」

"당황해서 지난번 답글을 단 동영상 페이지에 접속했는데, 제가 장난친 답글에 또 답글이 달려 있었어요."

「산에 오지 않겠습니까? 감도 있습니다.」
「늘 댓글을 달아주셔서 고맙습니다. ○○(출연 배우의 이름)이에요. 댁이 어디신가요?」
「●●●●-●●-●●●(실제 주소이므로 가림)」

"번지까지 전부 적혀 있었어요. 깜짝 놀랐죠. 진심이라는 거잖아요. 진짜 위험한 사람한테 답글을 써버렸구나, 싶었습니다."

섬뜩해하면서도 A씨는 한번 지도앱으로 검색을 해보았다.

"딱히 무슨 목적이 있었던 건 아니에요. 그냥 이렇게 위험한 사람은 어떤 집에 사나 싶어서."

표시된 장소를 보고 A씨는 입을 다물지 못했다.

"집이 아니었어요. 신사였어요. 그것도 시골에 있는 꽤 오래된 신사. 거리 뷰로 봤더니 야트막한 산에 있는 신사 같았어요. 산기슭으로 난 차도 옆길로 낡은 도리이[1]가 서 있고, 거기서 산 위 본전(本殿)으로 이어지는 계단이 뻗어 있었죠. 본전도 황폐해서 폐허나 다름없었고요."

---

1   신사 입구에 세우는 기둥 문. 두 개의 기둥이 나란히 서 있고 두 기둥 꼭대기를 가로대가 연결하는 형태가 기본형이다. 신성한 장소와 속세를 나누는 역할을 한다.

"더는 파고들고 싶지 않았어요. 그 후로는 사이트도 점점 안 보게 되었고요. 그런데 무슨 일인가를 계기로 딱 한 번 다시 접속한 적이 있어요. 그때도 마침 그 여배우 동영상이 올라와 있었는데….."

거기에는 이런 댓글이 달려 있었다.

「시집와.」

모 월간지
1989년
3월 14일호 게재

「실화!
나라현 행방불명 소녀에
관한 새로운 사실?」

몇 년 만에 긴키 지방에 눈이 내린 그날, 소녀는 홀연히 자취를 감추었다—.

1984년 2월, 나라현에 사는 8세 소녀 K양이 하굣길에 행방불명되고, 5년이 지난 현재까지도 발견되지 않고 있는 이 사건. 본지 애독자라면 머릿속에 바로 떠오를 것이다. 편집부에서는 몇 년에 걸쳐 K양의 소식을 다각도로 조사해 왔다. 실종 당시 수상한 점이 워낙 많아 변태성욕자에 의한 납치설부터 미확인 비행물체에 의한 유괴설까지 많은 설을 검증해 왔지만, 어떤 것도 추측의 영역을 벗어나지 못했다.

이번에 편집부의 독자적인 취재로 지금까지 알려지지 않았던 사실이 밝혀짐에 따라 새로운 가능성을 제시하고자 한다.

본지 독자라면 다 아는 사실이겠지만, 이 사건을 괴사건으로 보는 까닭은 실종 당시의 상황이 자연스럽지 않기 때문이다.

실종 당일, 초등학교 2학년이었던 K양은 동급생인 Y양, E양과 함께 하교했다. K양의 집은 오가는 사람이 많은 주택가의 막다른 골목 끝에 있었다. K양은 조금 더 주택가를 걸어야 집이 나오는 Y양, E양과 헤어지고 홀로 골목에 들어섰다. 골목 입구에서 K양의 집까지는 40미터밖에 되지 않지만, 그날 K양이 현관문을 여는 일은 없었다.

골목에는 K양의 집 외에 네 채의 집이 있었지만, 모두 가족이나 고령의 부부가 살고 있어 이 사건에 관여했다고 보기는 어렵다고 경찰이 밝혔다. 즉, 골목 입구부터 집까지 고작 수십 미터 사이에 K양은 사라져 버린 것이다.

K양의 집을 포함하여 주위에 있는 집의 실내나 마당에 누군가 침

입한 흔적이 없는 점, K양이 실종된 오후 4시 무렵에 주택가를 오가는 사람이 많았음에도 목격자가 전혀 없다는 점으로 미루어 현대의 가미가쿠시[2] 아니냐며 방송에서 떠들썩하게 다루기도 했다.

집안사람이 저지른 범행으로 추리하는 취재 경쟁을 견디다 못해 K양의 친족이 사건 발생 두 달 후에 스스로 목숨을 끊은 것도 사건을 더욱 인상 깊게 만들었다.

그 후 세월이 지난 오늘까지도 수사에 진전이 없는 이 사건에 관하여 흥미로운 정보가 하나둘씩 모이고 있다.

영시 실험

1988년 7월 13일 21시부터 22시까지 모 방송국에서 〈TV의 힘: 실종자 수색 특집 방송〉을 내보냈다. 몇몇 실종 사건을 소개하면서 시청자에게 제보를 받는 생방송이었는데, 거기서 많은 시간을 할애하여 K양 사건을 다루었다.

방송에서는 K양의 경우만 특별히 사건 내용의 소개와 시청자 정보 수집뿐 아니라 일본을 찾은 미국의 영능력자 ○○○씨가 영시(靈視)[3]로 K양이 현재 있는 장소를 특정하는 모습을 내보냈다. 영시 실험에는 K양의 사진과 일본 지도 및 긴키 지방의 지도가 사용됐다. 그런데 그 자리에서 ○○○씨는 영시를 마친 후 당황하는 기색을 보이며 이렇게 말했다.

"안타깝지만 K양은 살아 있는 것 같지 않습니다. 하지만 영시 대상이 죽었다면 사진 속 인물이 희미하게 보여야 하는데, K양은 희미

---

2   신이 숨겼다는 뜻으로 아이의 행방불명을 일컫는 옛말.
3   영감으로 보이지 않는 것을 보는 것.

하게 흐려지지도 않습니다. 이런 일은 처음이어서 놀랍네요. K양은 산 것도 아니고 죽은 것도 아니라고 말할 수밖에 없습니다."

또 그는 K양이 지금 어디 있냐고 묻는 리포터의 질문에 긴키 지방의 ●●●●● 일대를 가리켰다. 하지만 그곳은 K양의 집에서 멀리 떨어져 있으며, 방송에 출연한 K양의 모친이 말하길 딸은 물론 가족도 그곳을 방문한 적이 없다고 했다.

방송에서는 ●●●●●에 관해서 제작진이 추후 조사하기로 하고 현재로서는 유력한 실마리는 얻을 수 없었다고 결론지었다. 방송 이후 후속 조사에 대한 보도는 지금까지 없다.

기묘한 체험담

이 사건의 특집을 실은 지난 호가 발매되고 나서 많은 독자들이 편집부로 연락을 해주었다. 그중 몇 사람에게서 비슷한 증언을 얻을 수 있었다. 먼저 장거리 트럭 기사인 I씨의 이야기를 들어보자.

******

직업상 밤새도록 트럭을 운전하는 일이 많은데, 그날도 새벽 3시쯤 ●●●●● 근방을 달리고 있었습니다.

그 근방이 한적한 데 아닙니까. 산과 댐 사이에 국도가 있고, 집이 몇 채 띄엄띄엄 있을 뿐, 밤이 되면 우리 같이 고개를 넘는 대형 트럭이나 지나는 정도니까 얼마나 조용하겠어요. 가로등도 적어서 상향등을 켜야 앞이 겨우 보일락 말락 합니다.

제 기억에 슬슬 고개에 접어들던 때였습니다. 여자애가 있었어요. 책가방을 메고 분홍색 스웨터를 입은 여자애가요. 국도 가장자리에서 길을 등진 채 서 있었습니다.

이거 아무래도 예삿일이 아니다 싶어 바로 갓길에 차를 세우고 내렸습니다. 가까이 다가가도 여자애는 뒤쪽, 그러니까 산 쪽 숲으로 몸을 돌린 채 가만히 있었습니다. 보통 누가 다가오면 그쪽을 돌아보기 마련인데, 전혀 그러질 않았어요.

그때 비로소 아, 이거 혹시 도깨비나 유령일지도 모르겠다 싶었습니다. 그렇대도 여자애를 혼자 이런 곳에 내버려둘 수는 없어 다가갔죠. "얘야, 괜찮니? 왜 그러고 있어?" 이렇게 말을 붙이면서 얼굴을 들여다보았습니다.

그 애는 웃고 있었습니다. 만면에 웃음을 짓는다고 하죠? 활짝 웃는 얼굴로 눈만 위로 치뜨면서요. 그 표정이 정말이지 무서워서 무릎이 덜덜 떨렸습니다. 그래도 기를 쓰고 "집은 어디야? 이름은 뭐야?" 하고 물으니까 그 표정 그대로 이렇게 말하더라고요. "K는 있지, 신부가 됐어."

제가 어떻게 해야 할지 몰라서 "아저씨랑 같이 트럭에 타자"라고 했더니 말이 떨어지자마자 여자애가 숲속으로 달리기 시작했습니다. 그렇다니까요. 깜깜한 숲속으로요.

진짜 얼마나 무섭던지. 뒤쫓아 가지도 못했습니다. 경찰이요? 물론 신고했죠. 조서 비슷한 것도 썼는데, 되레 저더러 술 퍼먹은 거 아니냐고 하더라고요. 묘하게 대응이 담담했다고 해야 하나, 익숙해 보여서 그것도 신경이 쓰였습니다.

그러고 얼마 뒤에 동네 파출소에 K양을 찾는 포스터가 붙어 있는 걸 봤습니다. 이름이랑 옷도 똑같았고요. 이런 이상한 이야기, 누구한테 해봐야 믿어주지 않을 것 같아서 잡지사에 연락했습니다.

******

이 I씨의 증언 외에도 "친구가 ●●●●● 근처에서 K양으로 보이는 아이를 봤다"와 같은 이야기를 여러 차례 들을 수 있었다. 밤에 ●● ●●● 일대에서 K양을 보았다는 점이 공통적이다. 증언을 들어보면 대체로 목격자가 K양에게 말을 걸지 않고 도망치거나, 목격자가 말을 걸기 전에 K양 쪽에서 먼저 사라져 버린다.

친족의 죽음

본 기사의 앞머리에서 이야기했듯이 K양이 실종되고 두 달 후 친족 중 한 명이 자살했다. 보도에 따르면 무분별한 일부 매체의 취재에 속을 썩다 자살했다고 하지만, 관계자에게 확보한 증언에 따르면 사정이 전혀 달랐다.

보도에서는 친족으로만 밝히고 K양의 행방불명에 얽힌 비극의 단면으로 언급하는 선에 그쳤는데, 자살한 친족은 K양의 친삼촌뻘에 해당하는 M씨다.

일단 M씨는 K양 가족과 함께 살지는 않았다. 나라현 소재의 시공 관리 회사에 다니며 직장에 딸린 독신자 기숙사에서 지냈고, K양 가족과는 몇 개월에 한 번 가족끼리 만날 때 보는 정도였다. K양이 실종되기 3주 전쯤에 K양의 집에 초대받아 저녁 식사를 함께하기는 했지만, 평소에 특별히 친하게 지냈던 사이는 아니었다고 한다.

M씨에 관해 한 가지 더 언급할 점이 있다. M씨가 근무하던 시공

관리 회사는 주로 댐의 관리를 맡고 있는데, 거기에는 ●●●●●에 있는 ●●●●●댐도 포함돼 있다. 그리고 관리 기사인 M씨가 1월부터 파견 나가 있던 곳이 바로 그 ●●●●●댐이다.

　　M씨가 자살했을 때 유서는 발견되지 않았다고 한다.

　　이상의 사실로 미루어 편집부는 M씨가 K양의 실종에 어떤 형태로든 관여했다고 보고 있다. 그러나 관련한 자료가 하나같이 증거로 삼기에는 빈약하여 아직 추론의 영역에 머물고 있다. 본지는 계속해서 진상 해명을 위해 조사를 이어갈 방침이다.

『긴키 지방의
어느 장소에 대하여』
1

처음 뵙겠습니다. 세스지라고 합니다. 이 작품—이라고 불러도 될지 의문입니다만, 아무튼 여기에 모은 글을 읽어주셔서 진심으로 감사드립니다.

저는 도쿄에서 글을 써 먹고사는 사람입니다. 세스지는 이 작품을 위해 편의상 붙인 필명이고, 본업에서는 다른 이름으로 활동하고 있습니다.

글쟁이로서 작업하는 장르는 주로 오컬트 잡지와 괴담 잡지이고, 드물게 라디오나 지방 방송의 괴담 프로그램 구성을 맡기도 합니다. 영세 출판사의 편집자를 거쳐 20년쯤 이 분야의 말단에서 활동하고 있지만, 애석하게도 틈새 장르다 보니 최근에는 식도락 잡지, 도박 정보지 등 장르를 가리지 않고 일감을 얻어 근근이 생계를 이어가고 있습니다.

느닷없이 작가가 개인사를 지껄이니 당황하는 분도 많으실 겁니다. 그러나 저에 관한 이야기를 포함하여 지금부터 전해드리는 내용은 이 작품을 읽으실 때 매우 중요한 정보입니다. 또 내용을 이해하셨다면 되도록 협조해 주셨으면 하는 일이 있습니다.

그것이 제가 이 작품을 발표하는 동기이기도 합니다. 부디 마지막까지 읽어주십시오.

제 친구가 소식이 끊기고 말았습니다. 이 일과 관련해 정보를 구하고 있습니다.

미리 양해를 구합니다만, 이 작품에 수록된 문장을 쓴 사람은 제가 아닙니다.

실종된 제 친구 오자와 군도 아닙니다.

그가 근무하는(지금은 옛 직장이 되었지만) 출판사에서 간행된 잡지를 중심으로, 다양한 매체에서 발췌한 것을 『긴키 지방의 어느 장소에 대하여』라는 제목의 작품으로 엮었습니다. 그리고 이 작품에 수록된 문장 대부분은 '어느 장소'와 관련이 있습니다.

'어느 장소', 엄밀히 말해 '여러 지역에 걸쳐 있는 어느 일대'는 이 책의 제목대로 긴키 지방에 있습니다.

여러 현에 걸쳐 있는 까닭에 부르는 이름도 제각각이지만 지도를 펼쳐 보면 붓 한 번 떼지 않고 단번에 동그라미를 칠 수 있는 일대입니다.

후술하겠지만 모종의 이유로 독자 여러분에게는 장소를 말씀드리고 싶지 않으므로 문장 중 '어느 장소'의 범위에 해당하는 지명을 나타내는 고유명사는 모두 ●●●●●라는 형태로 가렸습니다.

지금까지도 찾을 수 없는 그 친구, 오자와 군과 처음 알게 된 것은 4년 전, 코로나19 바이러스의 위협에 노출되기 바로 전해의 일이었습니다.

SNS에서 찾은 호러 애호가 모임의 정모에서였죠. 저 역시 누구 못지않은 호러 애호가여서 이런 모임이 있으면 이야기 소재도 찾을 겸 종종 발걸음했습니다.

고엔지의 카페에서 몇 사람이 오붓하게 연, 공포 영화 동호회의 정모였던 것으로 기억합니다.

오자와 군은 당시 애인(몇 달 후에 차이고 말았다지만)과 함께 왔습니다. 공포 영화를 좋아하는 건 그녀 쪽이고 오자와 군은 군이 따지자면 공포물까지 포함해 영화를 좋아하는 모양이었습니다. 하지만 호기심이 왕성한 그는 저마다 쏟아내는 공포 영화 이야기를 열심히 귀담아들었고, 이웃해 앉은 제게도 적극적으로 말을 붙였습니다. 그 모습이 퍽 인상적이었습니다. 워낙 사람 말을 잘 들어주니 저는 그에게 그만 영화라는 본래의 모임 취지에서 벗어나 글쟁이를 하며 맞닥뜨린 괴담과 도시 전설을 들려주었습니다.

그 무렵 그는 대학 2학년으로 얼추 두 바퀴 띠동갑인 저와 신나게 이야기할 수 있어 무척 기쁜 눈치였습니다. 그 정모를 계기로 SNS를 통해 그와는 가끔 댓글로 근황을 주고받는 사이가 되었습니다.

그가 보낸 DM을 받은 것은 1년 전의 일입니다.

"오랜만에 연락드립니다! 저는 출판사에 취업해 봄부터 일하고 있습니다. 게다가 배정받은 부서가 오컬트 잡지를 만드는 곳이지 뭡니까! 꼭 알려 드려야겠다는 생각이 들어서요. 업계의 대선배님께 오랜만에 인사도 드리고 싶은데요, 같이 한잔 안 하시겠습니까?"

몇 년 만에 직접 만나니 기분 탓인지 사회인이 다 된 얼굴을 하고 있더군요. 고작 두 번째 만남이었지만 감회가 새로웠습니다.

자주 가던 나카노의 한 술집에서 건배부터 하고 가볍게 근황을 나눠보니, 그가 취업한 곳이라며 알려준 출판사는 공교롭게도 저 역시 몇 번 일을 맡은 적이 있는, 잡지며 단행본을 출판하는 중견 출판사였습니다.

"편집자 지망, 그중에서도 문예지 지망이었죠. 하지만 부서 배정이란 게 제 맘 같지 않더라고요…. 그래도 일단은 편집자가 됐으니 지금 환경에서 애를 써 보려고요."

그가 발령받은 곳은 무크(MOOK) 편집부라는 부서였습니다. 무크라는 명칭이 낯선 분을 위해 설명드리자면, 무크란 잡지(MAGAZINE)와 책(BOOK)을 합해 만든 명칭으로, 별책 등의 이름으로 불리기도 합니다. 정기적으로 나오는 잡지가 아니라 단발에 그치는 잡지, 편의점 판매용 서적 같은 게 무크에 해당합니다. 그는 그런 무크 편집자로 일하게 되었습니다.

"대학을 갓 졸업한 초보라서 처음부터 책 한 권을 맡지는 못하고요. 지금은 선배를 따라다니면서 잡일을 하는 게 답니다."

그랬던 그가 바로 얼마 전에 선배 사원에게 기회를 얻었다고 했습니다.

"보통은 2, 3개월 주기로 한 권을 만드는데, 저는 신입이니 선배일을 거들면서 1년에 한 권을 맡아서 내보라고 하셨습니다. 그나저나 저희가 내는 월간 ○○○○라는 잡지 아십니까?"

그가 입에 담은 것은 업계에서는 유명한 오컬트 전문지였습니다.

20년 넘는 역사가 있는, 오컬트계에서는 유서 깊은 잡지인데, 원래는 연예 이야기도 다루는 사진 주간지 ○○○○의 칼럼에서 파생해 창간된 역사가 있었죠.

실화 괴담을 다룬 단편부터 심령 스폿 탐사 보도, 도시 전설, 미제 사건, UFO에 이르기까지 뭐든 다루는 줏대 없는 편집 방침이 오히려 독자의 호평을 받아 오컬트나 호러 애호가들 중에 지금도 열광적인 팬이 있습니다. 다만 출판 불황으로 몇 년 전에 휴간하며 편집부도 해체. 그 후에는 별책 ○○○○라는 무크로 부정기적으로 나오고 있고,

다른 이름을 달고 편의점용으로 나오기도 합니다.

　저도 풋내기 시절에 종종 글을 기고했고, 휴간 이후 별책에서도 몇 번 일을 맡아 했습니다. 최근에는 꽤 오랫동안 청탁을 받지 못했는데…. 그 친구의 첫 업무가 그 별책 ○○○○의 다음 호 편집이라는 겁니다.

　굳이 말하지는 않았지만, 그 친구의 선배가 무슨 생각으로 일을 맡겼는지는 바로 알 수 있었습니다. 요즘 오컬트 전문지가 폭발적으로 팔릴 리는 없고, 어지간히 충성도 높은 팬이나 흥미 본위로 사는 독자가 대부분이니 어떤 의미로는 신입 사원의 연습용으로는 딱 맞는 일감이겠죠. 듣자니 별책 ○○○○는 고정으로 담당하는 편집자도 없고, 제작 시기에 손이 비는 무크 부서 편집자가 돌아가면서 맡는다고 하니 주력 외 상품이라는 게 빤히 보였습니다.

　그런 제 생각과는 별개로 오자와 군은 처음 맡은 잡지 일에 의욕이 넘쳤습니다.

　"유튜브의 공포 채널에서 종종 찾아가는 심령 스폿을, 유명 유튜버와의 인터뷰도 곁들여서 취재하는 기획을 제안해 봤는데 말입니다…."

　그의 기획은 선배 손에 전부 기각되었다고 합니다. 이유도 대략 상상이 됩니다만….

　"취재하거나 기사를 새로 작성하려면 그만큼 돈이 든다. 돈을 쓰면 그만큼 내용이 좋아질 것이다. 하지만 신입이라면 일단 돈을 안 들이고도 좋은 걸 만들 수 있게 머리를 쥐어짜야 한다. 이런 말을 들었습니다."

　편집부의 가르침으로는 지당한 말 같지만, 요컨대 예산을 할애하고 싶지 않다는 뜻으로도 읽혔습니다. 최근 몇 년 사이에 발행된 별책 ○○○○는 전부 과거 월간지에 실렸던 기사를 누덕누덕 기워 만든, 온통 기시감이 드는 것투성이였으니까요. 외부에 있는 제가 보기에도 외주비를 들이지 않으려고 안간힘을 쓴 티가 역력했습니다.

"돈 들이지 않기 위해 과거 기사를 돌려쓰는 방법도 있지만 모처럼 담당자가 됐으니 제 힘으로 철저하게 해보려고요."

놀랍게도 그는 주간지 시대의 칼럼을 포함해 과월호를 전부 훑기로 했다고 합니다. 수십, 수백, 혹은 그보다 많을지도 모를 것을 전부요. 그러나 호기심 넘치는 성격과 첫 업무에 거는 열의 덕분인지 그는 그렇게까지 힘들게 생각하지 않는 듯했습니다.

"원격 업무를 하다가도 틈틈이 회사 서고에 틀어박혀서 읽었죠. 과월호 말고도 취재 자료가 잔뜩 있었는데, 상자에 채워 넣었을 뿐 전혀 정리가 안 돼 있더라고요. 그것까지 확인하려면 시간이 꽤 걸릴 것 같습니다. 일단 전부 훑고, 주제를 정하고, 거기에 맞춰 특집을 생각해보려고요. 약소하지만 신규 취재와 원고 청탁 정도는 할 수 있는 예산을 얻었으니, 기획이 정해지면 꼭 청탁을 드리겠습니다."

친우의 첫 업무를 함께할 수 있다니 저로서도 무척 기쁜 일이어서 바로 흔쾌히 수락했습니다.

그에게서 다시 연락이 온 것은 한 달쯤 지나서였습니다….

모 월간지
2006년
4월호 게재

「수련회 집단
히스테리 사건의 진상」

긴키의 명문 사립 R중학교는 2002년에 수련회 집단 히스테리 사건이 보도되며 전국에 이름을 알렸다. 학생을 비롯해 많은 목격자가 증언한 내용은 상식적으로 믿기 힘든 것이었다.

괴기 사건으로 많은 매체를 떠들썩하게 만들었지만 집단 히스테리가 원인으로 지목되면서 일단락된 이 사건. 당시 중학교 2학년으로 수련회에서 사건을 직접 목격했다는 U씨를 만나 독점 인터뷰를 감행했다. 이하는 그 전문.

******

뉴스에서는 집단 히스테리라고 떠들어 댔는데, 절대로 그런 게 아니었어요. 저도, 친구도, 심지어 선생님도 같이 봤다니까요.

벌써 4년 전 일이네요. 그때 한 반이었던 애들이랑 모이면 아직도 그 이야기는 무슨 금기 취급하거든요. 아무래도 사람이 죽었으니까요.

제가 다니던 사립중학교는 2학년이 되면 숲속 학교 같은 데 며칠 묵으면서 야외 활동을 해요. 선배들은 오카야마 쪽으로 갔다던데 저희부터는 장소가 바뀌어서 ●●●●●에 있는, 휴양소라고 하나요? 암튼 그런 곳으로 가게 됐어요. 아, 아시네요. 뉴스에 자주 나오긴 했죠.

최근에 지은 모양인지 건물이 깨끗했어요. 학교 수련회 외에는 회사 연수나 뭐 그런 때 쓴다던데, 청소년 수련원 같은 허름한 느낌이 없어서 다들 되게 좋아했어요.

낮에는 등산 비슷하게 워크 랠리[4] 갔다가 근처 캠프장에서 밥해 먹고, 밤에는 휴양소 식당에서 식사하고 나서 반별로 장기 자랑도 하고 꽤 즐거웠어요. 그 후로는 아마 저녁 8시쯤으로 기억하는데, 취침 시간까지 각 방에서 자유 시간을 보냈죠.

그 건물은 정문 현관은 국도 쪽에 면해 열려 있었지만, 저희가 자는 방은 산에 면한 안쪽에 있었어요.

4인 1실로 창을 열면 작은 베란다가 있었고, 눈앞에는 산으로 이어지는 캄캄한 숲이 보였어요. 숲에 면한 방은 구조가 다 똑같았고, 그런 방이 2층까지 있었어요. 그래서 자유 시간에는 옆방 애와 베란다 너머로 이야기하는 애도 있었어요. 남자 애들은 큰 소리로 위층 베란다에 있는 애랑 말 옮기기 게임 같은 걸 했고요.

전 방에서 친한 애랑 트럼프를 하고 있었는데, 베란다 쪽이 소란스러워지더라고요. 무슨 일인가 싶어서 베란다에 나가 있는 애한테 물으니까 이상한 소리가 난다는 거예요. "으아, 무서워라" 하면서 저희도 베란다로 나갔죠.

이미 그즈음에는 베란다마다 애들이 빼곡하게 몸을 내밀고 있었고, 위층 베란다에서도 "어? 뭐지?" "들려?" 하며 웅성댔어요.

귀를 기울여 보니까 확실히 숲 안쪽에서 무슨 소리가 들려오는 거예요.

"어—이—."

도움을 요청하는 느낌이 아니라 누군가를 부르는 것처럼 일정한

---

4   야외에서 팀 단위로 그림으로 표시된 지시에 따라 코스를 이동하면서 주어진 과제를 해결하여 득점을 겨루는 레크리에이션 게임.

간격을 두고 소리가 들렸어요. 아마 남자 목소리였을 거예요.

그런데 좀 나대는 성미의 다른 반 남자애가 까분답시고 "어—이, 어—이!" 대꾸하는 거예요. 그랬더니 또 그쪽에서 똑같이 "어—이", 대답하고요. 거기다 대고 그 남자애는 계속 "어—이, 어—이" 외치면서 친구들이랑 낄낄 웃더라니까요.

그게 몇 번 이어지는 동안 누가 그러는 거예요. "어쩐지 가까이 온 것 같지 않아?"

그러고 보니 처음엔 들리는 둥 마는 둥 하던 소리가 이제는 확실히 들리는 거예요. 하지만 빛이라고는 방 안의 전등불뿐이어서 베란다에서 보이는 숲은 고작 몇 미터가 다였어요. 근데 직감적으로는 낮이었으면 확실하게 보일 거리까지 뭔가가 다가온 게 느껴졌어요.

다들 무섭다고 생난리가 났죠. 베란다 문을 닫고 방 안으로 도망치는 애도 있고, 선생님 불러온다는 애도 있고, 암튼 이런저런 소리가 베란다에서 들려왔어요.

저요? 물론 저도 무서웠지만 호기심이 더 컸어요. 저랑 같은 방에 있던 애들은 다 같이 베란다에서 숲 쪽을 봤어요.

그때, 옆 방 베란다에 있던 여자애가 숲을 향해 큰 소리로 말했어요.

"무슨 일 있어요?"

그 애는 다른 반 반장이었는데, 학생회에도 입후보해서 저도 얼굴을 알았어요. 걔라면 아마 놀리려고 그런 게 아니라 정말 무슨 일인지 확인하려는 목적이었을 거예요.

베란다에 나와 있던 다른 애들도 어쩐지 걔의 질문에 상대가 대답하기를 기다리는 분위기가 돼서 대번에 조용해졌던 게 기억나요.

"이리 오렴— 여기로 와— 감이 있단다—."

또렷한 목소리로 그렇게 말했어요. 하지만 뭐라고 해야 하나. 영혼이 없달까? 진짜 무슨 국어책 읽는 그런 느낌 있잖아요. 덧붙이자면 말의 의미를 모르는 사람이 소리를 내는 느낌? 사람 흉내를 내는 동물이 말하는 그런 느낌이었어요.

다들 무서워하기도 전에 얼이 빠졌는데, 그 여자애가 이렇게 되물었어요. 제 기억에 목소리가 조금 떨렸던 거 같아요.

"무슨 뜻이에요?"

그 말이 끝나기도 전에 목소리가 다시 들리기 시작했어요.

"이리 오렴— 여기로 와— 감이 있단다— 이리 오렴— 여기로 와— 감이 있단다— 이리 오렴— 여기로 와— 감이 있단다— 이리 오렴— 여기로 와— 감이 있단다—."

반복하기 시작한 거예요.

베란다에 있던 누군가가 막 무섭다고 소리치니까 그때부터 다들 반쯤 정신이 나가서 방으로 돌아가기 시작했죠.

저희도 급기야 울다시피 하면서 방으로 돌아가려는데 갑자기 "어이! 누구야!" 하는 고함이 들려서 선생님이 오신 걸 알았죠. 제가 있는 방에서는 각도 때문에 안 보였지만, 2층 어느 베란다에 선생님이 있다는 건 알 수 있었어요. 그때 전 이미 몸의 반은 방에 집어넣은 채 돌아보았는데, 팟! 하고 둥그런 불빛이 숲에 닿는 게 보였어요. 선생님이 손전등을 비춘 모양이었어요.

잠시 불빛이 숲속을 이리저리 비췄는데, 한순간 무언가 보였어요.

지금도 그게 뭔지는 잘 모르겠지만, 사람 아니었을까요?

전신이 보인 건 아니에요. 불빛에 발치만 보였거든요. 이상하리만치 희고 큰 발. 신발도 안 신은 맨발이었어요.

되게 컸어요. 발이 그렇게 크면 키는 3미터는 되지 않으려나. 근데 그게 쌩하니 달려가 버리더라고요.

그 후에는 선생님이 학생들을 모두 식당에 불러 모아서는 수상한 사람이 나타나서 경찰에 신고했으니 오늘 밤은 절대로 베란다로 나가지 말라고 당부하고, 저희는 강제로 취침에 들어갔죠. 하지만 워낙 충격이 컸는지 몸이 안 좋아진 애들도 있었나 봐요. 다음 날은 댐 견학을 갈 예정이었는데 취소됐고 일정을 앞당겨 집으로 돌아왔어요.

나중에 학교에서 이 사건에 대해 설명회가 열려서 저희 엄마도 가셨는데요, 수상한 사람이 있던 흔적은 없었대요. 또 하굣길에 기자나 뭐 그런 사람들이 이런저런 질문을 해도 대답하지 말라고도 들었고요.

이건 아마 우리 학교 애들밖에 모를 텐데, 그 일이 있고 나서 그

반장 여자애가 조금 이상해졌어요.

수업 중에 갑자기 일어나서 산에 가고 싶다고 막 소리를 질렀다나요. 그러다 학교도 점점 안 나오게 되었고. 몇 달 지나 죽고 말았어요. 선생님이 확실하게 설명은 안 해주셨는데, 자살했다나 봐요. 빈소에 갔다 온 걔네 반 애 말로는 관이 완전히 닫혀 있어서 얼굴도 못 봤다고 해요.

마지막 작별 인사를 하고 싶었는데 못 했다고 슬퍼하더라고요.

모 월간지
1993년
8월호 게재

단편「맛시로상」

그 아파트에 사는 아이는 이상해진다고 한다.

아파트는 6년 전, 한창 뉴타운 붐이 일 때 ●●●●●의 산 한쪽을 깎아 조성한 토지에 건설되었다.

시가지와 떨어져 있으면서도 차로 10분이면 통근이 가능한 입지 덕에 완공되자마자 만실이 될 만큼 인기가 많은 아파트였다.

1천 세대가 넘는 아파트 단지 안에 공원 시설도 있어서 마치 하나의 작은 도시 같았다. 토박이들이 지금도 사는 오래된 가옥이 남아 있는 거리 옆으로 신축 아파트 단지가 생겨나는 광경은 색다른 대비를 이루었다.

아파트에 사는 사람은 도시를 떠나 아이를 키우기 위해 이주해 온 가족이 대부분으로 낮이면 공원에 엄마들이 어린아이를 데리고 모이거나 이웃을 방문해 차를 마시는 등, 입주와 더불어 일찌감치 엄마들의 공동체가 여기저기서 형성되었다.

A씨 가족도 아파트가 완공되자마자 들어와 살았다.

A씨 가족은 전업주부인 A씨와 회사원인 남편, 열 살이 된 딸 B양까지 세 사람과 전부터 기르던 고양이가 한 마리 있었다. A씨는 아침에 출근하는 남편과 등교하는 딸을 배웅하고 나면 낮 동안 집안일도 하고, 이웃과의 교류라는 명목으로 엄마들의 수다 모임에 끼기도 했다.

그 사실을 깨달은 것은 이사하고 몇 개월이 지나고서였다.

딸이 조금 이상해졌다.

전에도 떼를 쓰는 일은 있었지만, 그 아파트로 이사하고 나서는 양상이 조금 달랐다. 기르는 고양이의 꼬리를 일부러 짓밟거나 슈퍼마켓 신선 식품 매장의 토마토를 꽉 쥐어 으스러뜨리는 등 어딘가 부자연스러운 행동이 두드러졌다. 그 자리에서 야단치면 일단 고분고분 말은 듣지만, 조금 지나면 다시 똑같은 장난을 치는 바람에 A씨는 골치가 아팠다.

　남편과 의논한 결과 환경의 변화로 스트레스가 쌓인 것은 아닌지 한동안 상태를 지켜보기로 했다. 그러던 어느 날, 친하게 지내는 엄마들과 노닥거리다가 A씨는 딸의 행동에 대해 가볍게 푸념을 털어놓았다. 그랬더니 또래 아이가 있는 엄마들이 입을 모아 같은 이야기를 하기 시작했다.

　나비를 붙잡아서는 날개를 쥐어뜯고 모래에 묻는다, 위층에서 화분을 떨어뜨린다, 갓난애가 탄 유아차가 지나가면 걷어찬다…. 이사 오기 전에는 하지 않았던 악질적인 장난이 늘었다고 했다.

　A씨도 바로 얼마 전에 단지 안에서 초등학생쯤 되어 보이는 아이들 몇몇이 화단의 꽃을 뽑아서 내팽개치는 광경을 목격하고 주의를 줬던 일을 떠올렸다.

　A씨를 비롯한 엄마들은 아이들이 이사 와서 다니기 시작한 초등학교가 원인이 아닌가 생각했다. 왜냐하면 아파트 단지에 사는 아이들은 모두 같은 초등학교에 다니고, 학교에서 많은 시간을 보내기 때문이었다.

　그 초등학교는 옛날부터 동네 아이들이 다니던 학교였는데, 아파트 단지 건설에 맞추어 건물을 새로 짓고, 교직원도 늘려서 이사 온 아이들을 거두었다. 그래서 원래 그 동네 살던 토박이 아이들과 새로 이사 온 아파트 아이들이 한 반에 섞였다.

참관일에 학교에 간 엄마들은 교사에게 요즘 학교에서 나쁜 장난이 유행하고 있지는 않은지 물었다. 교사는 딱히 이렇다 할 건 없다고 이야기하고서 잠깐 생각하더니 사실은 아파트에 사는 아이들끼리만 하는 비밀스러운 놀이가 있는 것 같다고 입을 열었다.

그 놀이는 동네 토박이 아이는 참가해서는 안 된다고 해서, 소외된 토박이 아이들이 교사에게 울면서 상담하는 바람에 교사들 사이에서도 한 번 문제가 되었다고 한다.

A씨는 그날, 귀가한 딸에게 그 놀이에 관해 물어보았다. 처음에는 딸도 대답을 주저했지만, 아무에게도 말하지 않겠다고 약속하자 입을 떼기 시작했다.

그 놀이는 '맛시로상[5]'이라고 한다.

누가 시작했는지는 모른다. 다만 아파트에 사는 아이라면 모두 하고 있다. '맛시로상' 놀이에는 어른도, 동네 토박이 아이도 참가해서는 안 된다. 아파트 아이들끼리의 비밀이기 때문이다.

'맛시로상' 놀이는 술래잡기와 약간 비슷하다. 인원은 보통 네 명에서 여섯 명 정도로 시작하는데, 딱히 정해진 것은 없다.

인원이 모이면 일단 남녀로 나눈다. 남자애들은 가위바위보를 하고 진 아이가 '맛시로상'이 된다. 남자애들이 가위바위보를 하는 동안 여자애들은 도망친다. '맛시로상'이 된 남자애는 여자애 중 한 명을 뒤쫓아 가서 붙잡는다. '맛시로상'이 아닌 남자애는 '맛시로상'이 여자애

---

5 '맛시로'는 일본어로 '새하얗다'라는 뜻이고, '상'은 인명, 직명 등의 뒤에 붙어 가벼운 경의를 나타내는 말이다.

를 붙잡을 수 있게 돕는다. 여자애가 있는 장소를 알려주거나 여자애의 도망을 방해하는 식이다. 단 '맛시로상' 말고는 여자애를 건드려서는 안 된다.

'맛시로상'이 여자애를 붙잡는 데 성공하면 '맛시로상'은 여자애에게 '대역'을 요구한다. 때로는 지우개가 대역이 되고, 때로는 양말이 대역이 되는 식으로 여자애를 대신하는 대역은 그때그때 다르다. 여자애는 자신의 대역을 '맛시로상'에게 반드시 건네야 한다. 건네지 않는 것은 허락되지 않는다. 무서운 일이 일어나기 때문이다.

붙잡힌 여자애가 대역을 건네야 비로소 '맛시로상' 놀이는 끝난다. 몇 시간이 걸리든, 며칠이 걸리든, 대역을 가지고 오기 전에는 '맛시로상' 놀이는 끝나지 않는다. 그때까지 붙잡힌 여자애에게는 아무도 말을 붙이지 않는다.

놀이 내용을 들었을 때, A씨는 어쩐지 오싹했다. 아이들의 놀이 같지가 않고, 그 외의 무엇이 있는 것 같아서였다.

그날 밤, 가족들이 잠든 집에서 A씨는 현관문이 닫히는 소리를 들었다. A씨와 남편은 같은 방에서 자고 있었으므로, 소리를 낼 사람은 이사 오고 나서 자기 방에서 혼자 자게 된 딸밖에 없었다.

침실에서 나와 보니 딸이 현관에서 신발을 막 벗는 참이었다. 이제 막 돌아온 것 같았다.

늦은 밤에 혼자 외출한 이유를 따져 물으니 아이는 "대역을 건네주러 갔다 왔다"라고 했다. 누구를 만난 거냐고 물어도 "맛시로상"이라는 대답뿐이었다. 무엇을 건네러 갔느냐고 계속해서 묻자 딱 한 마디, "미케"하고 기르는 고양이의 이름을 중얼거렸다.

거실에는 핏물이 야트막이 고여 있었고, 그 옆으로 나뒹구는 꽃병에는 피에 젖은 털이 달라붙어 있었다.

A씨 가족은 조만간 이사하기로 했다.

인터넷
수집 정보
1

『거동 수상자 정보 데이터 게시판』에서

장소: ●●●●● 교차로 부근
일시: 2018년 10월 19일 16시 20분경
특징: 50대로 추정, 남성, 대머리, 비만, 도보, 파란색 점퍼
내용: 하교 중인 초등학생 여아에게 "산에 데려다주겠다"라고 말을 붙임

장소: ●●●●● 초등학교 부근
일시: 2020년 5월 27일 11시 30분경
특징: 20대로 추정, 남성, 금발, 마른 체형, 차, 검은색 후드
내용: 길 가는 여성에게 차창 밖으로 스마트폰을 내밀면서 "산에 안 갈래요?"라고 말을 건넴

장소: ●●●●● 국도 부근
일시: 2021년 6월 3일 21시 00분경
특징: 40대로 추정, 남성, 짧은 머리, 보통 체형, 도보, 양복
내용: 자전거를 탄 여성에게 "산에 가자"라고 말을 걸며 여성을 뒤쫓음

=============================

【『×× 신문 디지털』에서 2016년 8월 19일 자 발췌】
8월 18일, ●●●●● 댐 근방에 사는 주민이 "댐에 수상한 것이 떠 있다"라며 경찰에 신고했다. 출동한 ●●●●●서 경찰이 수면에 떠오른 성인 여성과 여아를 발견. 곧 사망이 확인됐다.
●●●●●서에 따르면 시신의 신원은 나가노현 나가노시에 사는 ○○○○○씨(35)와 ○○○○○씨의 딸 ○○○○양(12세). 함께 살던 남편(35)이 사건에 관여한 것으로 보고 현재 조사 중이다.
경찰은 피의자가 전부터 이웃 주민에게 "조만간 신세를 진 분을 만나러 가족과 함께 ●●●●●에 있는 산에 간다"라고 말했다는 증언을 확보한 점, 피의자의 집과 ●●●●● 댐이 제법 먼 거리라는 점을 고려하여 공범이 있을 가능성도 배제하지 않고 수사할 방침.

=============================

【2020년 5월 27일 라이브 방송 아카이브 〈유키히로의 심령 스폿 채널〉에서】
※현재 채널은 삭제된 상태로, 여기에는 여러 인터넷 게시판에 올라온 동영상 속 음성을 그대로 따서 실음.

(라이브 방송 시작)

안녕하세요, 오늘도 씩씩하게 심령 스폿으로 돌격하는 유키가 왔습니다.

음, 오늘은 말이죠, 요청이 많았던 ●●●●●! 드디어 그곳을 찾아갑니다. 거기, 이 채널 시청자라면 다들 아시겠지만, 긴키에서 가장 무서운 심령 스폿이라고 불리는 곳인데요, 뭐니 뭐니 해도 볼거리가 많으니까요, 댐에 폐허에 터널까지, 이거 뭐 심령 스폿 백화점이죠, 어차피 갈 거 전부 가버리자 싶은데, 일단 제1탄으로 ●●●●● 터널을 한번 가 보겠습니다. 보자, 댓글에서도, 어, 쓸데없는 소리 그만하고 얼른 가라고 하니 바로 들어가 보겠습니다, 보면 아시겠지만, 지금 차 안이에요, 여기서 내리면 바로 터널 입구니까요, 다들 준비되셨나요.

(문 여닫는 소리)

보시는 대로 터널엔 아무도 없네요, 새벽 3시니까 당연한가, 제법 큰 터널입니다, 트럭 같은 게 오면 깔리지 않게 조심해야겠죠, 어, 인터넷을 보니까 제가 있는 입구 쪽에서, 아, 어느 쪽이나 다 입구구나, 암튼 제가 차 타고 온 쪽에서 댐이 있는 쪽 출구를 향해서 어이, 소리를 지르면 말이죠, 유령이 나온다는 이야기가 유명하네요. 터널 안은 이따 탐색하기로 하고, 우선 이 소문을 검증해 보겠습니다.

어쩐지 한기가 드는데 말이죠, 응? 괜히

분위기 잡지 말라고? 하하.
그럼 바로 해보겠습니다, 어—이—

아무 일도 안 일어나는데요, 한 번 더 하겠습니다, 어—이—

음, 아무 일도 안 일어나네, 그러면 안에 들어, 응?
앗, 대박!
일단 차로 돌아가겠습니다,

(문 여닫는 소리)

찍혔어요? 찍혔죠? 뭔가 맞은편에서 사람이 걸어왔어요, 음, 어두워서 잘 안 보였는데, 아마 사람? 여기 사는 사람인가?
뭐? 한 번 더 들어가라고? 경찰한테 불려 가면 좀 그런데, 어쩌나, 아, 한 번 더 들어가라는 댓글 엄청 많네요, 그럼, 길 잃은 척하고 말을 붙이러 가보죠.

(문 여닫는 소리)

실례합니— 엇, 우왓

(문 여닫는 소리 후 엔진 소리)

우아, 저게 뭐야, 대박, 엄청 웃고 있었어, 손 흔들면서 내 쪽으로 달려왔다니까.

(주행음)

진짜 위험했다, 진짜 무서워, 찍혔어요?
엄청 위험하지 않았어요, 지금? 차가
조금만 늦게 출발했으면 나 있는 데까지
왔을 거야, 뭐였을까, 유령? 유령이
저렇게 뚜렷하게 보이나?
일단 진정 좀 하고, 심장이
벌렁벌렁하네요, 꽤 거리가 있긴 한데,
패밀리 레스토랑 있을 테니까 거기까지
힘내서 가보겠습니다.

아, 정말이지 뭐였지, 진짜, 여러분이
한 번 더 가라고 하는 바람에 무서운 걸
봤잖아요, 아, 열받아, 까불지 말라고,
진짜 죽여버린다, 어라? 뭔가 댓글이
막 쏟아지는데, 어? 안 이상하다니까요,
왜 그러세요? 나불나불 시끄럽네,
죽으라고, 이거 제2탄 가는 거 진짜
무서운데, 그래도 다들 기대하셨을
텐데요, 반드시 죽일 테니까, 응? 하지만
오늘은 아무래도 좀, 죽어, 마시……

(5분쯤 불분명한 중얼거림)

여러분, 산에 가지 않겠습니까?

(라이브 방송 종료)

독자의
편지
1

월간 ○○○○ 편집부 귀중

갑작스럽게 편지를 드려서 죄송합니다.
저는 돗토리에 사는 대학생 ×××이라고 합니다.

실은 저를 좀 도와주셨으면 해서 연락드렸습니다.
이상한 남자에게 쫓기고 있습니다.

전에 ●●●●●에 대하여 쓰신 기사를 읽은 적이 있기에 뭔가 아시지 않을까 싶어서 이렇게 편지를 씁니다.
이야기가 조금 길어지더라도 마지막까지 보시고 어떡해야 할지 가르쳐주세요.

올해 8월경으로 기억합니다.
대학 시절 여름방학에 저와 남자 친구, 저희 둘 다 친한 남자애, 이렇게 셋이 드라이브를 떠났습니다. 이왕 가는 거, 심령 스폿으로 가자고 해서 ●●●●● 쪽으로 가기로 했습니다. 잡지에서도 가끔 소개된 곳이니까요.

아무래도 밤에 가기는 무서워서 낮에 갔습니다.
근방에 유령 단지(아파트?)와 유령의 집 같은 게 잔뜩 있다지만, 낮에는 드문드문 사람이 보여서 별로 무섭지 않았습니다.
자살로 유명한 단지 5동에도 가보고, 유령의 집을 들여다보면서 거기 붙어 있다는 부적도 찾아봤지만, 딱히 별일은 없었습니다.

45

산 너머 맞은편 ●●●●●에도 유명한 자살 명소인 댐이 있으니, 거기로 가자는 이야기가 나왔어요.

차는 야트막한 산길을 달렸습니다. 남자 친구가 운전하고 저는 조수석에 앉아 있었습니다.

맞은편에서 차가 왔습니다. 2차선 도로인 데다 도로 폭도 넓지 않아서 스쳐 지나갈 때 속도를 낮추었습니다.

무심코 마주 오는 차를 보았는데, 운전하던 남자가 저희 쪽을 보고 무슨 말인가 하는 것 같았습니다. 소리는 당연히 들리지가 않아서 무슨 말을 하는지 알 수는 없었지만, 운전하던 남자 친구가 아니라 저를 보는 듯해 신경이 쓰였습니다.

댐에 도착하니 밖이 이미 깜깜해서 차에서 내려 산책하기가 무서웠습니다.

그래서 곁의 국도를 달려 댐을 보면서 돌아왔습니다.

돗토리로 돌아온 무렵은 심야였습니다.

그 뒤로 문제가 생겼습니다.

다음 날, 다른 친구와 대학 근처 가게에서 술을 마셨습니다.

그 가게는 음식점이 밀집된 거리에 있었는데, 밤이면 대학생과 퇴근하는 직장인으로 거리에 사람이 제법 많아집니다.

밤 9시쯤, 장소를 한번 바꾸자고 해서 가게 앞에서 다 함께 "2차 어쩔래?" 하며 이야기를 나누었습니다.

저도 거기서 친구와 이야기하고 있었는데, 친구가 "어라, 누구지?" 하는 겁니다.

친구가 가리킨 것은 저희가 있는 곳에서 조금 떨어진, 가게와 가게 사이로 난 좁은 골목이었습니다.

그 골목에서 얼굴만 내밀고 저희 쪽을 향해 뭐라고 말을 하는 사람이 있었습니다.

그 남자였습니다.

얼마나 무섭던지요. 곧장 친구가 보러 갔지만, 남자는 사라지고 없었습니다.

친구가 "닮은 사람 보고 착각했겠지"라고 해서 저도 그렇게 생각하기로 했습니다.

그러고 나서 아마 한 달쯤 지났을까요?

또 남자를 보았습니다.

저녁 무렵 학교가 끝나고 혼자 사는 아파트로 돌아온 때였습니다.

잠긴 문을 열고 집 안으로 들어가려는데, 옆집 문이 열리는 소리가 났습니다.

옆집 사람이 외출하나 싶어서 인사하려는데 남자 얼굴이 불쑥 튀어나와 제 쪽을 돌아보더군요.

또 그 남자였습니다.

제게 무슨 말인지 하려는 것 같았지만 무서워서 바로 문을 닫고 단단히 잠갔습니다.

그날은 친구에게 부탁해 제 집에서 함께 잤습니다.

제가 사는 곳은 여성 전용 아파트였습니다. 옆집에는 제가 이사 온 날부터 줄곧 여성이 혼자 살았습니다.

물론 경찰에도 신고했지만, 그 시간에 옆집 사람은 친구와 함께 집에 있었다고 해서 제 착각으로 결론이 났습니다.

그러고 나서 며칠 후의 일입니다.

그날은 대학 강의 중 쉬는 시간에 화장실에 갔습니다.

쉬는 시간이면 강의동 화장실은 붐비는 반면 연구동 화장실은 대개 비어 있어서, 저는 종종 연구동 화장실을 썼습니다. 그날도 제가 화장실에 갔을 때 닫혀 있는 칸은 하나도 없었습니다.

세 칸 중 제일 안쪽에 있는 곳으로 들어갔습니다.

볼일을 보고 나오니 옆 칸이 닫혀 있었습니다.

누가 들어오는 소리는 듣지 못했기 때문에 무척 꺼림칙했습니다.

서둘러 지나가려고 발을 내딛는 순간, 닫혀 있던 문이 천천히 열리고 남자의 얼굴이 불쑥 튀어나왔습니다. 저를 쳐다보던 남자의 얼굴이 히죽 웃음을 떠었습니다.

"또 오세요."

제가 그 앞을 달려 지나갈 때, 남자가 그렇게 말했던 것 같습니다.
비명을 지르느라 제대로 듣지도 못했지만요.

그 후로 남자를 실제로 보는 일은 없었습니다.
대신 남자는 꿈에 나왔습니다.
꿈속에서 저는 밤에 산길을 오릅니다. 키 큰 나무가 빽빽하게 들어차
있어 달빛도 거의 닿지 않습니다.
저는 산길에 깐 오래된 계단을 계속 올라갑니다.
계단 양옆으로는 석등이 드문드문 서 있는데, 대부분은 쓰러져 있습
니다.
계단 끝에는 기울어진 도리이가 서 있습니다.

남자는 도리이 밑에서 저를 기다리고 있습니다.
웃는 얼굴 그대로, 입을 커다랗게 벌리고서.

무서운 것은 꿈속에서 제가 무섭다고 생각하지 않는다는 겁니다.
꿈에서 깨어난 뒤에도 기분이 그저 편안합니다.

저는 저주를 받아버린 걸까요.
그 남자는 도대체 누구일까요.

살려주세요.

※ 맨 뒤에 편집부가 쓴 것으로 보이는 손 글씨가 있음.

「2004년 10월 5일 편집부 앞, 발신인의 연락처 불명으로 취재 불가능. 게재 보류」

『긴키 지방의
어느 장소에 대하여』
2

오자와 군과 만나고 나서 한 달 후, 그가 보낸 문자를 받았습니다.

「별책 ○○○○ 건 말씀인데요, 상담을 부탁드리고 싶어요. 조만간 뵐 수 있을까요. 이번에는 일 이야깁니다.」

며칠 후 마침 근처에서 다른 미팅도 잡혀 있던 터라 그 친구의 회사가 있는 진보초 어느 카페에서 만나기로 했습니다.

가게 앞에서 만난 뒤 안으로 들어가 오자와 군이 카페라테를, 제가 블랙커피를 주문하고 나자 그가 프린트한 기사 몇 장을 책상에 천천히 펼쳤습니다.

제가 읽고 있는 동안, 그는 기다리기가 힘든 모양인지 몇 번이나 제 쪽을 살폈습니다.

"사실은 이번 별책에 기고를 부탁드리고 싶어서요. 그 전에 우선 경위부터 말씀드리겠습니다."

제가 다 읽은 것과 거의 동시에 그의 이야기가 시작되었습니다.

그는 지난번에 저와 만나고 나서도 회사 서고에 틀어박혀서 과거 자료를 살펴보느라 여념이 없었다고 합니다.

하지만 방대한 과월호 책장은 정리돼 있지도 않았고 발매 연월일 순으로 꽂혀 있지도 않았을뿐더러 아예 빠진 호가 있지를 않나, 심지어 상자에 아무렇게나 처박아 둔 취재 자료며 독자가 보낸 편지까지 있어서 그야말로 혼돈 상태였던 모양입니다.

처음에는 연대순으로 거슬러 올라가며 파악하려다가, 도중에 포기하고 손에 잡히는 대로 읽어나갔다고 합니다. 어차피 전부 읽을 거면 발매 순으로 읽지 않더라도 신경 쓰이는 기사만 메모해 놓고 나중에 다시 배열하면 된다고 생각한 모양입니다.

그러다 뭔가를 발견했다고 합니다.

현재 일본에는 크고 작은 곳 모두 합쳐서 500개가 넘는 심령 스폿이 있다는데, 잡지 같은 매체에서 다룰 만큼 지명도가 높은 곳은 사실 한정돼 있습니다.

유명한 곳으로는 다마 공원묘지, 이코마 터널 등이 있습니다. 홋카이도나 오키나와에도 유명한 데가 있지만, 출판사 입장에서는 여비를 포함해 취재에 비용이 드는 장소는 피하고 싶은 게 현실입니다. 그러니 필연적으로 오사카나 도쿄, 후쿠오카 등 편집부와 연줄이 있는 주요 도시나 외부 작가가 멀리 안 가고도 쓸 수 있는 장소를 다룰 수밖에 없죠.

심령 스폿을 둘러싼 괴담의 양 또한 거기에 방문하는 사람의 수에 비례합니다. 그래서 반쯤 재미로 담력 시험을 할 수 있는 입지에 있는 장소가 유명해지는 겁니다.

괴담에 밝지 않던 오자와 군도 과월호를 열 권 넘게 읽다 보니 자주 나오는 심령 스폿을 파악하게 되었다고 합니다.

"처음에는 또 실렸네, 하는 정도였습니다. 어릴 때 부모님이 데려다주셔서 근방 야영장에서 논 일도 있었고요. 그런 의미에서 조금은 마음에 두고 있었는지도 모르겠네요."

그가 말한 곳은 긴키 지방에 있는, 산으로 둘러싸인 일대에 자리한 터널, 댐, 폐허 따위의 심령 스폿이었습니다. 제법 유명한 곳이어서 저도 알고는 있었습니다.

　3킬로미터쯤 되는 거리에 심령 스폿이 세 군데나 있어서, 한때 오컬트 붐이 일었을 때는 담력 시험을 한답시고 하룻밤 새 세 곳을 다 도는 기획도 종종 있었어요. 옛날 생각도 나더군요.

　다만 하나같이 이른바 심령 스폿 하면 떠오르는 뻔한 것뿐이라, 터널 안에서 뭔가를 하면 잘린 목이 나타나고, 자살 명소로 알려진 댐에서는 자살한 사람의 유령이 서성이고, 폐허에서는 지하실에 여자 유령이 나타나는 식의 진부한 에피소드였다고 기억합니다. 최근 몇 년 사이에 담력 시험을 하는 대표적인 심령 스폿으로 부동의 지위를 굳혔다지만, 이제 매체에서는 굳이 다루지도 않는 철 지난 명소 같은 인상이었습니다.

　세대는 달라도 오자와 군도 똑같이 느꼈는지, 다른 유명한 심령 스폿의 체험담과 비슷비슷한 에피소드의 반복에 지겨워하면서 읽었다고 합니다.

　"다만 읽다 보니 어쩌면 이 세 군데 심령 스폿은 이야기의 발단이 된 요인이 같지 않나 하는 생각이 들어서요."

　그러면서 오자와 군은 제 손에 있는 프린트물을 가리켰습니다.
　"「실화! 나라현 행방불명 소녀에 관한 새로운 사실?」, 「수련회 집단 히스테리 사건의 진상」, 「이상한 댓글」, 이 세 가지 이야기는 전부 연대가 다른 기삽니다. 다만 다른 기사에서 그 지명을 하도 많이 봐서, 이야기에 나오는 장소는 전부 본 기억이 있었습니다. 맞아요. 아까 이야기한 ●●●●● 근방입니다. 그런데 세 가지 이야기는 전부 심령

스폿을 주제로 쓴 에피소드가 아니에요. 이야기의 무대가 우연히 ●
●●●●였다, 이런 인상이 강합니다. 「수련회 집단 히스테리 사건의
진상」을 보면, 사건 당시 그 장소는 폐허도 아니었고, 심령 스폿이라
고 불렸냐 하면 그것도 미묘하죠. 그런데도 세 이야기에 전부 ●●●
●●라는 지명이 나오고, 이야기 안에 '산'이라는 키워드가 나옵니다.
이거 좀 희한하지 않으세요?"

　　그 일대 세 군데 심령 스폿을 무대로 한 그 밖의 이야기는 전부 진
부한 에피소드여서, 이 기묘한 부호는 오자와 군에게 더 강한 인상을
남겼다고 합니다.

　　"한번 신경 쓰이자 어쩔 수가 없어서 일단 과월호 읽는 걸 중단하
고 인터넷으로 검색해 봤습니다. 우선은 「이상한 댓글」에 나오는 도
리이가 진짜 있는지 웹 지도로 찾아봤어요. 거리 뷰로 보면 확실히 낡
은 도리이와 꼭대기로 이어지는 계단이 댐과 호수의 동쪽에서 확인됩
니다. 이걸로 봐서 공통으로 나오는 '산'이 댐, 폐허, 터널 일대를 에워
싸는 산 중에서 동쪽에 있는 산이 아닐까, 생각했습니다. 또 인터넷에
도 똑같이 ●●●●●의 산에 얽힌 이야기가 없는지 조사해 봤습니
다. 그 결과가 이겁니다."

　　그러면서 오자와 군이 몇 가지 인터넷 기사와 댓글을 프린트한
종이를 또 건넸습니다. '●●●●●'와 '산', '괴담', '심령', '사건' 등의
낱말을 조합하여 검색했을 때 나왔다는 내용을 보고 저는 깜짝 놀라
고 말았습니다.

　　"실제 유튜버의 방송 사고부터 괴담과는 관계없는 거동 수상자
의 정보, 살인 의혹이 있는 사건까지 나온 겁니다. 게다가 전부 '산'과

관계가 있어요."

　이쯤 되니 아무래도 우연의 일치 같지는 않아서 잠시 멍해 있는데, 오자와 군이 다시 두 종류의 자료를 건넸습니다. 하나는 봉투에 든 편지, 다른 하나는 과월호 프린트였습니다. 제가 다 읽기를 기다리며 그는 말을 이었습니다.

　"과월호를 뒤적이면서 동시에 취재 자료에도 조금씩 손을 댔습니다. 처음 읽을 때는 가볍게 죽 훑었다가, ●●●●●와 산의 관련성을 깨닫고 나서 다시 읽었죠. 그 편지에도 직접적이지는 않지만, 산이 나와요. 여기서 신경 쓰이는 게 편지를 쓴 여성, 원래는 산 너머 있는 몇 군데 심령 스폿 쪽에서 산을 넘어 댐 쪽으로 왔잖습니까. 산을 중심으로 생각하면 세 군데 심령 스폿이 있는 일대는 서쪽에 해당합니다. 산은 남북으로 이어져 있으므로 남과 북은 제외하고 산의 맞은편, 즉 동쪽에도 여성이 간 심령 스폿이 있다는 이야기가 됩니다. 달리 생각해 보면 댐, 폐허, 터널 외에도 산을 중심으로 심령 스폿이 점점이 흩어져 있는 게 아닐까요? 실제로 앞서 보여드린 거동 수상자 정보에 올라온 글 중 두 건은 산의 동쪽에 해당하는 이야기고, 지금 보여드린 「맛시로상」도 동쪽에 있는, 지금은 유령 아파트라고 불리는 장소에서 벌어진 이야깁니다."

　이야기하면서 오자와 군이 보여준 웹 지도에는 산을 중심으로 심령 스폿에 핀이 꽂혀 있었고, 그것을 덧그리는 그의 손가락은 원을 그렸습니다.

　그가 말한 대로 산의 동쪽 지역에도 몇 군데 심령 스폿이라고 불리는 곳이 있다는 사실을 저는 알고 있었습니다.

　다 산기슭 쪽에 있는, 그가 아까 말한 유령 아파트, 현지에서 유령의 집이라고 부르는 폐허죠. 다만 서쪽의 세 군데와 비교하면 하나같이 지명도가 조금 낮아서 지난날 월간 ○○○○ 같은 마니악한 잡지에서 드물게 다루는 정도였습니다.

또 산이 현의 경계가 돼 동쪽과 서쪽은 다른 현이 되므로 서쪽의 세 군데와 동쪽의 두 군데를 같은 심령 현상 지대로 보는 사람은 아무도 없었습니다. 그러나 오자와 군의 설명을 듣고 보니 아무래도 이 다섯 군데가 산을 중심으로 일대를 형성하는 듯했습니다.

제 설명을 한 차례 듣더니 오자와 군은 납득한 듯 이렇게 말했습니다.

"유령이나 귀신에게 인간이 정한 현의 경계나 구획 같은 건 상관없다는 걸까요…. 다만 지금 해주신 설명을 듣고 저는 새롭게 마음먹었습니다. 이번 별책의 특집은 이 일대 심령 현상의 발단이 산에 있는 게 아닌가 하는 데 초점을 맞춰서 그와 관련된 이야기를 과월호와 취재 자료에서 모아보는 걸로 하겠습니다. 지금까지 아무도 주지 못했던 깨달음을 독자에게 제공할 수 있다면야 새내기 편집자로서 기쁜 일이죠."

오자와 군의 생각을 들으며 저는 일에 쏟는 그의 열의에 감탄하면서도 한편으로 위태로움을 느꼈습니다.

"이제야 본론을 말씀드리자면, 부탁드리고자 하는 원고는 이 일대에 얽힌 이야깁니다. 형식은 뭐든 괜찮습니다. 글자 수도 제한 없고요. 대신에 제가 계속해서 모으는 자료를 함께 살펴봐 주셨으면 합니

다. 또 지금까지 선생님이 작업하신 이야기 중에서 유사한 것이 없는
지, 뭔가 알고 있는 지인이 없는지도 조사해 주시면 좋겠습니다. 그러
고 나서 새롭게 알게 된 사실로 원고를 새로 써주십사 부탁드리고 싶
습니다."

그가 제시한 원고료는 도저히 그 수고에 걸맞다고 할 수 없는 금
액이었지만, 그의 열의와 호러 애호가로서 제 흥미를 이기지 못해 정
식으로 일을 받아들이기로 했습니다.

"저는 계속해서 서고를 샅샅이 뒤져볼 생각입니다. 다만 지금으
로서는 동쪽이 서쪽과 비교해서 기사 게재 횟수 자체가 퍽 적은 것 같
으니까 동쪽 지역을 다룬 것은 내용과 관계없이 전부 모아보겠습니
다. 지금까지 동쪽 지역을 다룬 유일한 이야기인 「맛시로상」은 산과
는 관계없는 이야기고…. 어떻게든 다른 이야기도 찾아내서 연결 고
리를 고찰할 수 있으면 좋겠네요. 또 그 일대 산에 얽힌 이야기나 산에
있는 신사에 관한 이야기도 주의 깊게 살펴보겠습니다."

이렇게 해서 ●●●●●에 관한 조사를 시작하게 된 저는 먼저
어떤 사람에게 연락하기로 했습니다.

모 월간지
2009년
8월호 게재

독자 투고란

우리 동네에는 팔척 귀신이 아니라 점프하는 여자가 출몰합니다!

입이 찢어질 만큼 활짝 웃는 표정의 여자가 엄청난 높이까지 점프해서 2층 창이나 아파트 베란다 창으로 안을 들여다봅니다.

아이가 있는 집만 들여다본다는데, 우리 반 애들의 집도 들여다봤다고 합니다.

편집부 조사대 여러분, 꼭 조사해 주세요!

(●●●●●, 14세, 마짱)

모 월간지
2015년
2월호 게재

단편
「임대 매물」

후쿠오카의 고쿠라에서 프리랜서 디자이너로 일하는 여성, A씨의 이 야기다.

"저는 나고 자라길 도쿄 토박이여서 지방을 동경하는 마음이 강했어요. 프리랜서가 된 것도 사는 곳에 구애받지 않고 일을 할 수 있어서라는 게 컸죠."

최근 아이 턴[6] 붐에 힘입어 A씨도 반년쯤 전에 다니던 대형 광고 회사를 그만두고 이직했다.

"매물 자체는 그만두기 전부터 계속 인터넷으로 찾아다녔어요. 요즘에는 지자체 지원으로 빈집을 뜯어고쳐서 이주하는 1인 가구에게 아주 싸게 빌려주기도 하거든요. 개중에는 근사하게 고친 곳도 많아서 밤마다 그런 집을 찾아보면서 이사하고 나면 어떻게 살지 상상하곤 했죠. 거의 취미나 다름없었어요."

애초에 A씨가 이주하려고 생각한 곳은 고쿠라가 아닌 다른 장소였다.

"긴키에 있는 ●●●●●라는 지역인데요, 옛 주택가 안에 있는 빈집 몇 채를 손봐서 임대로 내놓았다고 하더라고요."

이주라고는 해도, 이웃과 몇백 미터나 떨어져 있는 시골 사회로 뛰어들고 싶은 게 아니라 도쿄의 어수선함에서 벗어나 맑은 공기를 맡을 수 있다면 충분한 A씨에게 그곳은 이상에 가까운 분위기였다.

지역을 점찍은 A씨는 거기서 빌릴 수 있는 집이 얼마나 있는지

---

6   I-turn. 고향을 떠나 다른 지역으로 이주하는 현상. 특히 도시에서 태어나 자란 사람이 시골로 이주하는 현상을 가리킨다.

조사하기 시작했다.

"저는 항상 지역명과 '리노베이션', '임대', '단독'이라는 키워드로 이미지 검색을 했어요. 그렇게 하면 건물의 내관과 외관, 평면도 사진이 한눈에 볼 수 있게 주르륵 뜨거든요. 검색 결과를 계속 클릭해 들어가면서 관심 있는 매물의 평면도까지 찾아가기보다 시각적인 정보로 관심 가는 매물을 골라내기로 한 거죠."

그날도 일을 마치고 혼자 사는 방으로 돌아온 A씨는 침대에 누워 스마트폰으로 ●●●●●에 있는, 리노베이션한 매물의 정보를 찾아다녔다.

"그날 무슨 키워드로 검색했는지는 뚜렷하게 기억은 안 나지만, 뭐 늘 하던 대로 ●●●●●와 '임대' 같은 단어였을 거예요."

한 화면에 주르륵 표시된 집의 외관과 평면도를 윗줄부터 살펴보던 A씨는 기묘한 이미지가 섞여 있는 것을 깨달았다.

"한 화면에 보이는 이미지의 크기가 작아서 잘 안 보이길래 그 이미지를 눌러서 원래 정보가 올라온 페이지로 가봤어요."

그것은 어둠 속에 여성으로 보이는 인물이 서 있는 이미지였다.

"이미지 자체가 너무 어두워서 알아보기 힘들었지만, 황폐한 다다미방 안에 빨간 코트 같은 걸 입고 긴 머리를 부스스하게 내려뜨린 여자가 꼿꼿하게 서 있는 으스스한 이미지였어요."

이미지 위로 깨진 문자가 한 줄 정도 쓰여 있을 뿐, 링크 같은 것도 전혀 없어 오로지 이 이미지를 올려두기 위한 페이지 같았다.

"밤에 끔찍한 걸 봤다 싶었지만, 딱히 신경 안 쓰고 원래 화면으로 돌아가서 계속 부동산 정보를 봤어요."

스크롤을 움직이며 10분쯤 몰두했을까, 그 매물이 또 눈에 들어왔다.

"처음에는 같은 이미지가 표시된 줄 알았어요. 그런데 약간 위화감이 드는 거예요."

머리보다 손가락이 먼저 이미지를 눌렀다.

"장소는 같았을 거예요. 황폐한 다다미방. 여자도 같은 사람인 것 같았고요. 그런데 이번에는 여자가 두 손을 머리 위로 들고 있었어요."

먼저와 마찬가지로 이미지 위에는 깨진 문자가 쓰여 있었는데, 이번에는 문자열의 길이가 아까보다 조금 더 긴 느낌이었다.

"길이가 다르다는 건 문자가 깨지기 전에 쓰인 문장도 달랐다는 거 아니겠어요? 이미지를 올린 사람이 보는 사람에게 뭔가를 전하려는 것 같아서 더 으스스했어요."

오싹해진 A씨는 그날은 매물 찾기를 그만두었고, 이후로도 어쩐지 이미지를 검색하는 일이 줄었다.

"그러고 얼마가 지났을까요. 그 일을 다 잊은 무렵이니까 한 달쯤 지났는지도 모르겠네요. 회사에서 상사의 부탁으로 서류를 복사할 때였어요."

복사를 기다리는 몇십 초 동안, 복사기에 기댄 채 계속해서 토해내는 회의 자료 복사본을 멍하니 바라보는데 한순간 묘한 인쇄물이 A씨의 눈에 들어왔다. 당황해서 복사를 멈추고 인쇄된 종이를 위에서부터 몇 장 들추어 그것을 찾아냈다.

"흑백 인쇄물이어서 농담(濃淡)으로밖에 알 수 없었지만, 그 여자의 이미지였어요. 여자가 양손을 들고 방 안에 있는 이미지가 인쇄된 거예요. 복사 용지 한 장이 꽉 차게 인쇄된 것이 아니라 위는 여백이었고, 거기에 투박한 손 글씨로 이렇게 쓰여 있었어요."

「찾아내 주셔서 감사합니다.」

순간 당황해 종이를 구겨서 주머니에 쑤셔 넣은 A씨는 그날 간신히 업무를 마쳤다.

일이 끝나자마자 A씨는 초등학교 시절부터 친했던 친구에게 전화를 걸어서 자기가 사는 아파트로 불러들였다.

"혼자 있는 것도 무섭고, 이 종이를 어떻게든 해야 할 것 같은데 어째야 할지 몰라서…."

친구에게 경위를 설명한 A씨는 친구가 둥글게 뭉친 종이를 펼치는 모습을 조심조심 지켜보았다. 거기에는 낮에 회사에서 본 대로 여자가 변함없이 찍혀 있었다. 다만 다시 보니 여자의 배경에 조금 위화감이 느껴졌다.

외면하는 A씨 옆에서 친구는 그 종이를 보며 얼어붙은 것처럼 한동안 움직이지 않았다. 전혀 입을 떼지 않는 친구에게 무슨 일이냐고 묻자, 친구가 떨리는 목소리로 대답했다.

"여기 너희 본가 아냐?"

"본가에서 제가 어릴 때 썼던 방이었어요. 친구는 초등학교 시절부터 집에 자주 놀러 왔던 애라 저희 집도 잘 알았고요. 제 방이라는 말을 듣고 보니 그 사진 속 배경이 제가 쓰던 책상의 실루엣과 벽에 걸려 있던 독특한 벽시계로밖에 보이지 않았어요."

현재 A씨가 사는 고쿠라의 집은 이미지 검색이 아니라 부동산 사이트에서 찾아낸 곳이라고 한다.

인터넷
수집 정보
2

이름: 정말로 있었던 무서운 무명
작성일: 2010/05/17(월) 20:30:43
ID: ZDKsJPWc0

으스스한 블로그 이야기를 보고
생각나서 나도 써본다. 여기 글 쓰는 게
안 익숙해서 그런데 혹시 이상한 구석이
있더라도 봐줘.
아마 5년쯤 된 이야긴데, 그 블로그
주인장은 어떻게 됐을까, 지금도 가끔
생각이 난다.

난 스무 살 때부터 죽 바이크를
좋아해서 당시에 인터넷으로 종종 같은
기종을 타는 사람 블로그를 찾아내서는
샅샅이 읽곤 했다.
그 블로그까지 어떻게 가게 됐는지
정확히는 기억 안 나지만, 나랑 똑같이
스즈키 모델을 타는 사람이었으니까
아마 그거와 관련해서 찾아냈을 거다.
확실히 fc2 쪽 블로그였던 걸로
기억하는데, 아저씨가 취미로 하는 듯한
진짜 흔하디흔한 블로그로 공감 표시나
댓글도 거의 없는, 자기만족형이라는
느낌이 강했다. 하지만 포스트 수는
제법 많았는데, 아마도 일기 대신 오래
써왔던 것 같다. 그래도 거기 적혀

있는 커스터마이징이나 정비 방법이
꽤 참고할 만해서 딱히 댓글 같은 건
남기지 않으면서도 부지런히 출근
도장을 찍었다.
블로그에 올라오는 글은 위에 적은
거 반, 휴일에 바이크 타고 어디 갔다
왔다, 이런 걸 사진을 곁들여 가며
기록하는 게 반 정도. 내용이래야
비와호를 배경으로 찍은 바이크
사진이라든가 어디 어디 휴게소의
소프트아이스크림이 맛있었다든가 하는
시시한 이야기였고.
그런데 그 아저씨의 블로그가 갑자기
이상해진 거다. 어느 날 평소처럼
즐겨찾기로 블로그에 접속했더니
이전에 올린 포스트가 전부 삭제되고
없었다. 3일쯤 전만해도 글이
올라왔었는데.
프로필 쪽 정보도 전부 지워졌고,
프로필 사진으로 올려놨던 바이크
사진도 새카만 이미지로 바뀌어 있었다.
블로그 알맹이만 무슨 야반도주라도 한
것 같은 느낌.
순간 헷갈려서 내가 다른 블로그에
접속했나 싶을 만큼 죄다 없어지고
말았다. 다만 유일하게 남아 있던
블로그 타이틀은 내가 알던 그대로였다.

그렇게 텅 빈 블로그의, 원래는
아저씨가 작성한 포스트들이 주르륵
나열되어 있을 목록에 포스트가 딱 하나

올라와 있었다.
제목은 '아'라는 한 글자.
그 아저씨는 'xx월 xx일 고치
주행'이라거나 '타이어의 관리에 대하여'
같은 제목으로 글을 썼기 때문에
아무렇게나 쓴 듯한 그 제목이 아무래도
이상했다.
이상한 것은 하나 더 있었는데, 그
포스트에는 자물쇠가 채워져 있었다.
즉, 비번을 입력해야 읽을 수 있다는 말.

블로그 애독자로서 만난 적도 없는
아저씨한테 제멋대로 친밀감을 느껴온
나로서는 그 내용이 너무너무 궁금했다.
어쩌면 그 글에 모든 의문의 이유가
적혀 있는 게 아닌가 싶어서.
블로그 어딘가에 비번이 적혀 있지는
않은지 찾아봤지만, 어디에도 없었다.
아니, 전부 지워졌으니까 애초에 찾아볼
곳이랄 게 없었다.
그래서 반쯤 체념한 채 비번을 입력해
봤다. 블로그 타이틀이라든가 그 사람이
탔던 바이크 이름 같은 거, 0000 같은
숫자도 넣어 봤지만 전부 안 됐다.
이래서야 다 틀렸다, 이젠 됐다 싶은
심정으로 마지막으로 네 자리 숫자를
입력해 봤다.
그건 아저씨 생일이었다. 어째서 내가
아저씨 생일까지 기억하느냐면 나랑
생일이 같았으니까.
블로그를 처음 읽기 시작하던 무렵,

프로필에서 보고 인상에 남아서
기억하고 있었다.
놀랍게도 그게 정답이었다. 희한하게
기분이 들떴던 기억이 지금도 생생하다.

'아'가 제목인 그 포스트에는 글은 없고
사진만 몇 장 실려 있었다.
처음은 도로 휴게소 같은 곳을 찍은
사진. 그 사진에 아저씨의 바이크가
찍혀 있었으니 아마 아저씨가 찍은
사진이었을 거다.
블로그가 해킹이라도 당했나 싶던 나는
이 시점에서 이 포스트를 작성한 사람이
아저씨라는 것을 깨달았다.
다음 사진은 확실히 댐이었다. 댐
호수를 배경으로 '●●●●● 댐'이라고
쓰인 간판과 바이크가 함께 찍힌 사진.
아마 아저씨는 주행 기록을 올리기 위해
사진을 찍지 않았을까.

그다음이 산기슭에 있는 낡아빠진
도리이 사진. 도리이 너머로는 산으로
이어지는 계단이 흐릿하게 보였다.
거기서부터 사진이 이상해졌는데,
그 계단을 한창 올라가며 찍은 듯한
사진이 몇 장이나 이어졌다. 머리 위로
허공을 찍거나 옆으로 틀어 산속의
숲을 찍거나, 계단 위쪽을 찍거나,
뭔가 찍으려고 했다기보다는 적당히
셔터를 누르면서 계단을 올라간 듯한
사진이었다.

그렇게 의미 불명의 사진이 끝나자,
이번에는 신사의 본전이라고 하나?
그게 잘려서 찍힌 사진이 나왔다.
초점도 안 맞고 흔들려서 확실히 알
수는 없었지만, 폐허처럼 지붕이 반쯤
내려앉은 상태의 건물이었다. 문이 닫혀
있어 내부도 보이지 않았다.
다음은 자그마한 사당 사진. 키와
엇비슷한 높이에 좌우로 여닫이문이
달려 있고, 작은 지붕이 있는 그것.
이 사진도 카메라를 기울이면서 찍은
듯한 이상한 구도였다. 앞 사진에 찍힌
건물과 비교하면 크기는 꽤 작지만, 앞
건물과 비슷하게 낡았고, 문은 닫혀
있었다.
그리고 다음 사진이 나오는데, 역시
같은 사당 사진. 다만 이번에는 문이
열려 있었다.
보통 사당 안이면 뭔가 모셔져 있을
텐데, 그런 건 없고 대량의 인형이 가득
들어 있었다. 미미 인형부터 프랑스
인형, 일본 인형, 미소녀 피겨까지
종류도 크기도, 아마 연대도 다른
여자애 인형을 빽빽하게 작은 사당
천장까지 가득 욱여넣은 거다.
그다음이 마지막 사진이었다.
사당을 향해 절을 올리는 남자를
등 뒤에서 촬영한 사진.
포스트는 그것으로 끝이었다.

포스트를 다 읽고 아저씨 블로그의

첫 화면으로 돌아오자, 지금 막
올렸을, 아까는 없던 포스트가 목록에
표시되었다.
제목은 '허사가 되고 말았습니다'였다.

새 포스트 역시 잠겨 있었는데, 나는
비번을 풀지 못했다.
그리고 한 달쯤 지나자 블로그 자체가
사라졌다.

완전히 내 감이지만, 포스트 마지막
사진에 찍힌 남자는 블로그 주인장
아저씨였을 거다. 차림새도 바이커였고.
하지만 그랬다면 촬영한 건 누굴까.
아저씨가 모쪼록 무사하길.

인터뷰
녹취
1

아이고, 이거 정말 오랜만입니다. 마지막으로 뵌 게 시부야에서 했던 괴담 토크쇼였으니까 벌써 한 10년 됐나요.

주문은 뭘로 하시겠습니까? 예, 전 아이스커피, 블랙으로요. 같은 걸로 괜찮으세요? 하하. 이러고 있으니까 서로 커피 마시면서 회의하던 게 생각나네요. 둘 다 블랙이라서 주문이 간단해서 좋네, 했잖아요.

예, 지금은 프리랜서로 벌어먹고 삽니다. 편집자 시절 연줄로 일 감을 받을 수 있으니 다행이죠. 오컬트 업계와는 부쩍 멀어졌지만요. 그게 참, 그쪽 일만 해서는 먹고살기가 어렵잖습니까. 저야 뭐 선생님처럼 그렇게까지 호러 애호가도 아니고, 굳이 말하자면 어쩌다 보니 그 편집부에 떨어진 것뿐이었으니까요.

그래도 옛날에 같이 일했던 분이 이렇게 연락을 주시니 기쁘네요.

그렇게 격식 차리지 마세요. 저야 뭐 이제 일감 주는 사람도 아닌 걸요. 오히려 업계 커리어만 보면 선생님이 선배시고요.

그 후에 말입니까? 힘들었죠. 상부에서 갑자기 휴간 지시가 떨어졌으니까요. 훨씬 전부터 소문은 있었지만 말입니다. 편집장이 바뀌고 나서 실적도 주춤했고, 나중에는 세 명이 돌아가며 할 정도로 편집부가 축소되었죠. 그때는 전화로 급하게 연락을 드려서 참 민폐를 끼쳤습니다. 준비해 주신 원고도 있었는데….

편집부가 해체되고 세 사람 모두 회사를 그만둬 버렸죠. 휴간하게 된 편집부에서 다른 부서로 이동하면 주눅도 들고 좀 그렇잖습니까. 마침 프리로 뛰어볼까 생각하던 시기였고요. 또 다른 편집부원 O

도 제가 그만두고 얼마 지나지 않아 다른 출판사로 이직했죠. O와는 지금도 가끔 한잔하러 갑니다. 종종 일감도 물어다 주더라고요. 그러고 보니 선생님은 편집부의 다른 두 사람과는 마지막까지 면식이 없었네요.

편집장요? 아, S 말씀이시죠. 어떻게 지내고 있으려나. 잘 모르겠습니다. 딱히 사이가 좋았던 것도 아니고, 그만두기도 제일 먼저 그만뒀고. 저희에게는 인사고 뭐고 없었으니까요.

지금이니까 하는 말이지만 별로 안 좋아했어요. 왜냐고요? 으음, 이건 편집론의 이야기가 되겠습니다만, 저와 O는 어디까지나 월간 ○○○○을 엔터테인먼트 잡지로 만들려고 했는데, S는 뭐라고 해야 하나, 보도라는 측면을 더 중시하는 거 같았죠.

물론 오컬트를 즐기려면 리얼리티가 필요하죠. 독자도 만든 이야기가 아니라 진짜배기를 바란다는 건 저도 잘 압니다. 그래도 첫 번째 욕구는 즐기고 싶다는 데 있다고 생각해요. 그래서 즐길 수만 있다면 리얼하게 지어낸 이야기라도 괜찮다고 보거든요.

하지만 S는 그렇지 않았어요. 그래서 기획이나 원고에도 정확한 정보원, 확실한 근거 같은 걸 요구했죠. 그런데 유령이나 외계인이 있다는 증거 따위 제시할 수 있을 리가 없잖아요. 정보 제공자의 에피소드가 진짜 있었던 일인지 아닌지 저희야 알 수 없고, 기사 하나를 일일이 세부까지 취재하려면 시간이 아무리 있어도 부족하죠. 우리가 신문을 만드는 것도 아니고요. 하지만 S는 애매하게 놔두는 걸 용납하지 못했어요. 그래서 몇 번이나 싸웠는지 모릅니다.

뭐, 저희도 사회생활 하는 성인이고, 편집장은 S니까 최종적으로 그가 바라는 대로 만들기는 했죠. 그래도 저나 O나 속으로는 S의 생각에 동의 못 하는 부분이 많았습니다. 그런 의미에서도 선생님께는 신세를 졌습니다. 자, 보세요, 원고의 질이 얼마나 높았습니까. 선생님에 대한 신뢰감 면에서는 저희 셋 다 의견이 일치했으니까요. 선생님 원고가 반려된 적은 거의 없었을 거예요.

게다가 선생님은 이 업계 작가 중에 좀처럼 없는 타입 아니십니까. 정보를 취사선택하는 방법이나 관점 면에서도 여러모로 배웠습니다.

실은 S에 관해서 용서할 수 없는 게 한 가지 더 있어요. 아까 편집부가 해체되면서 모두 그만뒀다고 말했는데요, 나중에 인사부 동기에게 들어보니 이야기가 살짝 달랐습니다.

S가 급하게 그만두고 싶다고 했고, 상부에서 받아들이면서 휴간이 정해졌다는 겁니다. 확실한 건 모르겠지만, 사실이라면 연말도 아닌 시기에 갑작스럽게 휴간한 게 납득이 가죠.

아니, 그만두는 거야 개인 사정이니까 상관없어요. 다만 그런 거였으면 나와 O에게 설명 정도는 했어야 하지 않습니까. 마지막 날에 인수인계 데이터만 덜렁 보내고는 뒷일은 잘 부탁한다, 이러면 누가 이해합니까. 하긴 뭐 인수인계고 뭐고 월간 ○○○○는 결국 휴간돼 저희도 회사에 인수인계를 제대로 안 했지만 말입니다.

예? 서고가 정리되어 있지 않았다고요? 하하하. 미안합니다. 그건 여지없이 저희 책임이네요. 차세대의 젊은이에게 폐를 끼쳐버렸군요. 그래도 이렇게 별책이라는 형태로 근근이 간행이 이어지다니 기쁘네요.

미안합니다. 옛날 생각이 나서 그만 떠벌떠벌 이야기해 버렸군요. 어디 보자, 오늘은 ●●●●●에 관한 이야기였나요?

74

아, 녹음기 돌리시게요? 아니지, 이제는 아이폰에 녹음 기능이 있죠. 예, 알고는 있는데, 아무래도 옛날 입버릇이 배서 녹음기라고 해 버리네요. 하하.

늘 인터뷰하는 쪽이었으니까, 막상 당하는 쪽이 되니 어쩐지 긴장이 됩니다. 혹시 이거, 처음부터 녹음하셨습니까? 아이고, 선생님도 사람이 짓궂으시네. 처음에 편집부에 대해 떠든 부분은 오프더레코드로 부탁드립니다.

그렇네요. 한 번뿐이지만 저도 현지에 취재를 간 적이 있어요. 그때는 어디 보자, 뭐였더라, 맞아, 터널이었지. 거기서 심령 현상의 실증 실험을 했나 그랬어요. 밤새워 지켜봤지만 결국 아무 일도 안 일어나서 대충 뭔가 둥그런 게 찍힌 사진을 실어서 얼버무렸던 것 같습니다.

그 무렵에는 오컬트 잡지도 활기가 넘쳤죠. 이러니저러니 해도 재밌었습니다. 하긴 저보다 선배들은 수상한 종교 시설을 취재해 기사도 썼다고 했으니까요. 유행이었죠.

전화를 받았을 땐 놀랐습니다. 그 신입 편집자, 제법 날카롭네요. 산을 중심으로 한 대규모 심령 지대라니, 전혀 눈치를 못 챘습니다. 그래도 듣고 보니 그럴싸하네요.

아까 말씀드린 대로 창피한 이야기지만 휴간이 정해지고 나서는 다음 일자리를 신경 쓰느라 인수인계 작업이래 봤자 과월호와 데이터 ROM, 종이 자료를 적당히 상자에 쑤셔 넣은 뒤 서고에 처박아 두고는 이제 끝, 이런 식이었죠.

그랬으니 각자 수첩이나 개인 컴퓨터에 기록해 둔 담당 작가의 기획, 취재 메모, 원고 데이터 같은 것은 그냥 각자 들고서 회사를 떠났습니다. 아마 O도 그랬을 겁니다. 이번에 연락을 받고 오랜만에 과거의 취재 메모를 한번 봤습니다.

대충 훑기만 했는데, 있더군요. ●●●●●에 관한 것 중 채택되지 않아 실리지 않은 이야기가. 그 햇병아리 편집자의 말을 빌리자면 산의 동쪽, 그러니까 댐과는 정반대 쪽 이야깁니다.

공교롭게도 원고로 작성되지는 않은 이야기라 취재 메모와 기억을 바탕으로 말씀드릴 테니 양해 부탁드립니다.

******

정보 제공자는 ××××××씨라는 분인데, A씨라고 부르기로 하죠. 메모에 따르면 22세 남성, 대학생이네요. 작가 F씨에게 소개받았습니다.

인터뷰는 2012년 3월 4일에 했고요.

A씨는 도내의 한 대학에서 심리학을 배우는 학생이었습니다. 인터뷰하기 전 해에 동일본 대지진이 있었던 탓에 취업 준비에 여러모로 고생했다는데, 4월부터 다행히 다닐 직장도 정해지고 졸업 논문도 제출해서 한시름 놓은 시기였던 모양입니다.

이번에 말씀드릴 이야기라는 게 A씨의 졸업 연구에 얽힌 이야깁니다.

A씨는 졸업 연구 주제를 '공포 감정을 타자에게 전달할 때의 신체 표현'으로 잡았습니다.

76

피험자에게 짧은 공포 영상을 보여준 뒤 느낀 감상을 피험자가 제삼자에게 말로 전달할 때, 제스처에 어떤 경향이 나타나는지 알아보는 내용이었습니다.

조금 별나긴 하죠. A씨도 누구 못지않은 호러 애호가여서 어차피 할 거라면 자신이 좋아하는 주제로 연구하고 싶었다나 봐요.

단순히 반응을 조사하는 게 아니라 피험자의 성향에 따라서 어떤 차이가 나타나는지를 연구하고 싶었기에 A씨는 피험자를 그룹으로 나누었습니다.

그룹으로 나눌 때는 피험자들이 미리 작성해 놓은 설문 조사지를 활용했다더군요. 항목을 보면 '공포물이 좋다', '공포물이 싫다' 같은 것부터 '이야기를 잘한다', '이야기가 서툴다' 같은 것, '형제가 있다', '형제가 없다' 같은 것까지 다양했는데, 50명쯤 되는 피험자의 제스처 데이터로 대조적인 그룹 사이에 제스처의 경향이 유의미한 차이를 보이는 항목을 찾기로 했습니다.

'공포 감정을 타자에게 전달할 때의 신체 표현'이라는 주제의 성질상, 내용을 설명하는 데 시간을 다 쓰는, 말하자면 스토리로 무섭게 하는 영상은 피해야겠다고 A씨는 생각했습니다. 되도록 추상적이고, 보고 난 뒤에 순수하게 '무서웠다'라는 감정만 남는 게 좋다는 거죠. 그래서 고른 게 동영상 사이트에 올라와 있던 '저주 영상'이었습니다.

선생님도 아시겠지만, 유명한 공포 영화 〈링〉에 등장하는 저주 비디오는 그걸 본 사람이 7일 후에 죽어버리죠. 의미도 알 수 없는 으스스한 분위기의 저주 비디오는 사회 현상이 되기도 했습니다. 〈링〉

이 히트하고 나서 그것을 흉내 내 손수 만든 '저주 영상'이 동영상 사이트를 중심으로 넘쳐난 것도 알고 계시지요?

A씨가 고른 것도 그런, 어떤 의미로는 진부한 '저주 영상'이었습니다. 약 3분 동안 피범벅이 된 식칼, 화질 나쁜 폐허에 비친 사람 그림자, 무서운 얼굴을 한 여자의 모습 같은 게 몇 초마다 바뀌어 나타나는 작위적인 영상이었다고 합니다.

A씨는 그것을 보자마자 몇 가지 유명한 공포 영화의 한 장면을 베꼈다는 걸 알아차린 모양입니다. 요컨대 무서운 장면을 모아다 초보자가 이어 붙여 만든 질 낮은 영상이었다는 거죠. 그 영상이요? 이번 기회에 다시 찾아봤지만, 삭제된 모양인지 찾을 수 없었습니다.

A씨는 그 영상을 피험자에게 보여주고 나서 감상을 설명하게 했습니다. 어깨를 껴안으며 무서웠다고 말하는 사람부터 옛날에 꾼 악몽을 떠올렸다는 사람까지 각양각색이었죠. 주제가 주제인 만큼 피험자 50명을 모으기가 무척 힘들었다더군요.

본론에서 벗어나는 이야기지만, 실험이 참 흥미롭지 않습니까? 저도 취재 당시에는 괴담 인터뷰라는 걸 잊고 실험 내용을 흥미진진하게 들었던 기억이 납니다. 결과요? 예, 물론 들었죠.

제스처는 '종류', '빈도', '길이'로 나누어서 측정했다고 합니다. 그룹 사이에 유의미한 차이가 나타나는 설문 항목이 거의 없었는데, '공포물을 좋아한다'와 '공포물을 싫어한다'로 나눈 그룹 사이에서는 뚜렷한 경향의 차이가 보였다고 합니다.

구체적으로 말하자면 '공포물이 좋다'는 그룹은 '공포물이 싫다'는 그룹과 비교해서 유령의 움직임이나 모습을 형용하는 제스처를 많이, 길게 썼다고 합니다. 거 왜, 흔히들 눈앞으로 양손을 늘어뜨리고 "원통하도다" 하면서 귀신 흉내를 내지 않습니까. 그런 종류의 제스처 말입니다.

반대로 '공포물이 싫다'는 그룹은 '공포물이 좋다'는 그룹과 비교해 필러 같은 제스처가 많고 길었다고 합니다. 필러라는 건 원래 틈새를 채운다는 의미인데, 여기서는 말을 더듬거나 다음 말을 이어갈 때 왠지 모르게 손을 움직이는 것처럼 딱히 의미가 없는 제스처를 뜻합니다.

A씨는 실험 결과를 논문에 반영하면서 이렇게 고찰했다고 합니다.

공포물을 좋아하는 사람은 자기가 공포를 느끼면서도 그 체험에서 즐거움을 찾아내기 때문에 상대도 똑같이 무서움을 즐겨주기를 바란다. 그래서 유령 등 공포의 핵심이 되는 부분을 세부까지 표현함으로써 상대에게 공포를 엔터테인먼트로 느끼게끔 한다.

반대로 공포물을 싫어하는 사람은 공포를 자신에게 닥친 쓰라린 체험으로 파악하고, 상대가 자기에게 공감하고 다가오기를 바란다. 그래서인지 때로는 감정이 앞서 말이 따라가지 못하는 상황이 많이 눈에 띄었다. 그리하여 필러와 같은 제스처가 많아진 게 아닐까.

고개가 끄덕여지더군요. 예. 무척 흥미로웠습니다. 생각해 보면 이거, 오컬트 잡지를 만드는 쪽과 받아서 읽는 쪽의 이야기와도 연결이 되더라고요.

저희는 온갖 수단을 다 동원해서 엔터테인먼트로서 오컬트를 독자에게 제공합니다. 하지만 개중에는 특정 정보에 과민 반응을 보이는 독자도 있죠. 그런 독자는 감정이 북받쳐서 편집부에 연락을 취하죠. 보세요, 선생님 이야기에도 있을 겁니다. 독자가 보낸 편지.

특히 ●●●●●를 다룬 호에는 그렇게 열심인 독자에게서 온 연락이 많았던 거 같습니다. "나도 UFO를 봤습니다"와 같은 연락과는 조금 다른, "무서워요. 괴로워요. 살려주세요"와 같은 연락이.

곁길로 너무 새버렸네요. 쓸데없는 이야기가 많은 게 제 나쁜 버릇입니다.

자, 본론으로 돌아가서, 실험을 진행하면서 A씨는 50명분의 제스처를 집계해야 했습니다. 수동으로요. 저도 이야기를 들으며 어지간히 아날로그였구나 싶었습니다.

사전에 피험자가 제삼자에게 설명하는 모습을 녹화해 놓고 나중에 그것을 보면서 피험자의 프로필과 함께 제스처를 엑셀에다 '종류', '빈도', '길이'로 나누어 셌다고 합니다. 공포 영상 자체는 3분짜리인데, 피험자의 이야기는 대체로 5분 정도, 길면 10분이나 이야기하는 사람도 있어서 정리하는 데 꽤 고생한 모양입니다.

그런데 스무 명쯤 집계하고 나니까 요령도 대충 생겨서 '이 사람은 이렇게 이야기할 것 같다'라는 식으로 예상하고 즐기면서 작업할 정도의 여유가 생기더라더군요.

그러던 가운데 두 사람, 특징적인 움직임을 보이는 피험자가 있었습니다.

한 사람은 남성, 다른 한 사람은 여성이었습니다. 제스처 자체에는 이렇다 할 특징이 없었습니다. 다만 두 사람 모두 한창 이야기하고 있을 때 종종 무언가를 알아차린 듯한 기색으로 시선이 이야기 상대가 아닌 다른 곳으로 향했다고 합니다.

두 사람의 시선이 향한 곳은 똑같았는데, 피험자 쪽에서 보아 오른쪽 비스듬한 앞, 녹화 카메라의 프레임 바깥이었습니다. 하지만 A씨가 기억하기로 거기는 아무것도 없는 방구석이었다고 하네요.

게다가 그 모양새도 의식적이라기보다 반사적으로 보는 듯했고, 뜨문뜨문 잠시 말을 멈추고 보는 일까지 있었다고 합니다. 누가 갑자기 이름을 부른 것 같은, 그런 인상을 받았다는군요.

정확하게 데이터를 측정하기 위해 잡음이나 방해가 될 만한 것은 사전에 전부 배제했던 터라 A씨는 이상했습니다.

한 사람이었다면 버릇으로 정리할 수 있겠지만, 두 사람, 게다가 보는 방향까지 똑같다 보니 무언가가 실험 결과에 영향을 미친 것일지도 모른다, 그렇게 생각한 A씨는 그 두 사람의 설문 조사 결과를 재검토해 보기로 했습니다.

사실은 처음에 이야기하지 않은 게 있습니다. A씨는 설문을 작성할 때, 여흥 삼아 넣은 항목이 있었습니다. '영감이 있다'와 '영감이 없다'가 바로 그겁니다.

맞습니다. 짐작하시는 대로 50명 중에 그 두 사람만 '영감이 있다'라고 체크했습니다.

공포물을 좋아하는 사람으로서 호기심이 자극된 A씨는 두 사람에게 다시 따로따로 이야기를 들어보았습니다. 두 사람 모두 처음에는 말하기 싫어했지만, A씨가 워낙 끈질기게 부탁하니까 결국 설명해

준 모양입니다.

두 사람의 이야기는 대체로 일치했습니다. 실험 중에 소리가 났다는 겁니다.

바로 방구석에서요. 쿵, 쿵 하고 불규칙적으로 소리가 계속 울렸다고 합니다.

두 사람 다 그것이 이른바 심령 현상이란 걸 바로 알아차렸다네요. 남들에게는 보이지 않는 것이 보이고, 들리지 않는 소리가 들리는 인생을 보내온 그들이기에 그것은 지금까지 맞닥뜨려 온 일 중 하나일 뿐이었습니다. 그렇기에 딱히 거기에 관해 언급도 하지 않고 이야기를 계속했답니다.

하지만 반사적으로 시선이 가버리는 것까지는 막지 못했고, 그 모습이 A씨의 눈에 띈 겁니다.

그 방에 유령이 있었나요? 하는 질문에 대한 두 사람의 대답도 같았습니다.

아마 실험에 쓴 동영상에서 비롯되었을 거라고 했다더군요. 동영상에 관한 이야기를 끝냈더니 소리가 더는 들리지 않았다고요.

두 사람 중 남자 쪽이 덧붙이기를 소리와 함께 검은 그림자가 보였다고 했습니다.

소리에 맞추어 검은 그림자가 방구석에서 오르락내리락했다나요. 마치 그림자가 날뛰는 소리가 바닥에 울려서 쿵 하는 소리가 난 것 같았다고요.

남자는 A씨에게 이렇게 말했다고 합니다.

"그런 건 눈치 못 챈 척하는 게 제일이에요. 이쪽이 눈치챈 걸 상대가 알아차리면 성가신 일이 벌어지니까요. 함부로 재미 삼아 찔러대지 않는 게 좋아요."

경험자의 말에 A씨도 겁이 나서 더는 파고들지 않았습니다. 동영상도 그 후로는 보지 않았다고 했죠.

하지만 A씨는 그 시점에 이미 너무 깊이 파고든 게 아닌가 싶네요.

그로부터 한 달쯤 지나 졸업 연구도 막바지에 접어들었고, A씨는 늦게까지 대학에서 논문을 쓰며 하루하루를 보냈습니다. A씨가 혼자 살던 아파트는 대학에서 두 개 역 정도 떨어진 곳에 있어, 대학 근처에 사는 연구실 동료 집에 며칠씩 머무르며 거기서 바로 학교를 오갔다고 합니다.

그러던 어느 날, A씨의 휴대전화에 모르는 번호로 전화가 걸려왔습니다. 경찰이었습니다.

지난밤 이웃 주민의 신고를 받았다는 겁니다. A씨의 방 베란다에 여자가 있다고.

주민은 아파트 맞은편의 단독주택에 사는 사람이었는데, 거실에서 창으로 A씨 아파트의 베란다가 보인다고 했습니다.

밤 9시 무렵, 무심코 베란다를 봤는데 5층 모퉁이 방, 즉 A씨 방 베란다에 빨간색 계열의 코트 같은 옷을 입은 여자가 두 손을 만세 하듯 치켜들고 서 있더라는 겁니다.

여자는 A씨 방 쪽을 향해 일정한 간격을 두고 점프를 했다고 합니다.

커플끼리 사랑싸움이라도 해서 베란다로 내쫓겼나 생각한 주민은 딱히 신경 쓰지 않고 잠자리에 들었는데, 새벽 3시경, 화장실 가려고 일어났을 때 또 무심코 쳐다봤더니 여자가 아직도 거기에 있었다고 합니다. 변함없이 A씨 방을 향해 일정한 간격을 두고 점프하면서요. 놀란 주민은 잠시 그 모습에서 눈을 못 떼고 있다가 여자의 모습이 아무래도 이상하다는 걸 알아차렸습니다.

점프에 맞춰 목이 크게 기울었다는 겁니다. 목을 가누지 못하는 아기처럼 착지했을 때 진동에 맞추어 목이 전후좌우로 휘청휘청 흔들렸답니다.

신고를 받은 경찰이 달려갔을 때 여자는 이미 사라져서 없었고, 경찰이 A씨의 방을 찾아가도 부재중이었기 때문에 관리 회사를 통해 연락처를 얻어 전화를 걸었다나 봐요.

그 소동이 있고 며칠 뒤에 또, 이번에는 아파트 관리 회사로부터 연락을 받았다고 합니다. 담당자가 말하기를 A씨가 사는 5층 방 바로 아래층에 사는 주민이 불평했다는 겁니다.

요 며칠 매일 심야에 쿵, 쿵, 하고 천장에서 소리가 난다는 항의를 받았으니 조용히 해달라고 담당자는 A씨에게 요청했습니다. 경찰 소동도 있어서인지 여차하면 내쫓을 기세로 주의를 준 모양입니다.

그러고 나서 A씨는 거의 집에 돌아가지 않았답니다. 유령이 자기 방을 찾아낸 데다 안까지 침입했다는 생각이 들면 아무래도 돌아가지 못하겠죠. 그러고도 몇 번인가 관리 회사에서 소음 때문에 불평이 들어온다는 연락을 받은 모양입니다. A씨가 거의 집에 가지 않는다고 하니 한발 물러난 것 같았지만요.

그렇다고는 해도 4월부터 다닐 회사에 맞춰 이사할 예정인 새집까지 그 여자가 따라올지 모른다고 생각하자 무서워서 견딜 수가 없었나 봅니다. A씨는 지인인 오컬트 작가에게 매달려 울었습니다. 그 지인이 A씨를 제게 소개해 준 F씨고요. F씨에게 상담을 요청받고 저는 액막이를 할 수 있는 절을 소개하는 대가로 A씨를 인터뷰할 수 있었지요.

* * * * * *

어떻습니까? 허허. 납득을 못 하시네요. 그렇겠죠. ●●●●●가 나오지 않으니까요.

이거, 사실은 뒷이야기가 있습니다. 선생님도 궁금하실 텐데, 그 저주 동영상에 관한 겁니다. 예, 저도 바로 조사했죠.

A씨는 연구를 위해 적당히 골라잡은 영상이라고 했으니 몰랐을 수도 있는데, 그 동영상이 실은 꽤 유명한 거였습니다. 뭐, 유명하다고 해도 인터넷 게시판 타래에서 화제가 되는 수준이죠.

'이 동영상을 보면 진짜로 저주를 받는다더라' 같은 타래가 있고, 거기에 그 동영상 링크가 달려 있었는데, 그걸 본 사람이 속이 거북해졌다거나 뭐에 씌어서 이상해졌다거나 하는 후기가 돌아서 한때 분위기가 들끓었던 모양입니다.

늘 그렇듯 네티즌들이 동영상의 정체를 특정하기 시작했죠. 이 부분은 몇 년도에 제작된 미국의 어느 영화에서 가져온 것이고 이건 옛날에 유행했던 심령 GIF 파일의 우려먹기다, 라는 식으로요. 그런 것까지 특정해 내는 사람들 참 대단해요.

그중에 원래 있던 것의 우려먹기가 아닌 게 딱 하나 있었습니다. 정확히는 2컷 1신이라고 해야 하나? 5초쯤 되는 흑백 영상이 흐르는 부분이 있는데, 그게 아무래도 영화 같은 데서 잘라낸 게 아니라 초보가 찍은 것 같다는 말이 나왔어요.

저도 봤습니다. 다른 것과 비교하면 그렇게 충격적이지 않지만, 의미 불명이라는 면에서 꽤 두드러지는 편일 겁니다.

먼저 처음에 '5'라고 쓰인 패널이 벽면에 붙어 있는 건물이 비쳐요. 아파트 단지 같은데 보면 동마다 숫자가 할당되어 있지 않습니까. 그런 느낌으로요. 그 건물을 올려다보며 찍은 화면 같았죠.

그리고 다음에 여자의 얼굴이 클로즈업됩니다. 웃는 것 같기도 하고 우는 것 같기도 하고, 화를 내는 것 같기도 한 얼굴입니다. 입을 옆으로 크게 벌리고 이를 드러내고 있죠. 그 얼굴이 화면으로 다가왔다 멀어졌다 합니다. 여자 얼굴이 주는 충격이 큰데, 영상에 나오는 게 정말 몇 초밖에 안 돼서 잘 뜯어봐야 알겠지만, 아마 그 여자, 카메라를 향해 점프하고 있었을 거예요. 그러니까 아래에서 위쪽을 올려다보며 뛰는 여자를 바로 위에서 촬영한 거 같았습니다. 얼굴보다 조금 위쪽으로 두 손이 비치는 걸 보면 카메라로 손을 뻗는 것 같기도 했고요.

맞습니다. A씨 이야기에 나온 여자도 똑같은 짓을 했죠. 동일 인물인지 어떤지는 모르겠습니다. A씨도 그 여자를 직접 보지는 못했으니까요.

당연히 그 수수께끼의 영상도 특정하려는 시도가 있었습니다. 처음에 나오는 건물, 그게 ●●●●●의 유령 아파트라고 불리는 단지

5동 건물이었습니다. 건물의 외관과 그 배경에 있는 산의 능선을 보면 틀림없는 것 같습니다.

하지만 여자 쪽은 알 수 없었습니다. 아무튼 화면에 비치는 것이 얼굴과 손뿐이었으니까요. 그밖에 알 수 있는 유일한 사실은 지면이 자갈이었다는 것뿐입니다. 타래에서도 퍽 많은 논쟁이 오갔지만, 그게 누구고 어디서 찍힌 것인지 결국 아무도 알아내지 못했습니다.

그 유령 아파트가 소문이 여럿 있지 않습니까. 그게 저주의 원인이 아니냐는 것이 네티즌들의 견해였습니다.

이 이야기는 이걸로 끝입니다.

어째서 원고로 쓰지 않았냐고요? 편집장 선에서 튕겨나갔죠. 마무리가 약하다면서요. 즉 진상에 바짝 다가가지 못했다는 뜻이죠. 뭐, 그 사람다운 대처였습니다.

하기야 제 생각에도 이 얘기가 조금 어중간하거든요. 흐트러져 있달까. 정체를 알 수 없어서 고찰의 여지를 남기는 이야기로 끝내기에는 에피소드가 살짝 약한 것 같고, 진상을 추구하는 이야기로 하기에는 해명하는 선까지 다다르지 못했죠. 아쉽긴 합니다.

이 이야기는 어차피 날려버린 것이니 선생님 명의로 쓰셔도 됩니다. 선생님이라면 알맞게 요리해 주시겠죠. 그러면 이 이야기도 성불할 수 있겠네요. 아뇨, 사양하지 마시고요. 여러모로 신세를 졌으니까요. 이렇게 이야기하다 보니 그 시절로 돌아간 것 같아서 저도 즐거웠습니다.

또 O에게도 ●●●●●와 관련해서 싣지 않은 정보가 있는지 한번 물어보겠습니다. 그놈이랑도 최근에 통 만나질 못했으니까요. 연락할 좋은 기회가 되겠네요.

모 월간지
2014년
3월호 게재

단편「기다리고 있다」

"어쩐지 좀 어둡구나 싶었습니다."

　A씨의 아버지는 일흔을 눈앞에 둔 어느 날 동갑내기 아내를 남기고 병사했다.
　외아들이었던 마흔 살 A씨는 고향을 떠나 다른 지역에서 살고 있던 터라 본가에 홀로 남은 어머니가 걱정됐다.
　"본가는 단독주택이었는데, 거기서 홀로 지내시기는 아무래도⋯. 당신도 적적하실 테고⋯."
　그러던 어느 날, 어머니에게서 연락이 왔다. 아파트로 이사하기로 했다는 것이다.
　이대로 혼자서 본가에 계속 살 바에는 차라리 장소를 바꿔서 거기서 여생을 보내고 싶다, 아파트라면 무슨 일이 있을 때 이웃과 서로 도와줄 수 있다, 어머니는 그렇게 이야기했다.

　어머니가 부동산을 통해 얻었다는 ●●●●●에 있는 아파트는 산을 깎아 만들어 약간 높은 지대에 있었는데, 인터넷으로 찾아본 바로는 조망이 좋아 느긋하게 여생을 보내기에 안성맞춤으로 보였다.
　그런데 A씨가 어머니와 함께 부동산의 안내를 받아 실제로 그 아파트를 보러 갔을 때 느낀 감상은 첫머리에 언급한 대로였다.

　"사람이 적었어요, 휑하니. 아파트 자체는 넓은 부지에 몇 동이나 지어진 상당히 큰 단지였지만, 20퍼센트 정도밖에 차지 않은 것 같더군요. 커튼이 없는 세대가 더 많았습니다."
　A씨는 황량한 분위기가 마뜩잖았지만, 어머니는 반대로 차분하

90

게 느껴져 마음에 든 모양이었다.

부동산이 권유하는 대로 5동 3층의 방 한 칸을 살펴본 뒤, A씨와 어머니는 그 자리에서 계약하기로 했다.

어머니가 새로운 지역에서의 생활을 시작한 것과 동시에 A씨는 업무가 한창 바쁜 시기에 돌입했고, 결국 A씨가 어머니의 아파트를 다시 방문한 것은 반년이 지나고 나서였다.

"변함없이 분위기가 어둡다 싶었습니다. 그래도 어머니가 혼자서 무사히 생활하고 계시니 안심했죠. 친구도 몇 분 생긴 것 같았고요."

다만 어머니의 상태가 약간 이상했다.

"저와 이야기할 때 말고는 줄곧 멍하니 창밖만 바라봤어요. 뭘 하는 것도 아니고. 치매인가 싶어 걱정스러웠습니다."

신경이 쓰인 A씨가 어머니에게 무엇을 보느냐고 물었지만, 돌아온 답은 한마디였다.

"기다리는 거야."

어머니는 그 이상 아무 말도 하지 않았다.

그날 밤, A씨와 어머니가 식탁에 둘러앉아 있는데 창밖에서 큰 소리가 들렸다.

'쿵' 하는 소리와 '철썩' 하는 소리가 동시에 울리는 기묘한 소리였다.

큰 소리에 놀란 A씨가 창가로 달려갔다. 하지만 그보다 신속하게, 놀라운 속도로 어머니가 먼저 창으로 달려들었다.

창 밑에는 사지가 이상한 방향으로 뒤틀린 사람이 피 웅덩이 안에서 잘게 경련을 일으키고 있었다.

충격적인 상황에 놀라서 어머니 쪽을 본 A씨는 공포에 휩싸이고 말았다.

창 밑의 참상을 바라보며 어머니가 생글생글 웃고 있었기 때문이다.

어머니를 잠시 친척에게 맡기고 아파트에서 A씨 집으로 어머니의 짐을 실은 이삿짐 트럭을 전송한 날이었다. 단지 안 공원에서 한 중년 여성이 A씨에게 말을 붙였다.

다른 동에 사는 어머니의 지인이었다.

A씨가 어머니가 이사했다고 전하며 그동안 신세가 많았다고 인사하자, 여성은 이렇게 말했다.

"저야 섭섭하지만 그게 나으실 거예요. 그런 데 계속 살다가는 마음도 좋지 않으실 거고…."

5동에서 사람이 자살한 것은 이번이 처음이 아니었다. 처음은커녕 해마다 몇 사람씩이나 뛰어내렸다. 일부에서는 자살 명소로 유명했다.

자살자는 아파트의 주민이 아니라 멀리서 일부러 '죽으러 온' 사람이 대부분이었다. 어째서인지 다른 동에서는 그런 일이 없었고, 5동에서만 뛰어내리는 일이 잦아서 아파트 주민들도 5동에는 접근하려 들지 않는 모양이었다.

어머니는 그런 곳에 살고 있었다.

A씨는 문득 생각이 나서 이번 일 말고 어머니가 이사 오고 나서도 누가 자살하는 일이 있었는지 중년 여성에게 물어보았다.

이미 두 사람이 뛰어내렸다고 했다.

A씨는 그 대답을 듣고 확신했다.

어머니는 누군가 뛰어내리기를 기다리는 것이었다.

「기다리고 있다」
게재 전 원고

프린트물에 붙어 있는 포스트잇에 빨간색 글자로 지시 사항을 적은 메모가 있음.

"이 기사 말인데요, 편집 관계상 페이지가 4P에서 2P로 변경되었습니다. 자질구레한 묘사는 생략하고 투신자살에 초점을 맞춘 괴담으로 다시 써주세요!"

******

A씨의 어머니는 늘 생글생글 웃는 온화한 여성이었다.

A씨는 스무 살 무렵까지 아버지, 어머니와 함께 셋이 오카야마의 본가에서 살았다.

취직을 계기로 A씨는 직장이 있는 나가노에서 혼자 살기 시작했다. 20년쯤 지났을 무렵, 본가의 아버지가 뇌경색으로 쓰러졌다. 운나쁘게 발견도 늦어 병원 치료의 보람도 없이 그날 세상을 떠났다.

혼자 남겨진 어머니를 배려해 같이 살자는 제안도 해봤지만, 어머니는 외아들을 고생시키고 싶지 않다며 거절했다. 마흔이 지나서도 독신인 A씨의 혼기가 자신 탓에 더 늦어질지 모른다는 걱정도 했을 것이다.

기회를 봐서 고향을 찾으며 어머니를 챙겼지만, 널따란 단독주택에서 혼자 지내는 일흔 가까운 어머니가 A씨는 역시 쓸쓸해 보였다.

"엄마 이사 갈 생각이야."
어머니의 결정을 듣고 A씨는 처음에는 놀랐지만 이내 찬성했다.

어머니가 이사할 새집이라며 알려준 곳은 부동산에서 소개받았다는 ●●●●●에 있는 아파트였다.

본가인 단독주택은 혼자서 관리가 힘든 데다 여기저기 남은 아버지의 추억에 마음이 얽매이기 십상이다, 차라리 장소를 바꾸어 거기서 여생을 보내고 싶다, 아파트라면 무슨 일이 있을 때 이웃과 서로 도울 수 있다. 그렇게 말하는 어머니의 심정을 이해할 수 있었다.

A씨가 인터넷으로 찾아보니 80년대의 뉴타운 붐을 타고 건설된 아파트 단지로 옛날에는 부모와 어린 자식이 있는 가족에게 인기였다고 한다. 현재는 소유주가 직접 살기보다 임대로 내놓은 방이 많고, 주민으로는 고령의 부부나 어머니 같은 1인 가구가 많았는데, 집세도 내부 구조를 생각하면 상당히 싼 편이었다.

산을 깎아 만들어 약간 높은 지대에 자리하고 있지만, 시가지와 거리가 가까우며 주민들이 장을 보기 위해 오가는 비탈길은 고령자의 다리로도 힘들지 않을 만큼 완만해 보였다.

부동산의 안내를 받아 어머니와 함께 아파트를 실제로 보러 갔을 때, A씨가 느낀 첫인상은 '어둡다'였다.

내려다보이는 거리의 경치가 매우 좋았고, 배경을 이루는 산에서는 자연도 느낄 수 있었다. 그런데도 어둡게 느껴졌다. 사람이 적어서였다. 드넓은 아파트 부지 안에 건물이 몇 동이나 서 있었지만 바깥으로 나와 돌아다니는 사람은 전혀 없었고, 단지 안 공원에도 사람의 모습은 보이지 않았다. 건물을 살펴봐도 커튼을 친 창이 거의 없었고, 입주민도 30퍼센트가 채 못되었다. 화단이나 공용 공간도 손질돼 있지 않았고, 전체적으로 황량한 분위기여서 더욱 어두워 보였다.

A씨가 느낀 불안과는 대조적으로 어머니는 그 아파트를 한눈에 마음에 들어 했다. 좋은 경치, 자연이 있는 입지는 물론, 사람이 적은 것도 점잖은 어머니에게는 정신적으로 지칠 일이 없을 듯해 좋았을지도 모른다.

A씨도 어머니 본인이 살고 싶은 곳에 사는 것이 가장 좋을 것 같아서 딱히 참견하지 않았다.

방을 몇 개 보고 나서 최종적으로 어머니가 정한 곳은 5동 3층에 있는 방이었다. 10층짜리 건물이기는 하지만 고층은 아무래도 오르내리기가 수고로울 것 같다는 이유에서였다. 5동은 비교적 1인 가구나 2인 가구를 위한 집이 많아서 비슷한 환경에서 이웃과 교류하기 쉽다는 부동산의 강력한 권유를 따른 결정이기도 했다.

그런데 이사 당일, 어머니와 함께 인사하러 방문한 같은 층의 여러 집 가운데 문을 열어 준 집은 한 곳뿐이었다. 사는 사람도 몹시 무뚝뚝한 고령의 남자였는데, 인사 선물로 들고 간 과자를 받자마자 인사도 하는 둥 마는 둥, 문을 닫아버렸다.

정말 여기 사는 것이 어머니에게 좋은 일일까. A씨는 불안을 떨쳐낼 수 없었다.

어머니의 새로운 생활이 시작되고 반년쯤 지났을 무렵, A씨가 사는 나가노의 셋집에 물이 새는 일이 벌어졌다. A씨의 방 바로 위층에서 발생한 누수는 필연적으로 A씨 방에까지 피해를 끼쳤다. 관리 회사의 말로는 방의 벽지를 새로 바르는 등, 원래대로 고치는 데 이틀쯤 걸린다고 했다. 그동안 거처가 마땅치 않게 된 A씨는 마침 잘됐다며 일을 쉬고 어머니가 사는 아파트에서 이틀 동안 신세를 지기로 했다.

어머니가 이사한 후 A씨도 일도 바빠져서 만나는 것은 오랜만이었다. 전화로 소식을 들은 어머니도 아들의 방문을 기뻐했다.

이사 후 처음으로 방문한 아파트에는 여전히 어두운 분위기가 감돌았다. 다만 어머니의 방에 들어가 보니 벽에는 달력이 걸려 있고, 책장에 책이 늘어나 있어 어머니가 이곳에서 새로운 생활의 기반을 쌓아가고 있음을 실감할 수 있었다. 입주민이 적기는 해도 이웃해 살면서 사는 이야기를 나눌 지인도 몇 사람 생겼다고 했다. 이야기를 듣고 A씨는 그나마 한시름 덜 수 있었다.

A씨의 어머니는 늘 생글생글 웃는 온화한 여성이었다.

그 모습은 A씨를 대할 때도 마찬가지여서 어린 시절 A씨는 학교에서 있었던 일을 종종 어머니에게 이야기했다. 그러면 어머니는 말없이 생글생글 미소 띤 얼굴로 A씨의 이야기를 즐겁게 들어주었다. 엄격해서 다가가기 힘들었던 아버지와는 대조적이었다.

A씨가 어머니가 사는 아파트를 방문한 그날도 어머니는 커튼을 젖혀둔 채 햇빛이 비치는 창 곁, 등받이 의자에 느긋하게 앉아서 아들의 근황 보고를 생글생글 웃으며 들어주었다.

다만 그 모습이 A씨가 알던 어머니와는 다소 달랐다. 대화 중에 때때로 표정을 일그러뜨리는 것이었다.

A씨가 이야기하는 동안 생글생글하며 맞장구를 치던 어머니 얼굴의 미소가 때때로 이를 드러내는 만면의 웃음으로 바뀌었다. 웃는 얼굴이기는 하지만 억지로 웃는 듯한 이상한 얼굴이었다. 어째선지 A

씨는 그 웃는 얼굴 깊숙한 곳에서 아무도 없는 아파트를 보았을 때와 같은 '어둠'을 느꼈다. A씨가 그 점을 지적해도 어머니는 자각하지 못하는 것 같았다.

또 어머니는 등받이 의자에 몸을 묻은 채 오랜 시간 멍하니 창밖을 보았다. 창밖으로 펼쳐지는 산의 경치를 그저 바라만 보고 있었다. 원래 내향적이어서 외출보다 독서를 좋아하는 어머니였지만, 텔레비전을 켜지도 음악을 틀어놓지도 않고 바깥만 바라보는 모습에 A씨는 상상하고 싶지는 않았지만, 치매의 시작을 느끼고 말았다.

참다 못 한 A씨가 어머니에게 물었다.

"왜 바깥만 보고 있어? 희귀한 새라도 날아와?"

어머니는 변함없이 바깥에 시선을 두면서 대답했다.

"기다리는 거야."

A씨는 어머니가 무엇을 기다리는지를 물었지만, 어머니는 생글생글 미소 지을 뿐, 아무 말도 하지 않았다.

그날 저녁, 부엌에서 어머니가 말했다.

"오늘은 고기 감자조림을 만들 거야. 후식은 감을 차게 해놓았으니까 그걸 먹자. 둘 다 무척 좋아했지?"

고기 감자조림은 확실히 A씨가 좋아하는 음식이었다. 그러나 감은 딱히 좋아하지 않았다. 게다가 지금은 봄이다. 감의 계절이 아니다. 역시 어머니는 치매 기미가 있구나, 하며 A씨는 슬픔을 느꼈다.

그러한 A씨의 심정은 아랑곳하지 않고 식탁에는 요리가 줄줄이 놓였다.

고기 감자조림, 된장국, 유채 나물, 당면 샐러드, 갓 지은 밥. 어느 것 하나 빠짐없이 A씨가 좋아하는 메뉴뿐. 그래서 한층 더 슬펐다.

하지만 한 입 먹고 나자 A씨는 말이 나오지 않았다. 아무런 맛이 나지 않아서였다.

치매 증상으로 손수 만든 요리의 맛이 이상해진다는 이야기는 유명하다. 다만 어머니가 만든 요리는 병증과도 선을 긋는 것 같았다. 겉보기는 고기 감자조림인데, 맛이 전혀 나지 않았다. 마치 모래를 씹는 것처럼. 설탕과 소금을 착각했다면 당연히 음식의 맛이 엉뚱하게 맛없어질 것이다. 하지만 아예 맛이 없는 맛, 알싸한 맛도 나지 않는, 완전한 무미였다.

A씨가 말을 잃은 것도 알아차리지 못하고 어머니는 자기 접시에 담은 음식을 부지런히 먹었다. 그 모습도 음식을 즐긴다기보다 그저 음식을 입으로 옮기기만 하는 동작처럼 보였다.

소중한 어머니를 이대로 내버려둘 수는 없었다.

A씨는 어머니와 같이 살며 돌보기로 마음을 먹었다.

젓가락을 내려놓고 어머니에게 어떻게 말을 꺼낼지 생각하던 바로 그때, 창밖에서 큰 소리가 들렸다.

'쿵' 하는 소리와 '철썩' 하는 소리가 동시에 울리는 기묘한 소리였다. 큰 소리에 놀란 A씨는 창가로 달려갔다. 하지만 그보다 신속하게, 놀라운 속도로 어머니가 먼저 창으로 달려들었다.

창 너머 아래에는 사지가 이상한 방향으로 뒤틀린 사람이 피 웅덩이 안에서 잘게 경련하고 있었다.

A씨의 어머니는 늘 생글생글 웃는 온화한 여성이었다.

그 순간을 A씨는 잊을 수 없다.

창 너머 아래의 참상을 바라보면서 어머니는 생글생글 온화하게 웃고 있었다.

어머니를 잠시 친척에게 맡기고 아파트에서 A씨 집으로 어머니의 짐을 실은 이삿짐 트럭을 전송한 날이었다. 단지 안 공원에서 한 중년 여성이 A씨에게 말을 붙였다.

알고 보니 다른 동에 사는 어머니의 지인이었다. 며칠 전 어머니의 방을 드나드는 A씨를 보았는데, 오늘 우연히 자기 앞을 지나가는 A씨를 보고 말을 걸어봐야겠다고 생각했다고 했다.

아파트에는 입주민도 적어서 어머니가 막 이사 온 무렵, 공원을 산책하다 알게 된 그 여성이 여러 가지로 마음을 써준 모양이었다. 다만 어머니가 그다지 밖으로 나다니지 않게 되면서 두 사람 사이의 교류도 끊어지고 말았다.

A씨가 어머니가 이사했다고 전하며 그동안 신세가 많았다고 인사하자 그 여성은 이렇게 말했다.

"섭섭하지만, 그게 나을 거예요. 아드님이 함께면 안심이고, 무엇보다 그런 데 계속 살다가는 마음도 좋지 않으실 거고⋯."

5동에서 사람이 자살한 것은 이번이 처음이 아니었다. 처음은커녕 매년 뛰어내리는 사람이 몇 사람씩이나 있었다. 일부에서는 자살 명소로 유명했다.

자살자는 아파트에 사는 사람이 아니라 먼 곳에서 일부러 '죽으러 온' 사람이 대부분이었다. 어째서인지 다른 동에서는 그러한 일이 없었고, 5동에서만 뛰어내리는 일이 잦아서 아파트 주민들도 5동에는 그다지 접근하지 않는 모양이었다.

어머니는 그러한 곳에 살고 있었다.

A씨는 문득 생각이 나서 이번 말고 어머니가 이사 오고 나서도 자살한 사람이 있었는지 그 여성에게 물었다.

그랬더니 이미 두 사람이 뛰어내렸다고 했다. 즉, 어머니는 아파트에 살기 시작하면서부터 세 번이나 투신자살을 목격했다는 이야기였다.

A씨는 그 여성의 이야기를 듣고 확신했다.

어머니는 기다리고 있었던 것이다. 창가에 앉아서 누군가가 뛰어내리기를.

현재 나가노에서 A씨와 함께 사는 어머니는 치매에 걸린 듯 종일 창밖을 바라보고 있다고 한다.

무언가를 기다리듯이.

모 월간지
2008년
7월호 게재

「불가사의한 스티커,
그 정체에 다가서다!」

최근 몇 년 사이에 인터넷을 중심으로 화제가 된 '불가사의한 스티커'의 존재를 아시는지. 예전부터 본지 독자들에게 조사 의뢰를 숱하게 받아온 본 건에 대하여 이번에 편집부가 본격적으로 조사에 나서기로 했다.

불가사의한 스티커란?

먼저 사진부터 보자. 변의 길이가 10센티미터인 정사각형의 백지 스티커에 간략하게 표현한 검은 도리이가 크게 그려져 있고, 도리이 안에 무어라 형용하기 어려운 사람의 그림이 배치돼 있다. 그나마 가장 비슷한 것이 히에이산 엔랴쿠 절의 액막이 부적으로 유명한 '뿔 대사'[7]일까. 단 뿔 대사라는 이름의 바탕이 되는 뿔은 없고, 팔다리가 이상하게 긴 이 추상적인 그림은 불길한 분위기를 자아낸다. 또 스티커의 네 모서리에는 '女'라는 문자가 쓰여 있다.

의도를 알 수 없는 이 으스스한 스티커가 곳곳에서 목격되고 있다.

분포 장소

편집부의 현장 조사에 따르면 적어도 도내에서 여러 차례 그 존재가 확인되었다. 붙여진 장소는 전봇대와 건물 벽면이 가장 많았다. 그 밖에 거리의 우편함 바닥 면, 폐가의 창 등, 눈에 띄게 할 목적으로는 보이지 않는 장소에도 많이 붙어 있었다.

스티커는 복사해서 만든 것은 아닌 듯, 그려진 내용은 같지만 볼

---

7 전승에 따르면 헤이안 시대의 고승 료겐이 역병신을 물리치기 위해 뿔 달린 야차의 모습으로 변신했을 때의 모습을 나타낸 것이라고 한다.

펜으로 그렸다고 추정되는 것부터 붓으로 그린 것까지, 세부나 그림체가 조금씩 달랐다.

덧붙여 인터넷상에서도 조사된 바가 있다. 게시판에서는 이 스티커에 관해 따로 타래가 생겨날 만큼 화제가 됐고, 조사대를 모집해 일본 전역에서 스티커의 분포도를 작성하려는 움직임도 있었던 모양이다.

타래에 따르면 스티커는 홋카이도부터 오키나와에 이르기까지 전국에서 목격됐으며 특히 많이 분포된 곳이 서일본이라고 한다.

전문가의 견해

스티커의 도안에서 종교적인, 또는 주술적인 의도를 감지한 편집부는 모 대학의 종교학 교수에게 견해를 구했다. 이하는 그 내용.

"제가 아는 것 중에 유사한 부적은 없습니다. 도리이가 그려진 이상, 절이 아니라 신사에서 비롯된 것으로 보입니다. 다만 일반적으로 부적은 그림으로만 구성되는 것은 거의 없고, 신앙 대상이 되는 신의 이름이나 신사의 이름, 또는 경전이 문자로 적혀 있습니다. 그런데 이 스티커는 그게 네 모서리에 쓰인 '女'라는 문자뿐입니다. 또 이 사람 같은 그림도 비슷한 건 본 적이 없습니다. 말씀하신 대로 뿔 대사 그림에 가까워 보입니다만, 그린 사람이 달라짐으로써 뿔 대사의 디테일이 변화한 것이라기보다 애초에 다른 것을 그린 것처럼 보이네요. 초보자가 어떤 목적으로 부적 같은 걸 만들었다고 보는 게 자연스럽지 않나 생각합니다."

정보 제공자의 증언

편집부는 이 스티커에 관한 정보를 아는 인물을 인터뷰하는 데 성공했다. 이하 그 네 사람의 증언이다.

O씨(52세, 남성, 경비원)

경비 회사에 소속된 제가 파견 근무를 하던 그 건물은 일본인이라면 누구나 들어본 적 있는 대기업 본사 빌딩이었습니다. 낮 근무였던 저는 동료와 번갈아 가면서 여럿 있는 출입구의 경비를 보고 주차장을 순찰했습니다.

어느 날, 그 건물에서 저희 경비 회사로 지시가 내려왔습니다. 건물 벽면에 누가 장난을 쳐놓았으니 순찰을 강화해 달라는 내용이었습니다.

장난이란 게 바로 그 스티커였습니다. 기분 나쁜 스티커가 건물 벽면에 붙어 있었죠. 붙어 있는 위치는 허리 높이쯤 되는 것도 있고 그보다 한참 아래이거나 까치발을 해야 겨우 닿는 장소까지 다양했습니다. 섬뜩한 스티커가 건물 사방으로 벽면에 점점이 붙어 있는 겁니다.

지시가 내려왔으니 저희도 눈에 띄는 대로 떼어내려고 애썼습니다. 거칠게 떼어내면 흔적이 남으니까 제법 신경을 써야 하는 작업이었습니다. 그런 민폐가 없었죠. 건물 청소부도 매일 떼어냈나 보더군요. 피해는 저희 건물에 국한된 게 아닌 모양인지 근처 공원이나 음식점에도 마찬가지로 붙어 있었나 봅니다.

다만 뭐랄까…? 제가 보기에는 붙여 놓은 방법이 조금 대충이었습니다. 스티커를 잘 보이게끔 붙인 게 아니라고 해야 하나. 붙인다는 것 자체에 목적이 있는 것 같았습니다. 땅따먹기 게임이라도 한 게 아닐까요. 스티커를 붙인 장소를 영토로 삼는다거나 뭐 그렇게요.

건물에 붙은 것도 악질적인 장난이 목적이었다기보다는 떼어냈으니 보충하는 것 같은 담담한 인상이었습니다.

그래도 이상한 것은 아무도 스티커를 붙이는 사람을 본 적이 없다는 겁니다. 깨닫고 보면 이미 붙어 있어요.

일단 저희도 일이니까 지시가 내려진 이상 평소보다 더 꼼꼼하게 순찰했는데도요. 순찰 경로에 일부러 건물 주위를 한 바퀴 도는 것까지 추가했죠. 그런데도 매일 누군가가 스티커를 계속 붙였습니다.

그런 가운데 저는 파견처가 바뀌었기 때문에 지금부터 말씀드리는 건 동료에게 들은 이야깁니다. 제가 옮기고 나서도 스티커는 계속 붙었나 봅니다. 전혀 잦아들지를 않아서 건물 밖에 새롭게 감시 카메라까지 설치했다고 합니다.

그런데 감시 카메라를 설치한 그날, 주간 근무나 야간 근무나 담당자는 모니터 룸에서 새로 설치된 것까지 포함해 건물 감시 카메라를 다 확인했답니다. 이상은 없던 모양이에요. 그런데 다음 날, 동료가 야간 근무와 교대로 출근했더니 큰 소동이 벌어져 있었다더군요.

건물 2층 창에 스티커가 덩그러니 붙어 있었다는 겁니다. 그 빌딩 2층이면 어른 셋이 나란히 목말을 타도 닿지 않습니다. 이른 아침에 청소부가 그걸 발견한 모양입니다. 안에서는 흰 면밖에 보이지 않는데, 햇빛에 비쳐서 그게 그 스티커라는 것을 안 순간 깜짝 놀랐다고 합니다. 그 2층의 창이 직접 비치는 장소에는 감시 카메라가 설치돼 있지 않았다는데, 부근에 있던 카메라로 다시 확인해도 수상한 사람은 찍히지 않은 모양입니다.

T씨(48세, 남성, 신문기자)의 증언

2003년에 일어난 '사이타마 일가족 행방불명 사건'(※편집부 주)을 담당했을 때 이야깁니다.

지금 생각해도 이상한 사건이었습니다. 일가족 네 명이 모두 행방불명이라니, 편집부에서도 화제였죠. 경찰도 사건성을 고려해서였는지 정보를 좀처럼 공개하지 않아서 취재에 애를 먹었습니다. 크게 화제가 된 터라 어느 신문사에서건 필사적으로 기삿거리를 찾아다녔습니다.

저도 그중 하나였습니다. 요즘에는 별로 그러지 않지만, 그때만 해도 심야나 새벽에 취재원을 기습적으로 찾아가서 정보를 모았습니다. 그러는 과정에서 전부터 알고 지낸 형사가 무심코 이런 말을 흘리더군요.

"그 사건 아무래도 거북해. 되도록 엮이고 싶지 않아."

그때는 이거 특종 냄새가 나는구나, 생각했습니다. 뭐 결국 헛수고에 그쳤지만 말입니다.

간곡히 매달려서 슬쩍 얻어낸 정보가 그 가족이 살던 집이 이상하다는 것이었습니다.

이미 보도가 된, 일가족이 한순간에 사라진 상황 외에도 이상한 점이 더 있었다고 합니다.

그 집 거실에는 먹다 만 아침밥이 방치된 식탁 곁에 텔레비전과 마주하는 형태로 소파와 낮은 탁자가 있었답니다. 식사 때 말고는 거기서 휴식을 취하는, 뭐 흔한 구조죠. 문제는 탁자에 있었습니다.

정사각형 모양의 종이 다발이 네 개 놓여 있었다고 합니다. 한 다발이 10센티미터 정도 높이였다고 하네요. 장수로 치면 몇백 장 되지 않으려나. 그 곁에는 펜도 네 자루 있었다고 들었습니다.

그 많은 종이에 모두 똑같은 그림 같은 게 그려져 있었다고 합니다. 도리이 안에 사람이 있는 듯한 그림이요.

정황상 일가족 전원이 모여 종이에 그림을 그렸다고 추측할 수 있겠죠. 그런데 차녀는 고작 세 살이었어요. 몇백 장이나 똑같은 그림을 그릴 끈기나 기술이 있었을 것 같지 않죠. 애초에 뭘 위해 그런 걸 대량으로 그려야 했는지도 알 수 없는 일이고요.

이야기를 듣자마자, 종교랑 얽힌 사건이 아닌가 하는 의심이 들었습니다. 바로 온갖 수단을 동원해 조사해 봤지만 그 그림이 찍힌 사진은 입수하지 못했고, 도리이 안에 사람이 있는 그림이라는 실마리만으로는 해당하는 부적이나 종교를 찾을 수 없었습니다.

데스크의 판단으로 억측의 영역에 머무르는 한, 섣불리 사건과 종교를 관련짓는 기사는 내면 안 된다고 해서 결국 쓰지는 않았고요.

최근에 그 스티커에 관한 이야기를 듣고 어쩌면… 하는 생각이 들더군요. 뭐, 그 일가족이 그린 그림을 실제로는 본 적이 없어서 뭐라고 말하기는 어렵지만요.

※편집부 주

2003년, 사이타마현 가와고에시에서 일어난 행방불명 사건. 도내 모처에 근무하는 E씨(38세)와 그의 아내(36세), 장녀(7세), 차녀(3세)가

하룻밤 사이에 자취를 감추었다. E씨의 자택에는 식사 중이었던 것으로 보이는 먹다 만 아침 식사가 남아 있었다. 직장이나 친족, 지인에게도 아무런 연락이 없었으며, 스스로 소식을 끊을 동기도 없던 것으로 추정된다. 불가사의한 사건으로 당시 뉴스에서도 대대적으로 보도됐다. 2008년 7월 현재까지도 미해결.

F씨(20세, 여성, 대학생)의 증언

당시에 제가 다녔던 긴키의 여고에서 한때 행운의 편지가 유행한 적이 있었어요. 많이들 하지 않나요? 이 그림을 세 사람 이상에게 돌리지 않으면 불행이 찾아온다고 하는 그거요.

그중 하나가 그 스티커 그림을 쏙 빼닮았어요. 대학생 때 거리에서 우연히 스티커를 봤을 땐 깜짝 놀랐어요.

근데 그 스티커와는 조금 다른 부분이 있었어요. 이건 네 모서리에 '女'라고 쓰여 있지만, 제가 본 건 확실히 '了'라고 쓰여 있었거든요. 이건 무슨 의미일까, 하며 이야기했기 때문에 기억해요.

그 행운의 편지가 보통 하는 것과는 조금 달랐어요. 스티커와 흡사한 그림을 보내왔는데, 함께 적혀 있는 문장이 약간 이상했거든요. 옛날 일이어서 기억이 가물가물하지만, 이런 내용이었어요.

「찾아내 주셔서 감사합니다. 모두에게 널리 퍼뜨려주시면 멋진 친구가 생깁니다. 귀여운 아입니다.」

기분 나쁘죠. 모두 장난으로 서로에게 보내곤 했지만, 반에 영감이 있다는 애 하나가 이건 진짜 위험하다고, 바로 삭제하는 게 낫다고 해서 메일 수신함에서 지워버렸어요.

K씨(45세, 여성, 주부)의 증언

제 친구는 그 스티커 탓에 이상해져 버렸습니다. 정말 주의하세요.

R씨와는 서로 이웃에 살며 가족끼리 어울려 지냈습니다. 저는 아이를 키우는 전업주부였지만, R씨네는 아이도 없어서 부부가 맞벌이로 부지런히 일했죠. 그래도 쓰레기를 버리거나 할 때 만나면 싹싹하게 말도 붙여주고, 댁에 놀러 가기도 하면서 무척 친하게 지냈어요.

휴일에 차라도 한잔하자고 해서 R씨네 집을 방문한 날이었어요. 실없는 이야기도 즐겁게 하며 한창 분위기 좋을 때 R씨가 말했어요. 요즘 푹 빠진 게 있다고.

R씨는 보험 영업 사원으로 일했는데, 집집마다 찾아다니는 방식의 영업도 많이 했어요. 그럴 때는 대개 자전거나 도보로 이동한 모양이에요. 하루의 이동 거리도 제법 많은 편이라 필연적으로 담당 구역의 지리에 훤해졌다고 하더라고요. 그러다가 어떤 스티커가 거리 곳곳에 붙어 있는 걸 깨달았답니다.

처음에는, 또 있구나, 하는 정도였다는데, 그러다 보니 점점 찾아내는 게 재밌어졌다고 해요. 제법 찾기 어려운 데 붙어 있는 것도 있어서 보물찾기하는 기분이었다나요. 찾아내면 오늘은 행운, 그런 느낌으로 스티커를 찾으면서 외근을 돌았다고 해요.

남편분도 "이 사람, 이상한 짓을 하죠?"라며 쓴웃음을 지었죠.

111

다음에 R씨에게 그 이야기를 들었을 때는 솔직히 괜찮나 싶었어요.

스티커를 발견한 곳을 표시한 지도까지 준비해 와서 열심히 이야기하는 거예요. 이 구역에서는 몇 개를 발견했다, 다음에는 이쪽을 찾아봐야겠다, 하면서요. 뭐 그냥, 일을 열심히 하는 사람은 취미 생활도 열심히 하는구나 싶어서 적당히 흘려 넘겼네요. 지금 생각하면 그때부터 사람이 이상해졌는지도 모르겠어요.

그러고 나서 얼마 후 R씨가 세상을 떠나고 말았죠.

자살이었다고 해요.

휴일에 느닷없이 "●●●●●에 다녀올게요"라며 혼자 나갔다나 봐요. 그러고는 댐에서 뛰어내렸다는데….

장례식에도 참석했는데 남편분이 부쩍 초췌해져서 보고 있기가 힘들었어요.

사십구재가 지난 무렵이었을 거예요. 동네에서 남편분과 딱 마주쳤죠. 장례식 이후로는 뵙지 못한 터라 "좀 괜찮아지셨어요?" 하고 말을 걸었어요. 남편분은 미소를 지으며 느릿한 말투로 이야기를 시작했어요.

이제야 겨우 여러 가지로 안정이 되어 지금까지는 손도 못 댔던 R씨의 물건을 정리할 결심이 섰다고 하더군요. 시간을 들여서 유품을 하나하나 살피는 작업은 역시 힘든 일이죠.

R씨가 친정에서 가져와서 아껴 썼다는 경대를 보았을 때, 남편분은 갑자기 아내가 사랑스럽게 느껴졌답니다.

거울 부분이 삼면경으로 돼 있어서 양쪽에서 탁 닫히는 경대는 그 일이 있고 나서 줄곧 닫힌 채였대요. 늘 거기서 화장하던 R씨의 모습을 떠올린 남편분은 경대 앞에 앉으면 아내의 마음을 이해할 수 있겠다 기대했는지도 모르죠. 그는 마음속으로 R씨에게 말을 걸면서 거울을 열어보았다고 해요.

그런데 거울에는 그 스티커가 붙어 있었대요. 삼면경의 모든 면에 빼곡하게.

남편분은 오랜 시간 눈을 떼지 못했다고 하네요. 게다가 틈새로 살짝 엿보이는 거울에 자기 얼굴이 비쳤을 때 처음으로 자기가 웃고 있다는 사실을 깨달았다고 했어요.

그 이야기를 들려주고 얼마 후, 남편분은 이사를 가버렸어요. 야반도주하듯 가재도구도 고스란히 남기고 어딘가로 가버린 모양이에요.

네 사람의 증언에서 알 수 있듯이 이 스티커에는 어떤 주술적인 효과가 있는 것으로 추정된다. 확산 방법도 인간이 아닌 무언가의 힘이 쓰이고 있을 가능성도 있겠다. 만약 독자 여러분이 거리에서 발견하더라도 쉽사리 다가가지 않도록 주의를 당부드린다.

또 세 번째 증언 내용으로 미루어 보아 스티커의 그림은 매체를 가리지 않고 퍼져나갈 가능성도 있다. 스티커 속 그림이 여러 가지인 것으로 확인되는 점도 흥미롭다. 누군가가 악의를 품고 다양한 수단으로 저주를 퍼뜨리려는 심산이라면 상당한 위협이 될 것이다.

이 불가사의한 스티커에 관해 편집부에서는 계속해서 조사를 진행할 방침이다. 후속 보도를 기다리시라!

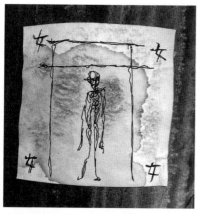

편집부가 현장 조사에서 촬영한 스티커.
복수의 인간이 공통의 존재를 확산시키려 하는 걸까?

『긴키 지방의
어느 장소에 대하여』
3

"어쩐지 어수선해졌네요…."

모니터에 비치는 오자와 군의 얼굴은 중얼거림과는 반대로 기뻐 보였습니다.

지난번 만남 후 저희는 서로 입수한 정보를 메일로 주고받았습니다. 매번 내용에 관한 의견을 나누기보다 고찰할 만한 정보가 모이고 나서 이야기하는 것이 유익할 것이라고 오자와 군이 제안했기 때문입니다. 반달 후 정보가 모일 만큼 모인 듯해, 원격 회의를 하기로 했습니다.

코로나의 영향으로 원격 회의가 늘어났다고는 해도 직접 만나지 않으면 어쩐지 뒤숭숭한 저와 달리, 익숙한 듯 화면을 공유하며 이야기를 진행하는 그를 보자니 조금 세대 차이가 느껴졌습니다.

"다소 복잡하게 얽혀야 독자를 즐겁게 해줄 수 있죠. 저도 수수께끼 풀이를 싫어하지 않습니다."

어쩐지 어수선해졌다던 그가 웃으며 덧붙였습니다.

저희는 먼저 정보를 정리하기로 했습니다.

산을 중심으로 괴이 현상이 퍼지고 있다는 오자와 군의 추측에 오류는 없어 보였지만, 아무래도 종류는 하나가 아닌 것 같았습니다.

대충 구분하기 위해 괴이를 '산으로 꾀는 것', '빨간 여자', '저주 스티커'라고 명명했습니다.

●●●●●에서 목격되었을 때, '산으로 꾀는 것' 유형은 산의 서쪽에, '빨간 여자' 유형은 산의 동쪽에 많았습니다.

여기까지를 공통된 인식으로 공유하고서 각각의 이야기를 살펴보았습니다.

"「바이커의 블로그」는 전부터 우리가 모아온 괴담에 나오는 산으로 꾀는 것과 관련 있는 것 같습니다. 「이상한 댓글」과 「남자에게 쫓기는 독자의 편지」에 나온 신사와 특징도 일치하네요. 여자 인형이 나오는 부분으로 보아 여성에게 집착하는 것도 같습니다."

그의 말을 받아서 저는 제가 느꼈던 의문을 이야기했습니다.

저는 지금까지 막연하게, 신앙을 잃은 폐신사의 신이 지닌 강대한 힘이 괴이한 현상의 원인이 아닌가 생각했습니다. 그런데 「바이커의 블로그」에서 인형을 잔뜩 채워 넣은 곳은 작은 사당입니다. 물론 통상적으로는 사당에 모시는 것도 신이긴 하지만, 이 경우는 신사에 모시는 주신 같지는 않습니다. 또 사당 안에 본래 무엇을 모셨는지, 왜 그게 없어졌는지도 신경 쓰였습니다. 어떤 이유로 없어져 버린 것인지. 아니면 처음부터 아무것도 들어 있지 않았던 것은 아닌지.

"근방의 향토 사료를 조사하거나 역사를 잘 아는 사람에게 이야기를 듣지 않으면 신사에 관해서 더 알아내기는 어려울 것 같네요. 게다가 사당이니 상세한 유래가 현재까지 남아 있다고 기대하기도 어려울 것 같습니다…. 인터넷에도 딱히 정보가 없고, 지도에도 그 폐신사의 명칭은 나와 있지 않습니다."

오자와 군의 말로 일단 매듭을 짓고 저희는 다음 화제로 넘어갔습니다.

빨간 여자는 「임대 매물」, 「저주 동영상에 관한 인터뷰」에 나옵니다. 「독자 투고」에 적혀 있는 여자도 특징이 대략 일치합니다. 소문이 퍼지면서 내용이 다소 과장되었을 것을 감안하면 같은 여자에 관한 이야기로 봐도 될 것 같습니다.

다만 이 빨간 여자에 관해서는 수수께끼가 꽤 많습니다. 오자와 군의 말을 빌리자면 '의도 불명'입니다. 왜 점프하고 있는 걸까. 어떤 감정을 품고 있는 걸까. 행동의 목적이나 이유를 알 수 없습니다.

"산으로 꾀는 것이 산으로 불러들이고 있다면 빨간 여자는 가까이 다가옵니다. 눈에 띄고 싶어 하는 것 같기도 해요. 다만 정보가 더 있어야 할 것 같습니다. 그런 의미에서 전 편집부원 K씨를 인터뷰해 주셔서 정말 감사합니다. 저 혼자서는 그쪽에 연줄을 대지 못했으니까요. 계속해서 풍부한 인맥을 살려서 정보를 모아주시면 크게 도움이 될 것 같습니다."

저는 잠자코 고개를 끄덕이며 「저주 동영상에 관한 인터뷰」에 나온 대학생이 현재 어떻게 되었을지 생각해 보았습니다. 결국 그 여자는 따라왔을까요.

계속해서 저희의 화제는 산 동쪽의 「유령 아파트」로 옮겨갔습니다.

"「맛시로상」에 나오는 아파트죠. 다만, 30년 가까이 지난 「기다리고 있다」에서는 완전히 쇠락한 것 같네요. 그래도 「남자에게 쫓기는 독자의 편지」 내용을 보면 아파트가 지어지고 십몇 년 후에는 5동이 투신자살 명소로 유명해진 것 같습니다. 쇠락한 것이 그게 원인인지 '그것도' 원인인지는 한번 생각해 볼 여지가 있어 보입니다."

의미심장한 그의 말투에 제가 의도를 묻자, 그가 다시 입을 열었습니다.

"눈치채셨겠지만, 제가 나중에 산더미 같은 자료에서 찾아낸 「기다리고 있다」의 미게재 원고 말입니다. 잡지에 실린 원고에서는 풍경 묘사가 생략되어 있으니 알 수 없지만, 5동의 창으로는 산이 보이잖습니까. 예, 그 산 말입니다."

그렇게 말하면서 오자와 군은 인터넷의 항공 지도를 제 화면에 공유했습니다.

"화자의 모친은 이 창으로 매일 산을 보고 있었다는 이야기가 됩니다. 물론 그 사건만 잘라내면 기다리고 있었던 건 '사람이 자살하는 순간'이라고 해석할 수 있겠죠. 다만 우리는 그 산이 예사 산이 아니라는 걸 알고 있습니다. 모친이 기다리고 있던 것에 대한 새로운 해석이 생겨나는 거죠."

모친이 화자에게 감을 먹이려고 시도한 것도 오자와 군의 가설을 뒷받침하는 것 같다고, 저는 말했습니다.

이 이야기와 산으로 꾀는 것이 관계있다고 가정하면 왜 5동에서만 사람이 뛰어내리는지도 설명이 될 것 같습니다. 항공 지도상 산속에 덩그러니 보이는 작은 건물, 즉 폐신사와 아파트 단지를 직선으로 연결했을 때 가장 거리가 가까운 것이 5동입니다.

「기다리고 있다」에서 두 사람은 창밖을 내려다보고 투신자살을 목격합니다. 뛰어내리는 인간이 우연히 거기를 선택한 게 아니라면 신사에 가까운 동 중에서도 가장 신사에 가까운 면, 즉 옥상에 서서 신사가 있는 방향으로 뛰어내린 모양새가 됩니다.

산의 서쪽에서는 댐에서 뛰어내리고, 동쪽에서는 아파트에서 뛰어내리는 것인지도 모릅니다.

"「저주 동영상에 관한 인터뷰」에서도 5동이 나오죠. 언제 촬영되었는지는 확실하지 않지만요. 여기에는 빨간 여자도 찍혀 있습니다. 빨간 여자도 산과 어떤 관계가 있는 걸까요?"

질문에 대한 답을 내가 가지고 있을 리 없다는 것을 안다는 투로 그는 반쯤 혼잣말처럼 중얼거렸습니다.

"빨간 여자와 마찬가지로 알 수 없는 게 저주 스티커네요."

저도 오자와 군이 「불가사의한 스티커, 그 정체에 다가서다!」를 보내왔을 때, 한 번 읽고 무심코 고개를 갸웃하고 말았습니다.

스티커에 관해 말한 사람 중 하나가 굳이 ●●●●●의 댐에서 자살한 것, 스티커 그림에 도리이가 나오는 것 등을 보아 뭔가 관련이 있다는 건 알겠는데, 왜 여러 종류가 존재하는지는 알 수 없었습니다.

"스티커에 그려진 사람 그림이 산으로 꾀는 것이라면, 네 모서리의 '女'는 어쩐지 이미지가 연결됩니다. 근데 '了'라고 쓰인 건 전혀 모르겠네요. '료'라고 읽는 걸까요. 뭔가가 완료되었다는 걸 알리는 건가…. 게다가 '了'를 퍼뜨린 행운의 편지에 쓰인 문장이 「임대 매물」에서 빨간 여자가 보낸 메시지와 비슷합니다. 뭐, 제보자도 기억이 가물가물하다고 했으니까 그저 우연의 일치일 가능성도 생각해 봐야겠죠."

두 종류의 스티커는 다른 역할을 맡고 있는 것일까, 만들어지는 과정에서 파생된 것일까, 생각에 잠긴 제게 그가 다시 입을 열었습니다.

"기사를 보낸 후 저도 스티커를 찾아봤습니다. 동네를 산책하는 김에 찾아본 정도지만요. 근데 제 생활 반경에서는 찾을 수 없었습니다. 대신 인터넷에는 잔뜩 있더군요."

실은 저도 같은 것을 조사했던 터라 인터넷상에 저주 스티커가 널려 있다는 사실은 알고 있었습니다.

이미지 검색으로 저주 스티커와 똑같은 것을 올려놓은 페이지가 없나 찾아봤더니 많이 나왔습니다.

SNS로 스티커 이미지만 줄기차게 올리는 계정도 존재하고, 게시판의 온갖 타래에 맥락 없이 무작위로 이미지를 올리기도 하는 등 수법은 다양했지만, 누군가가 스티커 이미지를 퍼뜨리고 있는 것은 확실해 보였습니다. 찾아낸 이미지는 두 종류로 어느 때는 '女'이고 어느 때는 '了'였습니다.

"몇 년에 걸쳐서 다양한 수단으로 같은 것을 퍼뜨리고 있다니, 어쩐지 무서워지네요."

그렇게 말한 후에 뜸을 들이고 나서 오자와 군은 말했습니다.

"사실은 저주 스티커 기사를 읽을 때, 비슷한 이야기가 떠올랐습니다. 제 대학 동기한테서 들은 이야긴데요⋯."

오자와 군이 이야기한 것은 다음과 같은 내용이었습니다.

******

오자와 군은 대학 시절, 같은 학부에 다니는 친구 E씨에게 어떤 그림에 관한 이야기를 들었습니다.

그 그림은 '도리이 같은 것'이 그려진 것이었습니다.

E씨는 대학 진학을 계기로 고향인 도호쿠에서 상경한 '언뜻 보기에도 순박한 청년'이었습니다.

오자와 군과는 학번도 가까워 입학 초기부터 이야기할 기회가 많았고, 가끔 밥도 같이 먹으러 갔습니다.

저와 오자와 군이 알게 된 해, 가을 무렵의 일입니다.

2학년이 되면서 머리도 갈색으로 물들여 세련되게 변신한 E씨는 점심시간에 학생 식당에서 오자와 군에게 이렇게 말했다고 합니다.

"비즈니스 동아리에 들어갔어. 졸업하면 회사를 차릴 거야."

듣고 보니 가입 권유를 받은 것은 대학 근처 카페로, 옆 테이블에 앉아 있던 남녀 2인조가 이 근방에 추천할 만한 음식점이 있냐고 말을 건 것을 계기로 이야기가 활기를 띠었다고 합니다. 대화를 나누다 E씨에게서 사업적 재능이 보인다는 두 사람의 권유로 그 동아리에 참가하게 되었다더군요.

눈을 빛내면서 장래의 포부를 이야기하는 E씨의 모습을 보고 오자와 군은 속이 순박한 친구가 도회지 인간에게 착취당하고 있다는 것을 금세 간파했습니다.

거액의 회원비를 뜯길 우려가 있다는 점, 다단계 사기 집단에 연루돼 파산할 위험이 있다는 점을 거듭 강조했지만, E씨는 도무지 듣지를 않았습니다.

그러기는커녕 동아리가 얼마나 유익한지, 일단 참가해 보면 알 수 있다고 도리어 권유하는 지경이었습니다.

오자와 군에게는 E씨를 말릴 방법이 없었습니다. 오자와 군은 E씨가 그 동아리에서 착실히 활동하기를 빌면서 E씨와 거리를 두기로 했습니다.

오자와 군이 거리를 둘 필요도 없이, 이후 반년쯤 대학에서 E씨를 보지 못했다고 합니다. 수업도 거의 출석하지 않았나 봅니다.

나중에 E씨를 대학 근처 편의점에서 다시 보았을 때, 그는 무척 수척한 모습이었다고 해요. 오자와 군을 보자마자 그는 이렇게 말했답니다.

"내가 틀렸어. 그놈들은 위험해."

E씨에게 그 동아리 활동은 매우 자극적이었습니다.

창업 경험이 있는 사회인에게 직접 성공 비화를 들을 수 있는 세미나, 이상적인 자신이 되기 위한 공부 모임 등에 참여하며, 지금까지 타성에 젖은 채 하루하루 대학 생활을 하던 E씨의 의식은 180도 바뀌었다고 합니다. 그러면서 대학 수업의 우선순위는 내려가고, 동아리 활동이 삶의 중심이 됐습니다.

회원도 대부분 E씨와 마찬가지로 동아리 활동에 몰두하는 대학생들이었고, 그들과 함께 꿈을 이야기하는 것이 E씨에게는 최고의 시간이었습니다.

그렇게 몇 달이 지나고 사회인이던 간부 회원이 E씨에게 말을 걸었습니다.

특별한 파티에 초대한다는 것이었습니다. 파티는 동아리에서도 극히 일부 선택받은 회원만 참가할 수 있으며 기업 임원이기도 한 동아리 대표의 자택에서 열린다고 했습니다.

E씨는 두말할 것도 없이 참석하겠다는 의사를 전했습니다. 여기서 대표에게 눈도장을 찍어놓으면 장래 창업할 때 도움이 되겠지, 하는 속셈도 있었습니다.

파티가 열리는 대표의 자택에 도착했을 때, E씨는 진심으로 놀랐습니다.

도쿄에서 땅값이 제일 비싼 자리에 우뚝 선 고층 아파트의 최상층. 널따란 거실은 고급 인테리어로 장식되어 있었고, 큰 테이블에는 출장 뷔페로 먹음직한 요리가 잔뜩 차려져 있었습니다. 컬렉션 룸인 듯한 방도 있었는데, 거기에는 얼핏 봐서는 가치를 헤아릴 수 없는 희한한 오브제와 그림 같은 예술 작품이 많이 있었습니다.

열 명이 넘는 참가자가 선 채로 한 손에 글라스를 들고 비즈니스를 이야기하는 자리에 자신도 참석했다는 기쁨과 흥분으로 E씨의 기분은 하늘을 날아오는 듯했습니다.

두 시간쯤 지난 무렵, 갑자기 방의 조명이 꺼지고 프로젝터의 빛이 넓고 새하얀 벽을 비추었습니다.

그것을 보며 참석자들이 일제히 손뼉을 치는데 E씨는 뭔가 정해져 있는 이벤트가 시작되려나 보다 기대했습니다.

　모두가 지켜보는 가운데 벽에 투영된 것은 그 그림이었습니다.

　온통 새카맣게 추상적인 도리이만 그려진 그림은 초보가 그린 듯 조잡한 터치였지만, 그것을 보고 E씨는 예술 작품이나 그 비슷한 무언가로 생각했습니다.

　우아, 하는 환성이 터지고 잠깐 정적이 지난 후, 프로젝터 빛 속에서 참석자끼리 봇물 터지듯 저마다 말하기 시작했습니다.

　"루키에무도지에우즈메"
　"메시타가하하아오에오이즈메미오치쿠도"
　"조기쓰우이에하모스모오오에"
　"아이루즈메소우즈지에미후오포레루토즈에"
　"도이시메코요이아스피쿠소"
　"스에이미쿠루루루에오키무나시"
　"아오이에후즈모즈이세로오아부루이소"
　"지메미후즈로이테톳쓰스모이테토부나루이케코미테루"
　"후에오이에푸시"
　"리쓰후이토토미나오이오에루쓰"
　"시코에리부쓰이토테미즈"

　E씨는 무슨 일이 일어나는 것인지 도무지 알 수가 없었습니다.

　당황한 E씨를 아랑곳하지 않고, 다른 참석자들은 자기들끼리 오십음을 엉망진창으로 때려박은 단어를 내뱉으며 마치 서로 내용을 이해하는 것처럼 즐겁게 대화 같은 행위를 계속했습니다.

나로서는 이해할 수 없는 무언가가 일어나고 있구나.

E씨는 공포에 떨면서도 용기를 내어 가장 가까이 있던 참석자에게 "저기…" 하고 말을 붙였습니다.

순간 지금까지 떠들던 전원이 일제히 입을 다물고 E씨를 물끄러미 바라보았습니다.

프로젝터가 내는 지잉, 하는 작동음만이 시끄럽게 울려 퍼지는 방 안, 어슴푸레한 빛에 드러난 많은 사람의 무표정한 얼굴이 오로지 E씨만을 응시했습니다.

E씨를 보는 눈은 하나같이 텅 빈 듯 공허해서 아무런 감정도 읽어낼 수 없었습니다.

공포에 질려 E씨는 파티장을 뛰쳐나와 버렸습니다.

다음 날, 스마트폰에 E씨를 파티에 초대했던 간부가 보낸 메시지가 도착했습니다.

「어제는 고마웠습니다. 무척 즐거운 만남이었습니다. E군에게도 좋은 경험이 되었으리라 생각합니다.」

마치 그 일이 없었던 것 같은 내용에 E씨는 잠깐 자신이 꿈을 꿨나 싶었다고 했습니다. 그러나 몇 번이고 선명하게 되살아나는 공포 감에 현실임을 확신하고, 결국 동아리와 인연을 끊었습니다.

그로부터 한 달쯤 지나 그때의 공포를 겨우 잊기 시작한 무렵, 아르바이트를 마치고 하숙집으로 돌아온 E씨는 하숙집 문에 흰 종이가 붙어 있는 것을 발견했습니다. 종이에는 그 그림이 그려져 있었습니다.

그것을 시작으로, 몇 번이나 떼어내도 그림은 다시 또다시 문에 붙었습니다.

E씨는 정신이 완전히 무너져 내려서 불면증까지 얻었습니다.

어느 날 밤, E씨가 침대에서 쉬이 잠들지 못해 몇 번이나 뒤척이고 있는데 현관 쪽에서 달카닥, 하고 작은 소리가 났습니다. 현관 쪽을 보니 우편물 투입구가 방 안쪽으로 열려 있었습니다.

눈이 안을 들여다보고 있었다고 합니다.

빛이라고는 하나도 없는 그 눈을 보고 E씨는 파티장에서 자신을 쳐다보던 눈들을 떠올렸습니다.

E씨의 모습을 인지했을 그 눈은 움직이지도 않고 가만히 안을 들여다보았답니다.

영원과도 같은 긴 시간 동안 그 눈을 마주보고 있었는데, 갑자기 우편물 투입구가 닫히고 발소리가 느릿느릿 집 앞에서 멀어져 갔습니다.

다음 날 아침, 문에는 그 그림이 붙어 있었다고 합니다.

＊＊＊＊＊＊

"당시 E에게 들은 이야기에 따르면, 그 그림에는 도리이 말고는 아무것도 그려져 있지 않았나 봅니다. 그래도 집요하게 계속 붙이는 점이나, 도리이가 그려져 있는 점은 공통적이네요."

여기까지 이야기하고 분위기를 바꾸려는 듯 오자와 군은 말했습니다.

"하여간 만약 어떤 목적이 있어 저주를 흩뿌리고 있다고 해도 우린 영매사도 구세주도 아니니까요. 잡지를 위해 계속해서 정보를 모으자고요. K씨는 인터뷰에서 독자의 가장 큰 욕구가 즐기는 데 있다고 하셨죠. 저도 동감입니다. 다만 되도록 리얼하게 지어낸 이야기가 아니라 어디까지나 진실에 근거한 정보를 제공하고 싶습니다. 그러니 마지막까지 함께해 주신다면 기쁘겠습니다."

솔직히 저는 이 건을 더는 파고들고 싶지 않았습니다. 엮일수록 제게도 위험이 닥칠 가능성이 높아지는 것 같았으니까요. 그러나 그에게 일감을 받은 이상은 계속할 수밖에 없었습니다.

인터뷰
녹취
2

아, 예. 저도 아이스커피면 됩니다.

F씨와는 못 만난 지 오래여서, 최근에 이 건으로 연락을 받고 놀랐습니다. 예, 아직 글 쓰는 일을 하시는 것 같습니다.

이거 월간 ○○○○ 취재죠? 아, 지금은 월간이 아니네요.

오늘은 그 편집자분은 안 오시나요? 어디 보자, 벌써 10년도 전이어서 이름은 잊어버렸는데… 아, 맞아요, K씨네요.

예? K씨가 회사 그만두셨다고요? 그렇군요….

그나저나 왜 그런 옛날이야기를 다시 취재하십니까? 제 졸업 연구 이야기도 잡지에는 실리지 않았다고 들었는데요.

아뇨, 아닙니다. 화 안 났어요. 그때는 K씨가 액막이할 수 있는 분을 소개해 주셔서 간신히 목숨을 건졌으니까요.

덕분에 10년도 더 지난 지금도 이렇게 건강하게 살고 있네요. 내년에는 아이도 태어난답니다.

그래도 음… 처음 뵙는 자리에서 이런 말씀 드리기는 그렇지만, 사실 F씨의 부탁이 아니었으면 이번 취재는 거절했을 겁니다.

지금도 기억하고 있는데요, K씨가 좀 실례되는 태도를 보였다고 해야 하나…. 아뇨, 선생님과는 관계없는 일이니까 사과 안 하셔도 됩니다. K씨도 직업 특성상 그렇게 하셨으려니 싶어서 저도 이해는 합니다.

그때는 저도 필사적이었습니다. 무섭다는 생각도 많이 했고요. 그래서 K씨가 액막이할 수 있는 분을 소개해 줄 수 있다고 했을 땐 진짜 죽다 살아난 기분이었습니다. 그래도 뭐, 당연한 일이겠지만 K씨가 보기에 저는 많은 취재 대상 중 하나인 모양이었습니다.

그 이야기가 정말이냐, 주목받고 싶어서 거짓말을 한 게 아니냐, 이대로면 이야기가 재미없으니까 이 부분을 이런 식으로 과장해서 써도 되냐 등등, 이런저런 말을 들었죠. 어쩐지 제게 일어난 무서운 일을 엔터테인먼트로 보는 것 같아서 당시에는 기분이 좋지 않았습니다.

생각해 보면 당연한 일이지만, 무서운 이야기란 거요. 그게 진짜라면 체험한 사람한테는 정말로 불행한 일 아니겠어요? 그런데 뭘 만드는 쪽에 있는 사람은 어딘가 점점 마비되는 부분이 있나 싶고….

저도 당사자가 된 이후에는 호러 관련 콘텐츠와는 부쩍 멀어져 버렸네요.

아, 물론 만드는 쪽 사람이 죄다 그렇다는 말은 아닙니다. 실제로 선생님은 이렇게 제 이야기에 진지하게 귀를 기울여 주시니까요. 지금 이야기는 그냥 잊으셔도 됩니다.

참, 그렇지. 그 취재 후의 이야기를 하기로 했었죠.

예. K씨의 취재를 받아들이는 대신에 영능력자라고 하나요? 뭐, 그런 분을 소개받았습니다.

잘은 모르지만, 다마 쪽에 있는, 그 방면으로 꽤 유명한 절에 계시는 스님이라더군요.

제가 찾아갔더니 스님이 "아아…" 하며 뭔가 체념한 듯이 중얼거리던 게 기억납니다.

저는 필사적으로 그때까지의 경위를 설명했습니다. 졸업 연구를 계기로 이상한 여자가 내 방에 들어와 버렸다는 이야기도 했고요. 앞으로 취직 때문에 이사를 해야 하는데 그 여자가 이사할 집에는 절대로 따라오지 못하도록 해달라고도 했죠.

그런데 스님이 말하기를 여자가 보이지 않는다는 겁니다. 적어도 더는 제게 씌지 않았을 거라고요.

다만 아마도 그 여자가 더 성가신 걸 불러들이고 말았으니까 이대로면 목숨이 위험해질지도 모른다고 하더군요.

저는 바로 제령(除靈)을 해달라고 부탁했지만, 아무래도 그게 그렇게 간단한 게 아닌 모양이었습니다.

여느 혼령 같으면 액막이 제사로 다스려진다는데, 제게 씐 건 혼령 중에서도 한 차원 높은 것이라고 하더군요. 신토[8]의 표현을 빌리자면 신에 가까운 존재라나요.

이런 부류의 혼령은 인간의 도리로 어떻게 할 수 없는 것이라서 액막이 같은 건 아무 효과가 없을 거라더군요. 할 수 있는 건 아무것도 없다는 말이었죠.

그런 말을 들은 저는 누가 한심하게 보든 말든 울면서 살려달라고 매달렸습니다.

이대로 그게 절 죽이는 걸 기다릴 수밖에 없냐고 하면서요.

스님도 무척 난처해했지만, 제가 필사적으로 부탁드리니까 한참

---

8   일본의 토착 신앙이자 민족 종교.

을 고민한 끝에 제게 말해주었습니다.

"살아 있는 걸 기르세요. 하지만 그게 좋은 방법인지는 저도 잘 모르겠습니다. 그 후 어떻게 할지는 댁이 정하세요."

지푸라기라도 잡는 심정으로 돌아오는 길에 펫 숍에 들렀습니다.

제가 지금까지 반려동물 같은 건 키워본 적이 없어서 초보자에게 권할 만한 게 없냐고 점원에게 물으니 점원은 송사리를 권했습니다.

그리고 점원은 함께 키우라며 새우도 권했습니다. 아세요? 새뱅이라는 민물 새우는 송사리와 함께 키우면 송사리가 먹고 남긴 걸 먹어서 수질을 정화해 주니 공생 상대로 좋다고 합니다.

결국 저는 송사리와 작은 새우 몇 마리, 소형 수조와 자갈 따위를 사서 돌아왔습니다.

그러고 나서 며칠 후, 학생 아파트에서 1인 가구용 싸구려 연립으로 이사를 마치고 사회인으로서 첫발을 뗐습니다. 물론 송사리랑 새우도 함께요.

예, 아무 일도 일어나지 않았습니다. 스님의 당부를 지켰으니, 송사리랑 새우가 저를 나쁜 혼령에게서 지켜주었다고 생각했습니다.

아마 일을 시작하고 한 달쯤 지난 때였을 겁니다.

제 눈에 이상한 게 보이기 시작했습니다. 남자애 같은 거?

길거리를 지나다 보면 멀찍이 떨어져서 멍하니 서 있더군요. 하지만 그게 산 사람이 아니라는 건 알겠더라고요. 반소매에 반바지를 입은, 어디에나 있을 법한 초등학생 또래의 남자애였는데. 글쎄요, 아무도 남자애의 존재를 알아차리지 못했죠. 존재를 의식하지 않는달까. 제 눈에만 보였습니다.

사람들로 붐비는 거리 한가운데 서 있을 때도 있고, 전봇대 그늘에 서 있을 때도 있고. 어느 때는 회사 창으로 보이는 맞은편 건물 옥상에 서 있기도 했습니다.

계속 절 보고 있는 거예요. 무표정으로, 고개를 갸웃하듯 얼굴을 옆으로 기울이고서요.

그럼요, 엄청 무서웠죠. 살면서 유령 같은 걸 본 적이 없었으니까요. 그 여자는 이야기로 들었을 뿐, 보이지는 않았고요. 물론 절에도 전화로 상담했죠. 스님 말로는 살아 있는 걸 키우는 한 괜찮다나. 그 말밖에 안 하더군요.

딱히 제게 해가 되는 행동을 하지는 않았어요. 그저 멀리서 저를 물끄러미 보기만 하는 거예요. 그래서 못 본 척하기로 했습니다.

졸업 연구를 하며 들은, 영감이 있는 사람이 말했던 '눈치채지 못한 척하는 게 제일 낫다'라는 말을 실천한 거죠.

어느 날 밤, 일을 마치고 집으로 돌아온 때였습니다.

집에 오자마자 늘 하던 대로 양말을 벗고 세탁기에 던져 넣었습니다. 그리고 원룸에 놓아둔 수조 앞을 지나는데, 발바닥에 뭔가 이상한 느낌이 들어서 바닥을 보니 젖어 있더군요. 게다가 물과 함께 뭔가가 밟혔어요.

자세히 보니 자그마한 새우 한 마리의 유해였습니다.

아니, 유해라고 해도 되나. 제가 밟아서 죽은 건지 애초에 죽어 있었는지 모르겠네요.

바닥에는 커다란 물웅덩이가 생겨 있었습니다. 수조의 수위는 반쯤 줄어 있고, 남은 송사리와 새우들이 비좁게 헤엄을 치고 있었죠.

그날은 딱히 지진이 있지도 않아서 수조에서 물이 반이나 흘러넘칠 만한 원인은 전혀 짐작 가는 게 없었습니다.

아침에 집을 나가면서 우연히 옷이나 뭔가에 걸려서 흘러넘친 물과 함께 새우가 수조 밖으로 튀어나와 버렸나 했습니다.

작다고는 해도 생명이니 미안한 마음이 들어 두 손 모아 명복을 빌었죠.

지금 생각하면 그게 시작이었던 것 같습니다.

남자애는 이후로도 변함없이 언제나 저를 멀리서 지켜보고 있었습니다.

한 달 후, 이번에는 송사리가 한 마리 죽었습니다.

깊은 밤, 화장실에 가려고 일어나서 변기 앞에 서니, 변기 안에 떠 있는 송사리 한 마리가 보였습니다.

이건 뭐 더는 우연으로 치부할 수 없다고 생각했습니다.

그래도 송사리도, 새우도 아직은 수조에 잔뜩 있었습니다.

그러고 나서 또 몇 달은 아무 일도 일어나지 않았습니다. 남자애는 변함없이 제 눈에 보였지만요.

어느 날 밤, 저녁을 사 먹으려고 근처 편의점에 갔다 오는 길이었습니다.

길을 걷는데 멀리서 남자애가 서 있는 게 보였습니다.

가로등 밑에서 고개를 기울인 채로요.

늘 그랬듯 무시할 생각으로 눈을 피하려 했을 때였습니다.

갑자기 달리기 시작하는 겁니다.

타박타박 발소리를 내면서 제가 있는 쪽으로 똑바로.

얼굴은 무표정이었지만, 머리는 달리는 데 맞춰서 흔들흔들 전후 좌우로 쏠렸습니다.

지금 생각하면 여태 고개를 기울였던 게 아니라, 고개를 똑바로 가누지 못했던 것 같습니다.

저는 정신없이 집으로 도망쳤습니다.

동네 편의점에 다녀올 것이라 문을 잠그지 않고 나온 게 천운이 었죠.

몸으로 밀어붙이듯 문을 열고, 들어오자마자 뒷손으로 문을 잠갔 습니다.

쿵쿵쿵쿵쿵쿵쿵쿵쿵쿵쿵쿵쿵쿵쿵

미친 듯이 문을 두드리기 시작하더군요.

그 몸집으로는 상상도 못 할 만큼 세게요.

싸구려 연립의 이음새도 잘 안 맞는 문이어서 흔들리기도 많이 흔들리고 소리도 엄청나게 컸어요.

이러다가는 정말로 문이 망가지겠다 싶었을 때, 갑자기 소리가 멈췄습니다.

136

저는 한동안 현관에서 움직이지 못했습니다.

몇 분 지나고 나서 조심조심 문을 약간 열어서 밖을 내다보았지만, 아무도 없었습니다.

대신에 제가 닫은 문에 끼어서 도마뱀붙이 한 마리가 짜부라져 죽어 있었습니다.

방의 수조에는 송사리도, 새우도 씩씩하게 헤엄치고 있었습니다.

그 후 저는 무리해서 이사를 했습니다.

물론 반려동물을 키우기 위해서였죠.

햄스터를 키웠습니다.

햄스터는 1년 후 동면에 들어간 것을 마지막으로 다시는 눈을 뜨지 않았습니다.

그다음에는 잉꼬를 키웠습니다.

3년 가까이 살았지만, 창문에 제 몸을 세차게 부딪치더니 날개뼈가 부러져 죽었습니다.

그 후 결혼해서 오래된 단독주택을 사들였습니다.

작년에 6년 동안 키우던 고양이가 피를 토하며 죽었습니다.

아내는 무척 슬퍼했죠.

지금은 개를 키우고 있습니다. 골든리트리버 강아지예요.

남자애요? 예, 지금도 보입니다. 거기 창에서 보이는 큰길 맞은편에요. 이쪽을 보고 있네요. 안 보이세요? 그렇군요. 하하.

모 월간지
1998년
5월호 게재

「신종 UMA 화이트맨 발견!」

"아는 사람 중에 UMA를 본 사람이 있습니다"라는 본지 작가의 입소문이 발단이 되어 편집부는 UMA(미확인 생물)의 목격자인 H씨와 접촉하기로 했다.

약속 장소에 나타난 H씨는 지극히 평범한 차림새의 남성이었는데, 오히려 그 점이 본 건에 관한 정보가 얼마나 신빙성이 높은지를 나타내주었다.

평소 편집부에는 수많은 입소문이 날아들지만, 그만큼 가짜 정보도 많다. 개중에는 자기가 외계인이라는 내용까지 있다. 원고를 인쇄소에 넘긴 후 밤을 새워가며 그런 편지를 읽다 보면 아무래도 정신이 저 멀리 가버릴 것만 같다(물론 편집부는 외계인 및 미확인 비행 물체의 존재를 부정하지 않으므로 그 점에 대해서는 오해 없기를 바란다).

사정이 그렇다 보니 적어도 풍모는 일반인인 H씨를 보고 일단 첫 번째 관문은 돌파했다고 판단돼 편집부원인 필자는 한시름 놓았다.

듣자니 H씨는 돗토리현에 거주하며 대기업에 근무 중인 35세 직장인이었다. 적어도 우주와의 연결 고리는 없어 보였다.

그러한 그가 6년 전 가족과 함께 캠핑을 갔다가 UMA를 목격했다고 한다.

본지 독자 여러분에게는 미확인 생물, 즉 UMA에 관해 새삼스레 해설할 필요가 전혀 없겠지만, 처음 본지를 손에 든 호기심 많은(실례!) 분을 위해 다시금 기초 정보를 짚고 넘어가자.

UMA란 Unidentified Mysterious Animal의 약어로, 쉽게 말해서 미확인 생물이란 뜻이다. 이름대로 실제로 존재하는지 증명되지 않은 생물을 가리키는 총칭이다.

영어로 쓰여 있어 외국에서 유래된 명칭이라고 생각하기 쉽지만, 사실 이 명칭은 일본식 영어다. 모두 다 아는 UFO가 Unidentified Flying Object(미확인 비행 물체)의 약칭이라는 점에서 힌트를 얻어 1976년 일본의 모 유명 SF 전문지가 명명한 것이 시초다. 덧붙여 영어로는 크립티드(Cryptid)라고 부른다.

UMA 중에서 특히 유명한 것이 네스호에 산다는 네시일 것이다. 일본에서도 1970년대 무렵에 매스컴을 떠들썩하게 만들면서 이케다호의 이시 같은 많은 아류를 낳았다. 다만 안타깝게도 네시에 관해서는 훗날 그 사진을 촬영했다고 알려진 인물이 날조를 인정하는 등 신빙성에는 다소 의문이 남는다.

그 밖에 대표적인 UMA로 대형 유인원 같은 빅풋[9], 인어, 몇 년 전 본지에서도 특집기사로 다룬 공중을 고속으로 나는 물고기인 스카이피시 등을 들 수 있다. 넓은 의미로는 외계인도 UMA에 포함된다.

여기서 일본 고유의 UMA에 한번 눈을 돌려보자. 사실 일본에서 UMA로 일컬어지는 것은 그다지 많지 않다. 대표적인 것으로 쓰치노코[10], 갓파[11], 모 낚시 만화로 유명해진 거대한 물고기 다키타로[12] 등을 들 수 있지만, 그 외에는 일본인에게도 낯선 것이 많다.

UMA로 불리는 것이 일본에 적은 이유로, 요괴의 존재를 들 수 있다.

갓파란 무엇인가 물었을 때, 일본인이라면 으레 요괴라고 대답할

---

9   북미 로키산맥 일대에서 목격된다는 미확인 동물로 사스콰치라고도 한다.

것이다. 잇탄모멘[13]이나 이마에 눈이 하나밖에 없는 외눈박이 동자승, 10년쯤 전에 전국적으로 유명해진 인면견도 마찬가지다.

그런데 이런 것들은 실제로 그것을 본 사람이 있는 이상 미확인 동물, 혹은 생물인 UMA로도 부를 수 있다.

수수께끼의 존재를 요괴라는, 예로부터 일반적으로 알려진 카테고리 이름으로 부르는 것이 일본에 UMA가 적은 이유라고 할 수 있다.

일본에서 미확인 생물이 UMA냐 요괴냐 하는 논쟁은 히로스에 료코가 배우냐 아이돌이냐 하는 논쟁만큼이나 무의미하다.

갓파가 자신을 UMA로 부르건 요괴로 부르건 신경 쓸 리 없지 않은가? 우리 같은 매스컴이 어떻게 소개하느냐에 따라 자연스럽게 정의가 내려질 것이다. 그렇게 생각하면 매스컴이란 어지간히 죄가 깊은 장사꾼이다.

오컬트·호러 잡지를 표방하는 본지로서는 이번 사건의 미확인 생명체를 어떻게 불러야 할지 실로 고민이 컸지만, 이 글에서는 UMA로 소개함으로써 세상에 이 명칭을 널리 퍼뜨리고자 한다.

---

10   태곳적부터 일본 열도에 서식한다고 알려진, 몸통이 굵고 길이가 짧은 뱀처럼 생긴 생물.
11   일본 전역의 민간 전승에 등장하는 물에 사는 요괴. 지역에 따라 생김새와 행태가 다양하게 묘사되지만, 일반적으로 초록색 몸통, 물갈퀴가 있는 손발, 거북이 같은 등딱지, 접시 같은 텅 빈 정수리 등의 외양으로 묘사된다.
12   야마가타현 소재의 오토리이케 호수에 서식한다고 알려진 거대한 물고기. 『낚시광 산페이』라는 만화를 통해 전국적인 지명도를 얻었다.
13   가고시마현에 전승되는 요괴로 길이 10미터를 훌쩍 넘는 무명천처럼 생겼으며, 그 천을 휘날리며 사람을 공격하는 것으로 알려져 있다.

서론이 다소 길어진 감이 있지만, 이제 H씨가 목격한 UMA를 소개하겠다.

H씨가 UMA를 목격한 것은 1992년 가을, 장소는 ●●●●●에 있는 야영장이었다.

H씨는 돗토리에서 먼 자동차 야영장으로 1박 예정으로 캠핑 여행을 떠났다.

1985년, 캠핑 붐 전야에 개장한 그 야영장은 가까운 산기슭에 댐이 있고, 가볍게 하이킹 같은 레저도 즐길 수 있어서 처음에는 유행에 민감한 젊은이들을 중심으로 평일에도 사람이 가득 찰 만큼 성황을 이루었다고 한다.

H씨가 야영장을 찾은 것은 캠핑 붐이 절정에 다다랐을 무렵. 유행에 민감했던 H씨는 가족이 함께 즐길 수 있는 캠핑에 일찌감치 관심을 보였고, 텐트 같은 장비도 빈틈없이 갖추어 그해에 이미 다른 장소에서도 몇 번 캠핑을 즐겼다고 한다.

그러한 시절이었음에도 H씨 가족이 야영장을 찾은 휴일에 어쩐지 다른 손님은 없었다. 그다지 입지가 나쁘지도 않았는데 말이다.

서른이 지난 싱글에, 친구도 없이 매일 오컬트와 마주하는 필자로서는 도저히 상상하기 어렵지만, H씨의 말로는 야영장에 손님이 적으면 오히려 좋다고 한다. 젊은이들이 심야에 야단법석을 피워서 가족 단위 이용객에게 민폐를 끼치는 사태가 패나 발생해서란다.

마침 잘됐다며 H씨는 아내 Y씨, 아들 M군(당시 6세)과 텐트도 치고, 모닥불도 피우며 가족끼리 단란한 한때를 보냈다.

여자의 감은 UMA에도 작용하는 모양이다. 처음 이변을 알아차린 것은 Y씨였다. 갑자기 머리가 아프기 시작했다. 또 자꾸 먼 곳이 신경 쓰였다. H씨가 이유를 묻자 멀리서 어떤 시선이 느껴진다면서 댐을 사이에 둔 맞은편 산을 가리켰다.

이어서 틀어놓았던 라디오가 이상해졌다. 전파는 잡히지만, 때때로 남자 목소리 같은 소리가 방송에 섞여 들려왔다.

H씨 귀에는 신음처럼 들렸다. 하지만 M군은 "어—이—"로 들린다고 했다. 그렇게 말하니 또 그렇게 들리는 것도 같았다. 알아듣기는 어려웠지만, 소리는 확실히 들렸다.

이상한 일은 계속되었다. 저녁 식사 시간이 되어 가족은 함께 카레를 만들었다. M군도 흠칫흠칫 떨기는 했지만, 같이 채소를 자르고 밥을 지으며 즐거운 시간을 보냈다. 하지만 완성된 카레에서 아무 맛도 나지 않았다. 자신의 미각이 이상해졌나 싶어서 H씨가 아내와 아들에게 물으니 모두 아무 맛도 나지 않는다고 입을 모았다. 시판되는 고형 카레라고는 해도 향신료를 사용한 요리인데 매운맛은커녕 아무 맛도 나지 않는다니 황당했다.

그러던 가운데 M군이 코피를 흘렸다. 코피는 좀처럼 멎지 않았고, 원인도 알 수 없었다.

이 시점에서 평소 본지에 푹 절어 있는 독자라면 외계인설을 제기하고 싶을 듯하다.

라디오 전파에 대한 간섭, 두통이나 코피 같은 증상은 자기장이

뒤틀려서 일어나는 현상, 즉 자기장을 동력으로 하는 UFO의 영향이
라고 볼 수 있기 때문이다.

하지만 편집부는 이 설을 부정하고 싶다. 결코 편집부가 UFO 정
보에 식상해서가 아니다.

우선 첫 번째로, 그 부근에서 UFO를 목격했다는 증언이 전혀 없
다. 일본에서는 '고후 사건[14]'으로 대표되듯 UFO는 같은 장소에서 여
러 번 목격되는 사례가 많다. 일설에 따르면 자기장의 영향으로 날아
오기 쉬운 장소가 정해져 있다고 한다. UFO에 의한 것이었다면 현
재에 이르기까지 UFO의 목격 증언이 한 차례도 없는 것은 부자연스
럽다.

두 번째, UFO의 착륙 장소로 알맞지 않다. UFO의 착륙 장소로
대표적인 곳은 목장이나 밭 같은 드넓은 평지다. 그런데 H씨가 방문
한 야영장은 산기슭에 있고, 주변에도 키 큰 나무가 울창한 산과 댐뿐
이며 평지가 거의 없다. 목적이 착륙이 아니라 인간의 납치였다 해도
나무 밑에 있는 인간을 발견하기는 쉽지 않을 것이다.

나중에 다시 이야기하겠지만, 이 UMA는 매우 대형으로 추정된
다. 외계인이라고 가정하면 거대한 몸이 들어갈 커다란 UFO에 탑승
했을 것이다. 그렇다면 더욱 목격 증언이 적은 것도 자연스럽지 않고,
드넓은 평지가 없는 산간으로 UFO가 날아왔다고 보기도 어렵다.

H씨의 목격담으로 돌아가자.

---

14   1975년 야마나시현 고후시에서 초등학생 2명이 UFO와 외계인으로 추정되는 탑승
     자를 목격했다고 알려진 사건. 두 아동뿐 아니라 그들의 가족, 현장 부근에 있던 다
     른 사람들의 목격 증언과, 7년 후 같은 장소에서 또 다른 목격 증언도 더해져 일본
     에서는 UFO와 관련해 신빙성을 따질 때 거론하는 유명한 사례다.

144

앞서 이야기한 기묘한 일들이 잇달아 일어나면서 흥이 깨진 H씨 가족은 서둘러 텐트 안 잠자리에 들었다.

이튿날 아침, 잠에서 깨어나 세면대에서 양치질하는 H씨에게 아내 Y씨가 말했다.

밤새 텐트 밖에서 목소리가 들려왔다고.

방울벌레의 대합창에 섞여서 희미하게, 하지만 확실하게 남자 목소리로 "어—이—" 하는 소리가 계속 들렸다고 했다. 다만 그 소리가 상당히 멀리서 들리는 것 같아서 Y씨는 군이 H씨를 깨우지는 않았다고.

전날에 이어서 댐을 끼고 맞은편에 있는 산에서 누군가의 시선도 느껴져 Y씨는 퍽 겁을 먹은 듯했다.

그렇다고 해도 H씨는 상황을 그렇게 심각하게 받아들이지 않았다. 모처럼 돗토리에서 멀리까지 왔으니 그날은 아들 M군과 벌레도 잡고 댐 주변도 산책하며 보냈다. 그동안 Y씨는 두통이 심해졌다며 텐트에 틀어박혀 있었다.

저녁이 되어 돌아갈 준비를 마치고 다 함께 텐트를 차에 옮겨 실었을 때, H씨는 야영장 근처에 전망대 안내판이 있었던 것을 떠올렸다. 마지막으로 전망 좋은 장소에서 기념 촬영을 하려고 가족 모두 그 전망대로 가기로 했다.

계단을 조금만 올라가면 바로 정상에 도착하는 목조 전망대는 야영장보다 훨씬 먼저 지어진 것 같았다.

한바탕 저녁노을에 물든 경치를 바라보며 즉석카메라로 사진을 촬영하려 했을 때, M군이 "앗" 하고 외치며 먼 곳을 가리켰다.

손가락이 가리키는 끝에는 댐을 사이에 두고 맞은편 산이 있었다. 거리로 치면 500미터쯤 떨어진 산의 중턱, 나무들 틈에서 하얀 것이 보였다고 한다. 펄럭펄럭 움직이는 그것은 흰 천이 나무에 걸리며 바람에 나부끼는 것처럼 보였다.

전망대에는 녹슨 쌍안경이 설치되어 있었다. 10엔을 넣으면 렌즈가 열려서 경치를 볼 수 있었다.

M군이 자꾸 졸라서 H씨는 10엔을 넣고 아들을 쌍안경의 높이까지 안아 올렸다. M군은 하얀 것의 정체를 파헤치기 위해 렌즈의 초점을 조절하기 시작했다.

한동안 쌍안경을 흥미진진하게 들여다보던 M군이 갑자기 우왕, 울음을 터뜨렸다.

무슨 일인가 싶어 놀란 H씨는 흐느껴 우는 M군을 Y씨에게 맡기고 쌍안경을 들여다보았다. 그리고 그것을 보았다.

그것은 매우 커다란 손이었다. 나무들 틈새로 그 손의 주인으로 추정되는 희고 커다란 몸도 보였다. 벌거숭이 같았다. 크기가 몇 미터쯤 되어 보였다.

손은 그리 오라고 하듯 이쪽을 향해 천천히 움직였다.

쌍안경에서 눈을 떼자 Y씨와 M군이 걱정스럽게 이쪽을 바라보고 있었다. 순간 H씨는 깨달았다. 지금까지 시끄럽게 들려오던 벌레 소리가 전혀 들리지 않는다는 것을.

그렇게 이상한 상황과 지금 본 것이 믿기지 않아서 H씨는 주뼛주뼛 다시 쌍안경을 들여다보았다.

손이 똑바로 이쪽을 가리키고 있었다.

얼마나 그것을 보고 있었는지 확실하지는 않지만, H씨는 손에서 눈을 뗄 수 없었다.

한참 있다가 정신을 차린 H씨가 쌍안경에서 눈을 떼었을 때, Y씨와 M군의 모습이 보이지 않았다.

당황해서 전망대 계단을 뛰어 내려왔더니 두 사람은 손을 붙잡고 주차장과는 반대 방향으로 비틀비틀 걷고 있었다.

Y씨에게 어디로 가느냐고 물어도 웃으면서 "가요"라며 잠꼬대하듯 반복할 뿐이었다.

H씨는 억지로 두 사람을 차에 태우고 그곳을 떠났다. 차에 타고 얼마 후 두 사람은 정신을 차린 모양이지만, 전망대에서 있었던 일은 전혀 기억하지 못했다.

이상이 H씨의 목격담이다. 워낙 내용이 상세하여 H씨의 증언에 거짓은 없다고 편집부는 판단했다.

실제로 이렇게까지 크고 흰, 사람처럼 생긴 동물은 일본에 존재하지 않는다. 설마 몸집이 거대한 변태 남자가 저지른 짓도 아닐 것이다. 또 이와 비슷한 UMA를 보았다는 목격담도 없다. 유일하게 닮아 보이는 것으로 해외에서는 빅풋, 일본에서는 '이주[15]'라는 이름으로 알려진 요괴가 있지만, 이 사건에서 목격된 것과는 모습이 다르다. 따라서 편집부는 이것을 새로운 UMA로 확신하고, 이 UMA를 '화이트맨'으로 명명했다.

목소리와 움직임이 사람을 흉내 내는 것은 어느 정도 지능이 있

---

15 에도 시대, 현재의 니가타현 일대에 나타났다는 미확인 생물로 일본의 빅풋으로 불린다. "원숭이를 닮았지만, 원숭이는 아니다"라는 문헌 기록이 남아 있다.

거나 동물적인 본능을 따른 것으로 추정된다. 인어는 노랫소리로 뱃사람을 매료한다고 하고, 갓파도 아기의 울음소리를 흉내 내어 사람을 유인한다고 한다. 화이트맨에게도 그러한 종류의 힘이 있는 걸까.

또한 인어와 갓파가 그러하듯 인간의 생명을 노리는(생기를 빼앗는) 목적이 있었을지도 모른다.

편집부에서는 지갑 사정이 허락하는 한 현장 조사까지 염두에 두고 계속 화이트맨의 정보를 모을 생각이다. 조사를 계속하느냐 마느냐는 본지의 매출에 달려 있다. 독자 여러분께 계속해서 본지의 구독을 강력하게 추천한다!

H씨의 증언을 바탕으로 그린 그림. 희고 큰 무언가가 이쪽을 가리키고 있다!

독자의
편지
2

나는 전부터 몇 번이나 말했다, 안 됩니다. 지독하게 악랄하고 오만한 당신들

전의 이웃도 말씀하셨다 유해하다

전자레인지도 위험한 건 알고 계시겠죠. 그렇죠.

나는 이렇게 줄곧, 줄곧 옛날부터 수신하고 있다고 말하는데 당신들은 전혀 듣지 않네요

전기로 만들어서 날리기 전에   라고 하는데 그것을 받아들이려고도 하지 않는다, 는 것은 죄업의 극치

땅의 더 아래쪽 아이들은 울고 있다 응애— 응애 가엾게도,

그런데도 그놈들은 모르는 얼굴로 가다랑어처럼 이 세상을 헤엄치고 있었다

그것은 사람, 의 껍데기를 뒤집어쓰고 히죽히죽 웃어 그것은 성인의 흉내입니까?

사람의 흉내, 를 내서 알맹이는 까마득한 옛날에 없어지고 말았다고 말했는   데

어제도 서쪽에서 울리는 소리가 시끄럽고 귀를 찌르는 것은 원숭이의 울음소린가 싶다 ●●●●●

집단으로 망을 볼 수밖에 없다고 하는데도!!!!

늘 아이는 귀여운 법이죠, 그렇게 하지 않으면 안 되니까. 알고 계시죠

어제는 전자계산기 소리가 9에서 끝났습니다 모레는 10을 누를 수 있을지도 모릅니다

그만큼 퍼지고 있습니다

악마를 죽여야 한다고 선생님도 그렇게 말했습니다

아키라는 악마의 아이라고 합니다 그 여자가 낳았다 가랑이 사이로가

아니다 귀신이 있었으니까 힘을 가지고 있었던 것처럼 아 가엾다

먼 곳. 에서 전기 공격으로 모두를 괴롭힌다 아, 다음날 당신들이 그렇
게 나불나불 퍼뜨려도 이미 끝

하늘을 건너는 새, 의 아름다움 이 무슨 일이람! 전지로는 무리일 텐데
먹을 것에도 독은 들어. 있습니다

산에 그런 신이라니 부끄럽. 다 천치입니다   . 그것도 힘을 가지고 있
으니까 가짜인데도

괜찮으면 감 따위에 현혹된다

나쁜 것은 귀신

※ 봉투 곁면에 '○○○○를 만드는 사람들에게'라고 수신인이 적혀
있음.

사옥 우편함에 직접 투입한 것으로 추정됨.

발신인, 날짜 등은 기재되어 있지 않으므로 불명.

인터넷
수집 정보
3

【기막힌 스레드[16] 정리】 끔찍하게 무섭기로 소문난 '부적집 돌격' 스레드란? 발췌

2011년 1월 15일 인터넷 게시판에 『【심령 스폿】 지금부터 긴키의 심령 스폿 돌격을 실황 중계한다』라는 스레드가 만들어졌습니다.
긴키에 거주하는 스레주[17](긴키 군조)는 돌격할 목적지를 앵커(지정한 댓글 번호의 지시를 따름)로 모집합니다. 그리하여 지정받은 ●●●●●의 '부적집'이라고 불리는 장소로 향하게 되었는데….

이하가 스레드의 정리본입니다.

=============================

【심령 스폿】 지금부터 긴키의 심령 스폿 돌격을 실황 중계한다

1: 긴키 군조: 2011/01/15(토) 01:32:24
ID:H7cKvHk1c

---

16   영어의 thread에서 유래된 인터넷 용어로 인터넷 게시판 등에서 어떤 하나의 화제와 관련되어 작성된 글 모음집(타래)을 가리킨다.
17   스레드+주(主). 스레드를 만든 사람을 뜻한다.

한가하니까 긴키의 심령 스폿 돌격해 볼 건데 어디가 좋을까?
긴키 거주 차 있음 남자
동행자도 모집

2: 무명 씨: 2011/01/15(토) 01:37:01
ID:fjf96cCp4
가고 싶은데 도쿄야…

3: 무명 씨: 2011/01/15(토) 01:40:10
ID:gBbp5D2vd
이누나키 터널 가라

4: 무명 씨: 2011/01/15(토) 01:42:21
ID:c2rY89bq8
역시 마야 관광호텔이지

7: 무명 씨: 2011/01/15(토) 01:42:58
ID:4yjy8jlc
우리 집. 근방에서 심령 스폿이라고 하던데

9: 긴키 군조: 2011/01/15(토) 01:50:09
ID:H7cKvHk1c
앵커로 정할게
>>15

10: 무명 씨: 2011/01/15(토) 01:51:02
ID:Pxrbnij3U
동네에 심령 스폿 있다

12: 무명 씨: 2011/01/15(토) 01:52:34
ID:nHp7s7K3u
연초부터 한가하네

15: 무명 씨: 2011/01/15(토) 01:54:52
ID:Aylg8wLma
●●●●●의 부적집

18: 무명 씨: 2011/01/15(토) 01:55:02
ID:fjf96cCp4
>>15
거기가 어딘데?

22: 무명 씨: 2011/01/15(토) 02:01:39
ID:gBbp5D2vd
>>18
여기 아냐?
※링크 끊어진 URL※

24: 무명 씨: 2011/01/15(토) 02:04:28
ID:nHp7s7K3u
뭔가 옛날 인터넷에서 본 거 같다
집 안에 빼곡하게 부적 붙여놓은 데
아냐?

25: 무명 씨: 2011/01/15(토) 02:06:31
ID:vp6q6E2nc
친구가 이 근처 출신이야
옛날에 위험한 여자가 살았을 뿐 그냥
폐허라던데

26: 무명 씨: 2011/01/15(토) 02:10:25
ID:gBbp5D2vd
결국 간사이 군조는 가는 건가?

34: 긴키 군조: 2011/01/15(토) 02:33:16
ID:H7cKvHk1c
늦어서 미안 편의점 갔다 왔다
부적집 오케이
여기라면 차로 두 시간이면 갈 거 같네
같이 갈 사람 없나?
긴키권이면 데리러 간다

35: 무명 씨: 2011/01/15(토) 02:35:24
ID:4yjy8jlc
가겠습니다!
거짓말입니다!

36: 긴키 군조: 2011/01/15(토) 02:36:45
ID:H7cKvHk1c
>>35
배신 한번 빠르다 ㅋㅋㅋㅋㅋ

39: 무명 씨: 2011/01/15(토) 02:40:01
ID:nHp7s7K3u
요즘 추우니까 따뜻하게 입고 가라

51: 무명 씨: 2011/01/15(토) 05:48:39
ID:fjf96cCp4
벌써 아침인데 아무도 안 모이니까 안
가나?
돌격 기대하고 있었는데.

60: 무명 씨: 2011/01/15(토) 07:33:19
ID:gBbp5D2vd
군조 죽었냐?

71: 긴키 군조: 2011/01/15(토) 09:12:58
ID:H7cKvHk1c
미안 잠깐 잠들어버렸다
아무도 같이 안 갈 거 같으니까 혼자
간다
사진도 올릴게
지금부터 출발할 예정

72: 무명 씨: 2011/01/15(토) 09:29:13
ID:fjf96cCp4
기다렸다 군조!

73: 무명 씨: 2011/01/15(토) 09:40:39
ID:gBbp5D2vd
아침부터 심령 스폿 돌격이라니 수고
많네

75: 긴키 군조: 2011/01/15(토) 09:51:27
ID:H7cKvHk1c
폐허 같은 거 별로 간 적 없는데 뭐
준비해야 할까?

76: 무명 씨: 2011/01/15(토) 09:54:33
ID:nHp7s7K3u
목장갑이랑 손전등이랑 의욕

78: 긴키 군조: 2011/01/15(토) 09:55:43

ID:H7cKvHk1c
>>76
오케이
손전등은 집에 없으니까 사서 간다
지금부터 운전할 거니까 한동안 접속
불가

79: 무명 씨: 2011/01/15(토) 09:56:59
ID:gBbp5D2vd
여긴 우리한테 맡겨둬

80: 무명 씨: 2011/01/15(토) 10:11:01
ID:4dukJE2cm
모쪼록 안전 운전하길

120: 긴키 군조: 2011/01/15(토)
12:38:19
ID:H7cKvHk1c
도착했다

121: 무명 씨: 2011/01/15(토) 12:45:20
ID:nHp7s7K3u
꽤 빠르네

122: 무명 씨: 2011/01/15(토) 12:47:49
ID:fjf96cCp4
운전 수고

123: 무명 씨: 2011/01/15(토) 12:48:01
ID:gBbp5D2vd
사진 올려줘

126: 긴키 군조: 2011/01/15(토) 12:52:05
ID:H7cKvHk1c
외관
보여?
※링크 끊어진 URL※

127: 무명 씨: 2011/01/15(토) 12:52:59
ID:gBbp5D2vd
의외로 평범한 단독 주택이군

128: 무명 씨: 2011/01/15(토) 12:53:04
ID:niH225uJB
요기가 느껴진다…

129: 무명 씨: 2011/01/15(토) 12:53:44
ID:k8S24pg6z
좀 더 동네랑 멀찍이 떨어진 곳에 있을 줄 알았는데

130: 무명 씨: 2011/01/15(토) 12:54:09
ID:fjf96cCp4
마당에 풀이 무성하네

133: 무명 씨: 2011/01/15(토) 12:54:29
ID:46bqFp2m9
안에 어떻게 들어갈 건데?

135: 긴키 군조: 2011/01/15(토) 12:55:24
ID:H7cKvHk1c
현관 봉쇄돼 있으니까 어디 들어갈 데 없는지 집 주변 보고 온다

139: 무명 씨: 2011/01/15(토) 12:56:12
ID:rTugUkYv3
불법 침입 신고했습니다(^д^)

140: 무명 씨: 2011/01/15(토) 12:56:58
ID:gBbp5D2vd
>>139
하지 마
우리의 즐거움이 줄어든다고

142: 긴키 군조: 2011/01/15(토) 12:58:03
ID:H7cKvHk1c
어쩐지 할매가 이쪽을 너무 보는데 수상하다고 생각하는 듯

143: 무명 씨: 2011/01/15(토) 12:58:40
ID:Pxrbnij3U
오자마자 잡혀가는 거 아냐 ㅋㅋㅋ

162: 무명 씨: 2011/01/15(토) 13:10:23
ID:7oZdFjgsv
군조 얼른 계속 해라-

165: 무명 씨: 2011/01/15(토) 13:12:01
ID:fjf96cCp4
멀었냐?

157

168: 긴키 군조: 2011/01/15(토)
13:13:08
ID:H7cKvHk1c
할매랑 이야기했다
폰이라서 타자가 느리지만 내용
정리할게

169: 무명 씨: 2011/01/15(토) 13:13:45
ID:gBbp5D2vd
오! 천천히 해도 되니까 깔끔하게 보고
부탁

193: 긴키 군조: 2011/01/15(토)
13:32:58
ID:H7cKvHk1c
내가 집 주변을 어슬렁대니까 할매가 날
보고 있다가 먼저 말을 걸었다

나: 대학 과제로 이 주변의 토지 조사를
하고 있다. 이 집은 폐허냐?
할매: 그래.
나: 얼마나 됐어?
할매: 10년 가까이 됐다.
나: 뭐 아는 거 있으면 가르쳐달라.
할매: 그건 괜찮은데, 몰래 들어가면 안
된다. 담력 시험인지 뭔지 내도록 젊은
애들이 오더라. 민폐가 여간 아니다.
요즘엔 그래도 별로 안 보이더라.
나: 이야기만 듣고 돌아가겠다.
할매: 이 근방 사람들은 다 아는
이야기다. 여기 옛날에 어떤 여자랑

아이가 살았다. 남편은 없었던 것 같고.
그 댁은 오다가다 만나면 인사도 하는
살가운 사람이었는데, 아이가 죽고
말았다. 불쌍하게도. 자살한 모양이다.
그때는 왕따가 원인이라느니 뭐니
하면서 기자들이 찾아와서 들쑤셔댔다.
주간지고 티브이고 할 거 없이 있는
일 없는 일 막 보도했다더라. 그래서
그 댁이 이상해진 것 같다. 하기는
자식이 그렇게 되기 전부터 좀 이상한
구석이 있었던 것 같다. 암튼 별 희한한
말을 입에 담기 시작하더니 얼마 후에
이 집에서 자살해 버렸다. 얼마나
불쌍하냐. 자식을 정말 귀여워했다.
그러니 마음에 병이 들고 말았다.

194: 무명 씨: 2011/01/15(토) 13:34:28
ID:Pxrbnij3U
네티즌답지 않은 커뮤니케이션 능력을
가진 군조

195: 무명 씨: 2011/01/15(토) 13:34:33
ID:q55ePRm52
이거 전개가 제법 좋은걸

196: 무명 씨: 2011/01/15(토) 13:35:16
ID: 3trifSqnv
하여튼 기레기는

197: 무명 씨: 2011/01/15(토) 13:13:45
ID:gBbp5D2vd

여기까지 왔는데 돌아가거나 그러진
않겠지?

205: 긴키 군조: 2011/01/15(토)
13:39:47
ID:H7cKvHk1c
안 돌아가
할매 딴 데 갔으니까 마당으로 들어갈
데 없나 찾아보는 중

206: 무명 씨: 2011/01/15(토) 13:40:29
ID:fjf96cCp4
역시 군조

207: 무명 씨: 2011/01/15(토) 13:41:18
ID:gBbp5D2vd
어차피 바보들 잔뜩 담력 시험하러 왔을
테니까 들어갈 구멍이 어디 있을 거야

208: 무명 씨: 2011/0115(토) 13:42:09
ID:Aylg8wLma
창문

209: 무명 씨: 2011/01/15(토) 13:43:01
ID: 3trifSqnv
문 부숴버려

215: 간사이 군조: 2011/01/15(토)
13:46:18
ID:H7cKvHk1c
창문이 깨져 있어서 그리로 들어왔다

먼지투성이
또 엄청 어질러져 있다

216: 무명 씨: 2011/01/15(토) 13:41:18
ID:gBbp5D2vd
사진 얼른 올려

216: 무명 씨: 2011/01/15(토) 13:41:18
ID:5tBqe2fQ6
사진 보여줘

218: 무명 씨: 2011/01/15(토) 13:48:12
ID:fjf96cCp4
두근두근

222: 긴키 군조: 2011/01/15(토)
13:51:25
ID:H7cKvHk1c
아마도 거실
어두워서 안 보일지도
※링크가 끊긴 URL※

223: 무명 씨: 2011/01/15(토) 13:52:28
ID:icgCxssO8
꽤 여러 가지가 남아 있네

224: 무명 씨: 2011/01/15(토) 13:52:58
ID:fjf96cCp4
부적 없지 않아?

225: 무명 씨: 2011/01/15(토) 13:53:17

ID:gBbp5D2vd
부적은?

226: 무명 씨: 2011/01/15(토) 13:53:36
ID:nHp7s7K3u
어질러져 있달까, 뭔가 털린 느낌인걸

227: 무명 씨: 2011/01/15(토) 13:54:04
ID:fjf96cCp4
누가 자살한 집이라고 생각하니 박력이
꽤 센데

228: 긴키 군조: 2011/01/15(토)
13:55:04
ID:H7cKvHk1c
부적은 전혀 없다
하지만 뭔가 이런 계통의 책이랑 CD가
가득 있다
※링크가 끊긴 URL※

229: 무명 씨: 2011/01/15(토) 13:55:12
ID:5tBqw2fQ6
으아…

231: 무명 씨: 2011/01/15(토) 13:55:43
ID:e9wcjVsbu
이거 멋진걸

234: 무명 씨: 2011/01/15(토) 13:53:17
ID:gBbp5D2vd
뭐야 그냥 망상병이었어?

235: 무명 씨: 2011/01/15(토) 13:56:34
ID:fjf96cCp4
사이비 믿는 사모님이셨다는 거?

236: 무명 씨: 2011/01/15(토) 13:56:57
ID:apV7ghO3m
이러니 애가 왕따를 당할 수밖에

240: 무명 씨: 2011/01/15(토) 13:59:46
ID:nHp7s7K3u
진지한 이야기를 좀 하자면, 우주의
힘이 이러쿵저러쿵하는 사이비라도
믿는 힘이 강하면 잔류 에너지가 남기
쉬우니까 죽은 장소에서 심령 현상이
쉽게 일어날 수 있다는 거

241: 무명 씨: 2011/01/15(토) 14:01:21
ID:4yjyf8jlc
>>240
자칭 퇴마사님 감사

242: 무명 씨: 2011/01/15(토) 14:02:25
ID:gBbp5D2vd
부적은 헛소문인가?

243: 무명 씨: 2011/0115(토) 14:02:48
ID:Aylg8wLma
다다미방

245: 긴키 군조: 2011/01/15(토)
14:03:56

ID:H7cKvHk1c
무슨 소리가 났는데

246: 무명 씨: 2011/0115(토) 14:04:49
ID:8fdqK3mx
엇

247: 무명 씨: 2011/01/15(토) 14:04:59
ID:fjf96cCp4
(((((;ﾟДﾟ)))) 오들오들 덜덜

248: 무명 씨: 2011/01/15(토) 14:04:59
ID:8a29Mbdxi
도망쳐!

249: 무명 씨: 2011/01/15(토) 14:05:22
ID:gBbp5D2vd
경찰?

250: 무명 씨: 2011/01/15(토) 14:05:30
ID:8fdqKw5mx
괜찮냐?

251: 무명 씨: 2011/01/15(토) 14:06:03
ID:4yjyf8jlc
군조… 좋은 놈이었어…

255: 간사이 군조: 2011/01/15(토)
14:08:37
ID:H7cKvHk1c
지금 2층에서 피신 중

거실 뒤지고 다녔더니 벽 너머에서 쿵
하는 소리가 들렸다

256: 무명 씨: 2011/01/15(토) 14:09:26
ID:s9sdW2boy
야쿠자가 관리하는 폐허도 있으니까
함부로 안 움직이는 게 좋을걸

257: 무명 씨: 2011/01/15(토) 14:10:05
ID:fjf96cCp4
군조! 두려워 말고 그 방으로 돌격해
주시게나!

258: 긴키 군조: 2011/01/15(토)
14:10:37
ID:H7cKvHk1c
지금도 아래층에서 일정한 간격으로
쿵쿵쿵, 소리가 울린다
일단 2층을 탐색하겠음

259: 무명 씨: 2011/01/15(토) 14:11:48
ID:9673gaMsj
군조 멘탈 겁나 세 ㅋㅋㅋ

260: 무명 씨: 2011/01/15(토) 14:11:48
ID:tmXuQd2dt
도망치는 게 낫지 않나?

262: 긴키 군조: 2011/01/15(토)
14:13:24
ID:H7cKvHk1c

여긴 아이 방 같다
※링크가 끊어진 URL※

263: 무명 씨: 2011/01/15(토) 14:14:29
ID:gt4ohe95T
우와… 자살한 애 방인가

264: 무명 씨: 2011/01/15(토) 14:15:39
ID:gBbp5D2vd
이 곰 인형 본가에 있었지

265: 무명 씨: 2011/0115(토) 14:15:48
ID:Aylg8wLma
책상 서랍

268: 무명 씨: 2011/01/15(토) 14:16:12
ID:fjf96cCp4
초등학생쯤이었으려나?

269: 긴키 군조: 2011/01/15(토)
14:16:40
ID:H7cKvHk1c
책상 서랍 안에 사진이 들어 있다
※링크가 끊어진 URL※

270: 무명 씨: 2011/01/15(토) 14:17:29
ID:6g79GpH4W
우아아아아아아아아아아아

271: 무명 씨: 2011/01/15(토) 14:17:52
ID:gBbp5D2vd

죽은 애 사진?
272: 무명 씨: 2011/01/15(토) 14:18:29
ID:fjf96cCp4
어쩐지 무섭다

273: 무명 씨: 2011/01/15(토) 14:18:40
ID:nHp7s7K3u
진짜 그만둬라 너무 위험해

274: 무명 씨: 2011/01/15(토) 14:18:51
ID:k63mPvfqw
너무 무섭다

275: 무명 씨: 2011/01/15(토) 14:19:04
ID:t64dkyMnk
어째서 자살한 애 사진이 자살한 애
책상 서랍에 들어 있는 거야

276: 긴키 군조: 2011/01/15(토)
14:19:55
ID:H7cKvHk1c
이거 말곤 아무것도 없는 거 같다
소리도 멈췄고 아래층에 내려가 볼까

277: 무명 씨: 2011/01/15(토) 14:21:01
ID:pg3bZhYtu
이제 그만 나오는 게 낫지 않나?

278: 무명 씨: 2011/01/15(토) 14:21:38
ID:gBbp5D2vd
여기까지 온 이상 전부 보자 군조

283: 긴키 군조: 2011/01/15(토) 14:23:32
ID:H7cKvHk1c
아마 소리가 났던 다다미방에 왔다
※링크가 끊어진 URL※

284: 무명 씨: 2011/01/15(토) 14:24:20
ID:fjf96cCp4
왜 한가운데 다다미에 얼룩이 있는
거야…

285: 무명 씨: 2011/01/15(토) 14:24:58
ID:gBbp5D2vd
틀림없이 이 방에서 죽었겠지

289: 무명 씨: 2011/01/15(토) 14:25:38
ID:nHp7s7K3u
이 방이 제일 위험하다

290: 무명 씨: 2011/01/15(토) 14:25:44
ID:pg3bZhYtu
저기 왼쪽 뒤에 있는 공간은 뭐야?

291: 무명 씨: 2011/01/15(토) 14:26:50
ID:nHp7s7K3u
지금 바로 이 집에서 나가는 게 나아

293: 무명 씨: 2011/01/15(토) 14:27:05
ID:4yjyf8jlc
군조, 공포감 죽었다는 설

295: 긴키 군조: 2011/01/15(토) 14:27:10
ID:H7cKvHk1c
>>290
다다미방이니까 아마 불단 놓는 데
아닐까
아무것도 없지만

>>293
여기서 돌아가면 너희들 뭐라 할 거면서

296: 무명 씨: 2011/01/15(토) 14:27:56
ID:u4J2iskNr
군조… 너란 사내는

297: 무명 씨: 2011/01/15(토) 14:28:09
ID:AyIg8wLma
다다미 밑

299: 긴키 군조: 2011/01/15(토) 14:29:00
ID:H7cKvHk1c
>>297
그래그래 이 한가운데 다다미만 좀 들떠
있네
뭐지?

301: 무명 씨: 2011/01/15(토) 14:29:31
ID:fjf96cCp4
확실히 들떠 있네

302: 무명 씨: 2011/01/15(토) 14:29:55
ID:gBbp5D2vd
이러면 들어 올릴 수밖에 없지

305: 무명 씨: 2011/01/15(토) 14:31:55
ID:DtDzw3z49
이미 할 만큼 한 거 같은데

306: 무명 씨: 2011/01/15(토) 14:32:17
ID:b3m8P28v9
그래서 부적은?

307: 긴키 군조: 2011/01/15(토)
14:33:19
ID:H7cKvHk1c
>>302
될지 모르겠지만 들어 올려 보려고
목장갑 있어서 다행이다

>>306
부적은 전혀 없어
하지만 기둥 같은 데 뭔가 떼어낸
흔적이 있으니까 어쩌면 옛날엔 붙어
있었는지도

308: 무명 씨: 2011/01/15(토) 14:33:51
ID:nHp7s7K3u
이제 진짜로 그만하라니까

316: 긴키 군조: 2011/01/15(토)
14:36:52

ID:H7cKvHk1c
이게 뭐야
※링크가 끊어진 URL※

317: 무명 씨: 2011/01/15(토) 14:37:48
ID:ss9pHX797
어?

318: 무명 씨: 2011/01/15(토) 14:37:58
ID:gBbp5D2vd
바위? 이 크기면 큰 돌이라 해야 하나?

319: 무명 씨: 2011/01/15(토) 14:38:17
ID:fgso4pgV6
금줄 같은 걸 두르고 있네
뭔가를 모셨나?

320: 무명 씨: 2011/01/15(토) 14:38:26
ID:BeVis3d9h
나중에 갖다 놓은 건가

321: 무명 씨: 2011/01/15(토) 14:38:51
ID:fjf96cCp4
사모님 뭔가 영적인 그런 거 믿었다고
하지 않았어?

323: 무명 씨: 2011/01/15(토) 14:39:03
ID:NPeHwjda4
수수께끼 천지네… 너무 무섭다…

324: 무명 씨: 2011/01/15(토) 14:39:09

ID:nHp7s7K3u
지금 바로 도망쳐

325: 무명 씨: 2011/0115(토) 14:39:16
ID:Aylg8wLma
고맙습니다

326: 무명 씨: 2011/01/15(토) 14:40:21
ID:ss9pHX797
군조 뭔가 안 좋은 거 찾아낸 거 아냐?

327: 긴키 군조: 2011/01/15(토)
14:40:27
ID:H7cKvHk1c
위험할지도 모르겠다

328: 무명 씨: 2011/01/15(토) 14:40:54
ID:m9iV66g6Z
무슨 일이야!?

329: 무명 씨: 2011/01/15(토) 14:40:56
ID:gBbp5D2vd
군조 왜 그래?

330: 무명 씨: 2011/01/15(토) 14:41:12
ID:nHp7s7K3u
무사하냐?

360: 무명 씨: 2011/01/15(토) 15:05:51
ID:fjf96cCp4
군조~ 괜찮습니까~?

391: 무명 씨: 2011/01/15(토) 15:51:19
ID:ss9pHX797
이만큼 시간이 지났는데 아무 소식
없다는 건 이미…

400: 무명 씨: 2011/01/15(토) 16:02:44
ID:ai4JjEzsg
그냥 낚시였다고 해라

405: 무명 씨: 2011/01/15(토) 16:10:01
ID:nHp7s7K3u
제발… 낚시라고 해…

408: 무명 씨: 2011/01/15(토) 16:14:22
ID:fjf96cCp4
누구, 현장 근처 사는 분들 탐색대 좀
꾸려주세요!

410: 무명 씨: 2011/01/15(토) 16:17:15
ID:cxjbz6cDA
경찰에 신고하는 게 낫지 않아?

412: 무명 씨: 2011/01/15(토) 16:19:22
ID:gBbp5D2vd
>>410
불법 침입이고
낚시일지도 모르고

430: 무명 씨: 2011/01/15(토) 17:01:03
ID:gBbp5D2vd
이거 군조 안 돌아오는 거?

431: 무명 씨: 2011/01/15(토) 17:05:38
ID:nHp7s7K3u
지금 스레드 다시 봤는데 이
Aylg8wLma란 놈 뭔가 좀 이상하지
않냐?
돌격 장소 지정한 것도 이놈이고,
어째선지 침입 장소도 알고 있고,
위험한 게 있는 장소도 군조가
발견하기도 전에 써놓고
뭐하는 놈이지?

432: 무명 씨: 2011/01/15(토) 17:09:01
ID:ss9pHX797
>>431
확실히 이상하네

433: 무명 씨: 2011/01/15(토) 17:12:35
ID:ykYxw3t8q
Aylg8wLma님 뭔가 알고 있습니까?

452: 긴키 군조: 2011/01/15(토)
19:25:09
ID:H7cKvHk1c
※링크 끊어진 URL※

453: 무명 씨: 2011/01/15(토) 19:29:11
ID:fjf96cCp4
군조다!
이거 뭐야?

454: 무명 씨: 2011/01/15(토) 19:32:59

ID:utv7Nm6Ju
군조 무사했구나!

455: 무명 씨: 2011/01/15(토) 19:34:17
ID:gBbp5D2vd
뭐야 낚인 건가

456: 무명 씨: 2011/01/15(토) 19:34:17
ID:ss9pHX797
무사해서 천만다행인데 이거 무슨 그림?
혹시 부적?

457: 무명 씨: 2011/01/15(토) 19:36:59
ID:5eiCbzfkm
뭔가 기분 나쁜 그림

458: 무명 씨: 2011/01/15(토) 19:38:22
ID:hHAx8jbj6
군조 이거 뭐야~?

459: 무명 씨: 2011/01/15(토) 19:39:17
ID:hmCarmzd8
이런 부적 처음 봤다

460: 무명 씨: 2011/01/15(토) 19:40:58
ID:4irA42jzo
군조는 이걸 어디서 찍은 거야? 부적은
없지 않았냐?

461: 무명 씨: 2011/01/15(토) 19:41:11
ID:gBbp5D2vd

종교 계통인가? 도리이가 그려져 있는데
또 이 기호 같은 건 뭐지? '了'라는 한자?

================================

이후에도 스레주(긴키 군조)는 댓글을
남기지 않았고, 사진이 의미하는
바도 영영 수수께끼로 남았습니다.
현재까지도 낚시(스레주의 자작) 선언은
없었습니다.
또 뭔가를 아는 것처럼 댓글을 썼던
Aylg8wLma도 더는 댓글을 남기지 않은
채 이 스레드는 끝났습니다.
또 다른 스레드에서 「군조를 구하는
돌격【심령 스폿】지금부터 긴키의 심령
스폿 돌격을 실황 중계한다」라고 해서
스레주의 탐색대가 꾸려지고 뜻있는 몇
명이 나중에 그 폐허를 방문했습니다.
그때 다다미방의 한가운데 다다미는
벗겨져 있었지만, 바닥 아래에는 딱히
아무것도 없는 상태였다고 합니다.

많은 수수께끼를 남긴 이 스레드,
어떠셨나요?
정보의 진위는 확실하지 않지만, 여러
가지로 고찰해 봐도 즐거울 것 같네요!

모 월간지
2010년
5월호 게재

단편 「심령사진」

"이건 저도 실제로 본 심령사진 이야긴데요….."

　　얼핏 보기에 세련된 디자인의 명품 원피스로 몸을 감쌌지만, 사람 좋아 보이는 미소가 인상적인 A씨는 여성 패션지의 베테랑 편집자다.

　　"패션지 촬영이라는 게 스튜디오를 며칠씩 잡아놓고, 그 안에 파팍! 단숨에 찍어버릴 때가 많아요. 모델 촬영이 들어갈 때는 특히 일정이 완전히 정해지니까 시간 승부라고 보면 돼요."
　　촬영 현장에는 편집자는 물론 모델과 모델의 매니저, 메이크업 담당, 코디네이터, 협찬 의상 브랜드 홍보 담당, 영업 담당, 에디터, 카메라맨, 어시스턴트 등 실로 많은 사람이 참여한다.
　　현장에서 이리저리 오가는 의견을 헤아리면서 편집 의도에 따라 촬영을 시간에 맞춰 진행해야 하는 편집자는 그야말로 정신없이 바쁘다.
　　"그렇다 보니 분위기가 무척 중요해요. 현장이 예민해지지 않게, 어느 정도 화기애애한 분위기가 되게끔 늘 주의를 기울이죠."
　　A씨에 따르면 제작 스태프의 그런 가락은 저마다 지닌 전문 기술 못지않게 중요하다.
　　"카메라맨이랑 메이크업 담당과 제대로 팀이 만들어지면 처음 참여하는 외부 스태프도 안심하고 몸을 맡기게 되니까요. 그런 의미에서 B군은 카메라맨으로는 아직 풋내기지만, 모델의 기분도 잘 띄우고, 믿음직한 동료예요."

반년쯤 전에 영업차 편집부를 직접 찾아온 젊은 카메라맨 B씨가 A씨가 꾸리는 촬영 팀의 단골이 되기까지는 그리 오랜 시간이 걸리지 않았다.

"표지 촬영을 할 때는 몇백 장씩 찍어요. 포즈마다 사진을 세세하게 확인하면서요. 괜히 거물 카메라맨에게 맡겼다가는 세세하게 주문하기가 어려우니까 제가 구성을 확실히 정해놓은 촬영에서는 B군처럼 제 의견에 귀 기울이면서 임기응변으로 대응해 주는 젊은 작가가 상당히 요긴하죠."

　때로는 일주일 넘게 걸리기도 하는 스튜디오 촬영이 끝나면, 지면 구성을 위해 편집부에서 입고할 사진을 정하는 단계에 들어간다. 이때는 대량의 촬영 데이터 중에서 명백하게 잘못 찍힌 것을 제외하고, 용량을 줄인 몇백 장의 촬영 이미지를 카메라맨에게 임시로 납품을 받는다.

"방대한 양의 사진과 눈싸움을 해서 몇 패턴까지 일단 추려내요. 골라낸 후보 컷을 카메라맨에게 전달하고 그 이미지들을 리터치(밝기를 보정하는 등, 이미지를 가공하는 작업)해서 돌려받으면 이제 입고네요. 물론 지면의 러프 스케치, 디자인 발주, 에디터가 쓴 문장 확인 등 산더미 같은 작업과 병행하면서 말이에요."
　그러던 가운데 한번은 표지에 쓸 모델 사진을 도무지 결정하지 못해 고민에 빠졌다는 A씨.
"B군이 찍은 사진이었어요. 마음에 쏙 드는 포즈로 찍은 컷이 있었죠. 근데 먼저 납품받은 열 장쯤 되는 그 포즈의 컷에는 하나같이 살짝 아쉬운 구석이 있었어요. 잡지에 광고를 준 브랜드의 귀걸이가 열 장이면 열 장 다 머리카락에 살짝 가려졌거든요. 영업부에서 전부 NG를 내버렸죠."

아무래도 단념할 수 없었던 A씨는 몇 번이나 그 열 장쯤 되는 이미지 파일을 비교해 보았다.

"이미지 섬네일을 한꺼번에 보니까 알겠더군요. B군이 납품한 이미지는 전부 'IMG-0001'이라는 식으로 파일 이름이 붙어 있었는데, 그 포즈로 찍은 컷 중에 납품하지 않은 게 있었던 거예요."

A씨의 마음에 쏙 든 포즈로 찍은 컷이 만약 'IMG-0010'부터 'IMG-0020'이었다고 하면, 그것은 그 촬영 중에 찍은 열 장째부터 스무 장째까지의 컷이라는 뜻이다. 그리고 파일 이름은 'IMG-0010', 'IMA-0011', 'IMG-0012'… 하는 식으로 이어질 것이다. 그 가운데 'IMG-0013'이라는 파일명만 없다면, 그게 미납품 컷인 것이다.

"그때 빠져 있던 것이 'IMG-0053'이었어요. 납품되지 않았다는 건 아마 촬영에 실수가 있었다거나, 리터치로도 도저히 살릴 수 없을 만큼 잘못 찍혔거나 그랬다는 것이겠죠. 그런데 아무래도 그 컷을 표지로 쓰고 싶다는 희망을 버릴 수 없었어요."

B씨에게 연락한 A씨는 설령 잘 못 나온 사진이라도 괜찮으니 그 이미지를 보내줄 수 없겠느냐고 부탁했다. 어떤 이미지였든 꼭 한번 보고 싶다고.

아니나 다를까 촬영에 실수가 있었던 이미지이고 쓸 만한 사진은 아니라고 B씨는 대응했지만, 그렇다고 대선배인 편집자의 부탁을 거절하기도 어려웠을 것이다. B씨는 마지못해 이미지를 A씨에게 보내주었다.

그것은 새카만 이미지였다.

"아무것도 찍히지 않은 새카만 이미지였어요. 렌즈 뚜껑을 까먹고 안 벗겼나? 생각했죠. 뭐 그런 이미지를 표지에 쓸 수도 없으니 어쩔 수 없이 다른 컷을 인쇄소에 넘겼죠."

그로부터 몇 달 후, 다른 말썽이 생겼다.

"액세서리 특집이었는데, 유명한 해외 브랜드의 목걸이가 본사의 의향으로 갑자기 판매를 중단하게 되었어요."

교정도 미처 끝나기 직전이어서 A씨는 해당 페이지의 펑크를 메워야 했다.

"여느 때처럼 B군에게 촬영을 맡긴 페이지였기 때문에 급하게 전화해서 B데이터(촬영에 사용되지 않는 데이터)를 포함해 일단 촬영한 것을 전부 보내달라고 부탁했어요."

A씨의 초조함이 전해져서였는지 B씨는 바로 모든 이미지를 보내주었다.

"또 'IMG-0053'의 이미지가 새카맸어요. 그때는 경황이 없어서 서둘러 적당한 이미지를 골라 넘겼지만요. 다만 'IMG-0053'이라는 문자열과 새카만 이미지는 본 적이 있어서 머리에 남더라고요."

훗날 A씨는 B씨도 참가한 다른 촬영 뒤풀이 자리에서 그 일을 떠올렸다.

172

"촬영할 때 실수했다던데 그거 진짜냐고 물었어요. 카메라맨에 따라서는 기도하는 의미로 촬영 시작할 때 관계없는 걸 찍는다는 이 야기도 들었거든요. 뭔가 주술 같은 게 아니었냐고, 그렇게 물었죠."

취기가 돌았던 B씨는 웃으면서 이렇게 답했다고 한다.

"제가 찍은 53번째 사진은 늘 그래요. 무슨 저주라도 받았는지."

아무래도 술자리여서 그랬는지 A씨와 그 주변에 앉아 있던 사람들은 그 말에 크게 흥분했다고 한다.

저주받았다니 무슨 말인지 묻는 사람들에게 약간 압도된 모양인지 B씨는 다음과 같이 이야기했다.

젊은 카메라맨인 B씨는 패션지를 주 무대로 삼기 전에는 신출내기로서 일감을 가리지 않고 들어오는 족족 하면서 생계를 꾸렸다.

그러한 일 가운데 하나가 레저 잡지의 촬영이었다.

몇 년 전, 국토교통성의 기획으로 전국의 댐에서 '댐 카드'가 발행 되었다. 댐의 사진과 기본 정보가 인쇄된 카드는 댐을 직접 방문해야 손에 넣을 수 있었다. 처음에는 일부 마니아들에게 수집품으로 인기 가 있었지만, 차츰 일반인 사이에도 알려져 댐 카드 입수를 목적으로 하는 댐 견학 투어도 성황이었다.

B씨는 레저 잡지에서 진행하는 어느 댐 견학 투어의 취재에 동행 했다.

1950년대 중반에 건설된 ●●●●●에 있는 그 댐은 중력식 콘 크리트댐으로 우뚝 솟아 있는 거대한 콘크리트 벽이 특징인, 일본에서는 흔히 볼 수 있는 유형의 댐이었다고 한다. 다른 댐과 비교해서 딱히 볼거리가 있는 댐은 아니었고, 오히려 자살 명소로 지명도가 더 높았다.

B씨는 그날, 아침부터 렌터카를 빌려서 편집자, 작가와 함께 셋이서 현지를 방문하고 오전 중에는 댐 호수의 경관 등을 촬영했다. 그 후에는 댐 관리자의 안내로 실제 견학 투어의 일정을 따라가는 형태로 취재를 시작했다.

일단 둑마루라고 불리는, 물을 막는 거대한 콘크리트 벽의 위에 설치된 길을 걸으면서 댐의 구조와 작동에 대한 설명을 들었다. 열심히 메모하는 작가 옆에서 B씨는 이야기의 포인트가 되는 장소와 경치를 계속 찍었다.

이어서 일반 손님은 견학 투어할 때만 들어갈 수 있다는 감사랑이라고 불리는 장소로 향했다. 감사랑은 콘크리트 벽 내부에 만들어진 터널로 바깥에 설치된 긴 계단을 내려가자 모습을 드러냈다. 댐을 유지·관리하는 역할을 맡은 감사랑은 튼튼한 철문으로 닫혀 있었고, 입구에 서기만 해도 내부에서 새어 나오는 냉기에 한기가 들었다.

1년 내내 기온이 15도 전후, 성인 두 사람 정도 겨우 지나갈 만한 폭의 아치형으로, 도중에 길이 갈라지면서 안으로 끝없이 이어지는 콘크리트 터널은 여기저기 형광등이 켜져 있을 뿐, 어슴푸레하고 으스스했다.

편집자 역시 비슷하게 감상을 말하자 직원이 시험 삼아 입구의 전기 스위치를 껐다. 그러자 그곳은 그야말로 암흑이었다. "직원이 들어갈 때는 만약을 위해 손전등을 들고 갑니다"라는 말에 수긍이 갔다.

몇 개의 모퉁이를 돌고 계단을 내려가 안내받은 대로 변위계 관리실이며 방류 게이트 관리실 등을 순서대로 둘러보았다. 복잡하게 뒤얽힌 터널 안에서 만에 하나 일행을 놓쳤다가는 다시는 밖으로 나가지 못할 것만 같아 B씨는 불안을 떨칠 수 없었다.

취재의 마지막 장소로 안내받은 곳은 밸브실이었다.

평소에는 관리실에서 제어하고, 긴급할 때만 수동으로 조작하기 위해 사용한다는 그 방은 안길이가 제법 되었고, 손잡이가 달린 밸브가 여러 개 줄지어 있었다.

편집자와 작가는 입구에 서서 밸브실 안에 서 있는 직원의 설명을 듣고 있었지만, B씨는 촬영을 위해 혼자서 방 안쪽으로 깊숙이 들어가며 셔터를 눌렀다.

B씨는 방의 가장 깊숙한 곳에 있는 밸브의 그늘진 자리에 덩그렇게 놓인 로커를 발견했다.

사무실 같은 데서 쓰이는 세로로 길쭉한 것으로 청소 도구 따위가 들어 있으리라 예상했다.

그런데 그 로커가 조금 열려 있었다.

어중간하게 열려 있는 것이 신경 쓰여서 딴에는 친절한 마음으로 닫아 놓으려고 손을 뻗은 B씨는 문을 닫기 전에 무심코 그 안을 들여다보았다.

거기에는 청소 도구 같은 용품은 없었고, 로커 바닥에 놓인 프랑스 인형이 그를 올려다보고 있었다.

기이한 모습에 놀란 B씨가 비명을 질렀고, 그 소리를 들은 편집자와 작가가 다가왔다.

그 광경을 본 두 사람도 놀라서 말을 잃었다.

평정을 되찾은 작가가 직원에게 로커 안에 왜 프랑스 인형이 있냐고 묻자, 직원은 다음과 같이 대답했다.

"제가 여기 부임했을 때 이미 그 자리에 놓여 있었습니다. 꼭 거기 놔두어야 한다고 선임이 후임에게 대대로 전하는 가르침인 모양입니다. 왜 놔두는지는 저도 잘 모릅니다."

태연하게 이야기하는 직원의 모습이 B씨는 한층 더 섬뜩했다.

아무것도 없었던 것처럼 다시 설명을 시작하는 직원을 쳐다보면서 편집자가 히죽 웃는 낯으로 B씨에게 눈짓을 했다. 찍어두라는 의미 같았다. 돌아가는 차 안에서 사진을 보며 한껏 분위기를 띄우고 싶었을 것이다.

천박한 제안에 질색하면서도 일감을 주는 출판사 사람의 말을 거스를 수 없어 B씨는 직원이 알아차리지 못하게 인형을 촬영했다.

"그게 그 취재에서 찍은 53번째 사진이었습니다. 돌아가는 차 안에서 'IMG-0053'의 데이터를 확인해 보니 새카만 것이 찍혀 있을 뿐 아무것도 보이지 않았습니다. 편집자는 아쉬워했지만요. 그 이후로 제가 촬영할 때마다 53번째 사진에는 어김없이 새카만 것이 찍힙니다. 일에도 지장이 있으니 제발 좀 봐줬으면 싶네요."

메이크업을 담당하는 여성이 새된 비명을 지르는 옆에서 A씨는 물었다.

176

"그런데 왜 새카맣게 나오는 걸까. 만약 그게 저주받은 인형이었다면 유령이나 뭐 그런 게 찍혀야 하지 않나?"

잠깐 A씨를 응시하던 B씨는 조금 뜸을 들이다 대답했다.

"글쎄요, 어쩐 일일까요…. 일단 이 이야기는 이걸로 끝입니다."

"이런 일을 하다 보면 다양한 인종, 다양한 상황에 있는 사람을 취재하잖아요? 저도 알죠. 상황상 이렇게 말은 했지만, 속마음은 다른 데 있는 대답. B군이 뭔가를 숨기고 있구나, 금세 알아차렸죠."

A씨의 이야기는 계속되었다.

"게다가 전 그 사진을 봤을 때 '새카만 사진'이라고 생각했어요. 그런데 B군은 '새카만 것이 찍혔다'라고 했어요. 이상하죠. 아무것도 찍히지 않았다면 그렇게 표현하지 않으니까요. 그 사진에는 무언가가 찍혀 있고 제가 알아차리지 못하게 신경을 쓰는 눈치였어요."

A씨는 다음 날 회사에서 전에 B씨에게서 받은 'IMG-0053' 이미지 파일을 다시 확인했다.

"역시 새카맣기만 하고 뭐가 찍힌 것처럼 보이지는 않았어요. 그래서 손을 좀 봤죠."

A씨는 이미지 편집 소프트웨어로 'IMG-0053' 파일을 열어서 이미지의 밝기를 최대로 높여 보았다.

희미하게 보이는 그것이 무엇인지 알기까지 제법 시간이 걸렸다.

화면 위아래로 활처럼 굽은 흰 줄이 늘어서 있고, 아래 열 안쪽을 따라 무언가가 얹혀 있었다.

"입안이었어요. 아마 사람의 입일 거예요. 입을 크게 벌리고 그 안을 화면 가득 촬영한 사진이었어요. 위아래의 흰 열은 치아고, 한가운데에 찍힌 것은 혀였죠."

B씨는 사진에 그런 것이 찍힌 것을 알고 A씨가 겁먹지 않도록 배려했을 것이다. A씨는 그 후 B씨와 이야기할 때 그 일은 언급하지 않았다.

"그런데 그 후로 이상한 꿈을 꾸게 되었어요. 눈 뜨고 나면 내용이 잘 기억나지는 않지만, 무서운 꿈이에요. 산속 같은 데서 입을 크게 벌린 남자가 쫓아오는 꿈을 꿔요. 저도 저주에 걸려버린 걸지도 모르겠네요."

지금도 B씨에게 임시로 납품받는 사진 데이터에는 'IMG-0053'이 없다고 한다.

인터넷
수집 정보
4

• 상담자: 50대 여성 2019/11/14
글자가 눈앞에 붕 떠 보이고 어떤
문장이 종종 신경 쓰입니다.
이런 증상이 나타나는 병이 있을까요?
3개월쯤 전부터 시작되어 점점
심해지는 것 같습니다.
남편에게 말해도 기분 탓이라고만
하는데, 지금까지 큰 병을 앓은 적도
없던 터라 만약 중병이면 어쩌나 하는
생각에 괴롭습니다.
컴퓨터에 익숙하지 않으므로 실례를
끼쳤다면 부디 용서해 주세요.

• 응답자: 안과 의사 2019/11/15
시야가 일그러지면 일상생활에도
지장이 생기니 힘드시겠네요.
겉으로 이상이 나타나지 않기 때문에
가족의 이해를 얻지 못할 때가 많지만,
안과 질환은 방치하면 위험할 수
있습니다. 되도록 빨리 가까운 안과를
찾아가 진료를 받으시는 게 좋겠죠.
상담 글만으로는 진단을 내리기
어렵지만, 글자가 눈앞에 떠 보인다는
것은 단순한 눈의 피로부터, 황반원공[18],
망막박리 등 다양한 원인을 생각해 볼

---

18 망막의 중심부인 황반부에 구멍이
    생기는 증상.

수 있습니다.
상담자분의 나이로 봤을 때 노인성
황반변성의 가능성도 있겠네요.
이것은 노화로 망막에 부종이나
출혈이 생기고, 그게 원인이 돼 시력이
떨어지는 질환입니다. 자연 치료가
되지 않고 방치하면 증상이 점점
심해져 최악의 경우 실명에 이를 수도
있습니다.
무엇이 원인이건, 정기적인 검진과
치료로 증상이 완화되는 사례도
많으므로 빨리 진료를 받으시길
권해드립니다.

→ 상담자의 회신 2019/11/17
답변 주셔서 감사합니다.
안과에 가볼 생각입니다.
그런데 그런 질환인 느낌은 아닌 것
같기도 합니다.
붕 떠 보이는 글자가 문장을 이루는 게,
꼭 누군가가 그걸 제게 보여주려고 하는
것 같습니다.
어떤 때는 문장이 제게 보이게끔 직접
쓰여 있습니다. 전부 똑같이 투박하게
쓰인 글자입니다.

• 응답자: 정신과 의사 2019/11/18
상담 내용과 다른 의사에게 보낸 회신을
읽었습니다.
부디 기분 상하지 않으셨으면 합니다만,
최근 건망증이 심해졌다고 느낀 적은

없으신가요? 친한 친구나 가족분을
잃으셨다거나 큰 충격을 받은 적은
없으십니까?
알츠하이머나 정신 질환은 상담자분의
나이에도 발병하는 경우가 상당합니다.
다스리는 법만 알면 딱히 무서워할
필요가 없는 질환입니다.
만약을 위해서라고 생각하고, 이 글을
가족분께 한번 보여드리세요.
만약 틀렸다면 착각은 그저 웃어넘기면
그만입니다. 부디 혼자서 고민하지
마시고 주변 분들께 이야기해 보세요.

→ 상담자의 회신 2019/11/18
걱정해 주셔서 감사합니다.
저도 설마 싶지만, 치매는 스스로
알아차리지 못한다고 해서 남편에게 이
홈페이지를 보여주었습니다.
건망증은 없는 것 같습니다. 매일 저녁
식사도 제때 잘 차리고 있으니 괜찮지
않나 싶습니다.
머리가 이상해진 건 아닌가 하는 점은
실은 자신이 없습니다.
남편은 걱정이 지나치다고 합니다만.
그래도 역시 누군가가 저더러 문장을
읽게 하려는 것 같다는 생각을 떨칠 수
없습니다.
처음은 슈퍼마켓 전단이었습니다.
많은 글자 가운데 몇 개가 붕 떠
보였다고 해야 하나, 그 글자만
두드러져 보였습니다. 그리고 그것이

문장이 되었습니다.
신문을 읽어도, 소설을 읽어도,
글자가 떠오르면서 하나의 긴 문장을
이루었습니다.
다음은 문방구에서 볼펜을 고를
때였습니다.
테스트용 메모 용지에 투박한 글자로
쓰여 있었습니다. 왠지 알 수 없지만,
그 문장과 이어지는 것 같았습니다.
그 후에도 친구와 간 레스토랑의 대기
명단이나 마을 자치회 알림판 구석에
쓰여 있었습니다.
영문을 알 수 없는 문장인 데다
어쩐지 무서워서 내용을 이어서 써
두지는 않았지만, 무언가를 부탁하는
문장이었습니다.
지금도 같은 문장이 반복적으로 눈앞에
떠오르기도 하고, 문득 쳐다본 무언가에
그 글자가 쓰여 있는 걸 발견하고
맙니다.
이렇게 쓰고 보니 역시 제가
이상하네요.
충격적인 일은 딱히 없었습니다. 떨어져
살고 있지만 양친도 아직 건강하시고요.
하지만 혹시 그게 계기였나 싶은 일은
있습니다.
제가 딱히 신경이 쓰이지도 않고 여기서
의사 선생님께 말씀드릴 만한 일도
아니니 굳이 말씀드리지는 않겠습니다.

→ 정신과 의사의 회신 2019/11/19
답장 감사합니다.
글을 보니 상당히 고민이 많으신 것
같네요.
부디 자신을 의심하지 마세요. 또
고민을 해소하기 위해서라도 일단
심료내과[19]를 찾아가 진찰을 받으세요.
자기 마음을 부정하지 않고, 의사에게
있는 그대로 전하시면 됩니다.
상담자분이 앞으로 안심하고 지낼 수
있도록 상담해 주실 겁니다.
다만 한 가지 걸리는 것이 상담자분이
짚이는 데가 있다고 하신 계기입니다.
본인은 신경을 쓰지 않으려 해도
마음 깊숙한 곳에서 그것이 강력한
스트레스로 작용하는 일도 흔하니까요.
진찰받으실 때는 그것도 의사에게 같이
말씀하시면 좋겠습니다.

→ 상담자의 회신 2019/11/19
답장 주신 대로 다음 토요일에 남편과
함께 의사 선생님을 찾아뵐까 합니다.
계기 말씀인데, 사실 대수로운 건
아닙니다. 모처럼 친절한 상담을 받아
말씀드리자면, 그저 괴담입니다.
대학에 다니는 외아들이 석 달 전에

---

19 긴장이나 스트레스 등 심리적인 영
    향이 원인으로 일어나는 신체 질환
    을 치료 대상으로 하는 진료 과목. 내
    과 치료와 심리 요법을 병행한다.

친구와 단체로 담력 시험을 하러
갔다고 합니다. ●●●●● 쪽에 있는
호텔이었나 휴양소였나, 암튼 그런
건물의 폐허라고 했습니다.
부끄러운 이야기지요. 위험하기도 하고
근처 사는 분들에게도 민폐니 좋지
않다고 주의는 주었습니다.
아들 이야기로 폐허는 일부 무너진
곳도 있어서 안쪽까지는 들어가지 않은
모양이지만, 입구 로비 같은 곳에 있는
접수대 밑에 노트가 떨어져 있었다고
합니다.
관광지에 흔히 놓여 있는 추억 노트였던
것 같습니다. 수학여행 온 학생이나
회사 연수로 방문한 사람들이 적어
놓은 게 많았고, 대수로운 내용은
없었답니다.
노트는 반 정도만 적혀 있었는데,
마지막 페이지에 이상한 글이 하나
있었다고 합니다.
무슨 뜻인지 알기 어려우나 무언가를
부탁하는 내용이었는데, 그게 너무
무서웠다네요.
그런 이야기를 저녁을 먹으면서 남편과
함께 들었습니다.
그러고 나서 얼마 후, 글자가 눈앞에 떠
올라 보이기 시작했습니다.
제 눈에 보이는 문장도 그런 내용이어서
조금 오싹했습니다.
하지만 상식적으로 있을 수 없는
일이지요. 나이를 먹을 대로 먹고

창피한 노릇입니다.
또 그 장소에 담력 시험을 하러 가면
좋지 않겠기에 아들에게는 아무 말도
하지 않았습니다.
창피하지만, 일단 이 이야기도 의사
선생님께 하겠습니다.
상담해 주셔서 감사했습니다.

→ 상담자의 회신 2019/11/21
번번이 죄송합니다. 역시 저는 머리에
병이 생긴 모양입니다.
어제 이웃이 찾아왔습니다. 제가 이웃집
우편함에 이상한 편지를 넣는다고
하네요. 저는 그렇게 한 기억이 전혀
없습니다.
이웃과는 아들이 초등학교 다닐 때
학부모회에서 알게 된 후 10년 가까이
친하게 지내는 사이여서, 이웃이
거짓말을 한다고는 생각하지 않습니다.
실제로 그 편지도 제게 보여주더군요.
확실히 제 글씨고, 봉투에는 제 이름도
쓰여 있었습니다.
지금 제 앞에 있어서 옮겨 적어보자면
이런 내용입니다.

저를 찾고 있습니다.
찾아내 주셔서 감사합니다.
저는 당신을 보고 있습니다.
당신은 제가 될 수 있습니까?
내 가여운 아이.
함께 길러주세요.

친구가 더 있었으면 좋겠다고 울고
있습니다.
꾀는 건 누구라도 할 수 있습니다.
부탁합니다.
그래도 그것만으로는 안 됩니다.
생명을 낳은 사람만이 알 수 있습니다.
높은 데서 모두를 인도하여 주세요.
그때까지 계속 보고 있겠습니다.

이 편지, 다시 생각하니 제가 보았던,
제 눈앞에 떠올랐던 문장과 똑같은 것
같습니다.
남편도 이웃도 걱정하고 있습니다.
저번에는 쓰지 않았지만, 실은 귓가에
목소리가 들릴 때가 있습니다.
인터넷에서 찾아보니 조현병에
해당하는 것 같습니다.
의사 선생님을 뵙는다면 심료내과면
될까요.
남편은 내일 일을 쉬고 함께 병원에
가기로 했습니다.

모 월간지 별책
2018년
7월 게재

단편「바람기」

"머리카락, 겨우 여기까지 길렀어요."

등에 닿을 만큼 긴, 연한 갈색으로 물들인 머리카락을 쓰다듬으며 A씨는 말했다.

전에 머리를 자른 것은 당시 사귀던 남자와 헤어졌을 때였다고 한다. 실연의 아픔을 잊기 위해서 자른 것이냐고 묻자, 그녀는 고개를 가로저었다.

"아뇨. 전 그런 타입이 아니어서요. 오히려 되도록 자르고 싶지 않았어요."

그러면서 A씨는 이야기를 시작했다.

약 2년 전, 대학 3학년이었던 A씨는 학교 테니스 동아리에 소속된 동갑내기 남자와 사귀고 있었다.

1학년 무렵부터 사귀기 시작해서 동아리 친구들과 함께 여행도 가면서 좋은 관계를 유지하고 있었다.

"그 무렵에는 매일 밤, 그 사람도 포함해서 다 함께 밤새 술도 마시며 꽤 천방지축으로 놀았죠."

어느 날 밤, A씨는 평소처럼 동아리 친구의 집에 모여서 술자리를 벌였다.

"그때는 남자 친구랑 저, 그리고 친구 둘이 있었어요. 모두 꽤 취해 있었는데, 누가 무서운 이야기를 하자고 말을 꺼낸 거예요."

돌아가면서 어딘가에서 들은 진부한 이야기를 꺼내놓았지만, 취기에 힘입어 분위기는 크게 달아올랐다.

하지만 아는 괴담은 금세 바닥이 났고, 다음으로 화제의 중심이 된 것은 '곳쿠리상[20]'이었다.

"초등학생 때, 방과 후 교실에 모여서 했었다, 뭐 그런 이야길 했어요. 그런데 곳쿠리상이란 게 지역에 따라서 부르는 방법이 다른 모양이더라고요. 저는 몰랐지만, 남자 친구네 동네에서는 곳쿠리가 아니라 큐피드라고 불렀나 보더라고요. 하는 방법이야 거의 같았던 것 같지만요."

이야기가 나온 김에 한번 해보자고 친구가 말을 꺼냈다. 하지만 곳쿠리상을 하려면 오십음[21]이 적힌 종이를 준비해야 한다. 전원이 취한 상태에서 그걸 준비할 수 있을 리가 없었고 분위기는 그냥 식어버렸다.

"분위기가 가라앉자 친구 하나가 말했어요. 옛날에 잠깐 다니던 초등학교에서 유행하던 놀이가 있었다고. 그거라면 준비도 필요 없어서 간단히 할 수 있다고요."

그 친구는 부모가 전근이 잦은 직업이어서 2년에서 3년 주기로 전학을 반복했단다. 그가 말한 놀이는 초등학교 3학년부터 4학년에 걸쳐 다닌 ●●●●●에 있는 초등학교에서 유행한 것이었다.

"마시로사마[22]라고 불렀다는 것 같아요. 하는 방법은 간단한데, 서 있는 상태로 두 손을 위로 들고 '마시로사마, 마시로사마, 이리 오

---

20 책상 위에 숫자와 오십음 등 특정한 글자가 적힌 종이를 펼쳐 놓고, 그 종이 위에 동전을 놓은 뒤 참가자 전원이 주문을 외우며 집게손가락으로 동전을 움직여 귀신을 부르는 주술. 위저보드, 분신사바와 비슷하다.
21 일본의 글자인 가나로 표기한 50개의 소리.
22 '마시로'는 새하얗다는 뜻이며 '사마'는 인명 등의 뒤에 붙어 존경, 공손을 나타내는 접미사이다.

세요'라고 외친 다음에 그 자리에서 세 번 점프해요. 그게 다예요. 그렇게 하면 마시로사마한테 계시를 받을 수 있다는 이야기였어요."

예를 들어 곳쿠리상은 계시를 동전으로 보여준다. 그 마시로사마는 어떤 방법으로 계시를 전달할까.

"그게, 친구도 모른다는 거예요. 너무 대충이죠? 그래도 걔가 다녔던 초등학교에서는 아이들 여럿이 그 놀이를 엄청 열심히 했다나 봐요."

술자리 분위기를 띄울 화제를 찾고 있을 뿐이던 A씨 일행에게 마시로사마가 계시를 어떤 방식으로 나타내느냐는 딱히 큰 문제가 아니었다.

"남자 친구가 '나 해볼래!'라며 비틀비틀 나서더니 '마시로사마, 마시로사마, 이리 오세요' 하고 크게 외치고는 폴짝 뛰었어요. 그 모습이 우스꽝스러워서 모두 깔깔 웃었죠. 하도 웃으니까, 걔도 우쭐해져서 '한 번 더 할 테니까 내 폰으로 찍어줘! SNS에 올릴 거야'라며 제게 스마트폰을 건넸어요. 찍고 나서 스마트폰을 돌려주니까 신나서 SNS에 동영상을 올리더라고요."

남자 친구가 부산스레 스마트폰을 조작하는 모습을 지켜보는데, 느닷없이 그의 입에서 "어?" 하는 소리가 흘러나왔다.

"동영상 올린 지 5초도 안 됐는데 벌써 '좋아요'가 찍혔어. 게다가 모르는 계정이야."

A씨가 스마트폰 화면을 들여다보니 확실히 '좋아요' 마크가 찍혀 있었다. '좋아요'를 찍은 계정 목록에는 계정이 딱 하나만 표시되어 있었다.

"프로필 사진은 초기 설정 그대로였어요. 사람 모습을 한 마크요. 이름 칸도 공백이고, 사용자 이름도 의미 없이 알파벳이랑 숫자를 무작위로 입력한 것 같았어요."

그 계정은 게시물 0개, 팔로워 0명에 팔로잉은 A씨의 남자 친구뿐이었다.

A씨는 어쩐지 으스스했지만, 남자 친구는 딱히 신경 쓰이지 않는 눈치였다.

당연하게도 마시로사마의 어떤 게시도 나타나지 않아서, 화제는 다른 방향으로 옮겨갔고 한바탕 흥이 오른 뒤 그날의 술자리는 마무리됐다.

"그날 이후부터였어요. 남자 친구가 SNS에 뭔가를 올리면 어김없이 그 사람이 '좋아요'를 누르는 거예요. 예를 들어 데이트 갔다가 걔가 절 찍은 사진을 SNS에 올리잖아요? 저도 제가 어떻게 찍혔는지 궁금하니까, 팔로우하고 있는 남자 친구 계정에 올라온 걸 제 스마트폰으로 확인하려고 보면 그때 이미 '좋아요'가 찍혀 있어요. 올린 지 몇 분 되지도 않았는데요. 기분 나쁘죠. 차단하라고 몇 번이나 말했지만 남자 친구는 '좋아요' 수도 늘고 그냥 괜찮지 않냐는 식이고⋯."

그 계정이 '좋아요'를 누르는 것은 특정 사진이나 동영상도 아니었다. 남자 친구가 올리는 것은 뭐든지 바로 '좋아요'를 눌렀다.

그런 일이 계속되자 A씨는 남자 친구가 의심스러워지기 시작했다.

"남자 친구가 바람을 피운 상대가 부계정을 만들어 남자친구를 감시하는 게 아닌가 싶었어요. 남자 친구가 올린 모든 것에 '좋아요'를 눌러서 걔와 걔 계정을 보고 있을 절 압박하려는 게 아닌가 했죠. 남자 친구도 그걸 아니까 좀처럼 차단을 못 하는 거라고 의심했어요."

한 달쯤 지나자 의심은 더욱 깊어졌다.

"어쩐지 서먹서먹해지더라고요. 저랑 함께 있을 때 즐거워 보이지도 않고, 오히려 건성이랄까. 혹시 나도 모르게 맘 상하게 한 게 있냐, 물어봐도 그렇지 않다고만 하고. 이미 제게서 마음이 떠났나 싶어서 슬펐어요."

어느 날 밤, A씨는 남자 친구의 집에 자러 갔다.

그때도 역시 남자 친구는 데면데면하게 굴었다. 두 사람은 텔레비전 소리로 어색함을 무마하면서 서로 말없이 스마트폰만 줄곧 만지작대다가 일찌감치 잠자리에 들었다.

깊은 밤, 침대 삐걱대는 소리 때문에 A씨는 눈을 떴다.

"옆에서 자던 남자 친구가 일어나면서 낸 기척이란 걸 깨달았어요. 화장실에 갔겠거니 생각하며 저는 또 바로 잠들어 버렸고요."

다음에 눈을 떴을 때 여전히 남자 친구는 옆에 없었다.

"머리맡 스마트폰으로 시간을 보니까 새벽 3시였어요. 먼저 남자 친구가 깼을 때 시간을 확인하지 않았지만, 체감상 시간이 제법 지난 것 같았어요."

남자 친구는 어디로 간 걸까, 찾으러 가야 할까, 망설이는데 복도 쪽에서 희미하게 소리가 들렸다.

"뭐라고 중얼중얼하는 낮은 목소리가 들려오는 거예요. 누군가와 이야기하는 소리였어요."

A씨는 살금살금 침대를 빠져나와서, 방에서 복도의 모습을 몰래

189

엿보았다.

"문을 살짝 열어서 복도를 확인했지만, 캄캄했어요. 대신 화장실에서 희미한 불빛이 새어 나왔는데, 거기서 목소리가 들리지 뭐예요."

남자 친구가 심야에 침대를 장시간 벗어나 화장실에서 이야기하고 있다. 아마 전화를 하는 중일 것이다. 전부터 의심하던 바도 있어 A씨는 대화 상대를 찾기로 했다.

A씨는 캄캄한 복도를 소리가 나지 않도록 신중하게 걸어가서 화장실 문에 살짝 귀를 대고 엿들었다.

"걔가 계속 사과를 하고 있었어요. '미안해요', '그건 못 합니다', '용서해 주세요' 하면서요. 터무니없는 여자한테 잡혀서 저와 헤어지란 말을 듣고 있구나 싶었죠."

그 한심한 소리를 들으며 A씨는 자기 마음이 점점 남자 친구에게서 멀어지고 있다는 것을 깨달았다.

"이제 아무래도 좋단 생각이 들더라고요. 이런 사람이랑 사귀어 봤자 시시할 거 같고. 그런데 한편으로는 또 막 열받는 거예요. 어차피 헤어질 거 바람피운 증거를 완벽하게 들이대서 제 쪽에서 차버려야지, 했어요."

A씨는 침대로 돌아왔지만 남자 친구는 아침까지 화장실에서 나오지 않았다. 아침에 A씨는 아무 일도 없었던 것처럼 남자 친구의 집을 나섰다.

그러고 나서 일주일 후 또 남자 친구의 집에 자러 간 A씨.

"이젠 뭐 오기였죠. 반드시 증거를 잡고야 말겠단 생각이었어요."

바람기의 실마리를 얻기 위해 A씨가 선택한 것은 남자 친구의 스마트폰이었다. 예전에 데이트했을 때, 남자 친구가 A씨 앞을 걸으면서, 스마트폰의 잠금 화면을 해제한 적이 있었다. 볼 생각은 없었지만, 우연히 보인 그 비밀번호를 A씨는 기억했다.

그날 밤, 함께 잠자리에 들고 나서 남자 친구가 숨소리를 내며 잠든 것을 확인한 후, A씨는 그의 스마트폰을 들고 가만히 침대를 빠져나왔다.

"또 언제 그 여자가 전화할지 모르니까 한방에서 보기는 좀 그래서 지난번 남자 친구랑 똑같이 화장실로 갔죠."

캄캄한 짧은 복도를 지나 화장실에 들어간 A씨는 스마트폰의 잠금을 해제했다.

먼저 메신저 앱을 열어서 메시지 목록을 살펴보았지만, A씨도 아는 동아리 친구와 주고받은 실없는 대화만 있을 뿐, 딱히 수상한 것은 없었다.

그렇다면… 하고 계속해서 스마트폰 본체의 통화 이력을 보았다. 그날의 통화 이력을 보면 적어도 상대의 이름은 알 수 있기 때문이다. 그러나 그날, 그 시간대에 통화한 이력은 남아 있지 않았다. 달리 또 통화가 가능한 앱을 확인해도 마찬가지였다.

"이력을 삭제한 거라면, 뭐 완벽하게 바람이죠. 심야에 화장실에서 혼자 이야기할 리는 없으니까요. 그래서 더 철저하게 조사했어요."

남자 친구의 사진 폴더부터 닥치는 대로 살폈지만, 눈에 띄는 것이 없어 포기할 뻔한 바로 그때, A씨는 어떤 것을 떠올렸다.

예전부터 SNS에서 남자 친구에게 '좋아요'를 찍던 그 계정.

남자 친구가 SNS에서 DM으로 그 계정과 애정 어린 대화를 주고받았을지도 모른다. 그렇게 생각한 A씨는 SNS 앱을 열어 DM 목록을 확인했다.

"있었어요. 그 계정에 보낸 메시지가요. 하지만 제가 예상한 내용이 아니었어요."

화면에는 그 남자 친구가 보낸 일방적인 메시지만 대량으로 나열되어 있었다.

「미안해요」
「미안해요」
「미안해요」
「미안해요」
「미안해요」
「미안해요」
「미안해요」
「미안해요」
「미안해요」
「미안해요」
「미안해요」
「미안해요」

"상대방이 보낸 답장은 전혀 없는데, 남자 친구는 계속 『미안해요』라는 메시지를 보냈어요. 너무 많아서 다 보지도 못했지만, 최근 몇 주 동안 계속 보낸 듯했어요. 하루에 몇십 통씩 보냈나 봐요."

예삿일이 아니라고 생각한 A씨는 바람 핀 증거를 운운하기 전에 남자 친구에게 이유를 물어야겠다고 생각했다.

거실로 돌아가려고 그의 스마트폰을 쥐고 화장실 문을 열자 캄캄한 복도 한가운데에 남자 친구가 서 있었다.

"복도는 캄캄했고 표정도 잘 안 보였지만 보통 일이 아니란 건 알았죠. 아무 말도 하지 않더라고요. 그저 우뚝 버티고 서서 제 쪽을 보고 있었어요. 30초쯤 말없이 마주 보다 갑자기 제 쪽으로 걸어오더니 팔을 붙잡았어요."

격분한 남자 친구가 폭력을 휘두른다. 그렇게 생각한 A씨는 바로 사과했다. 하지만 남자 친구는 여전히 말없이 A씨의 팔을 세게 붙잡고 거실로 끌고 갔다.

"걔가 좀 경박하긴 해도 폭력을 쓰는 타입은 아니었어요. 그래서 훨씬 더 무서웠어요. 놔달라고 부탁해도 전혀 힘을 빼지 않고…."

위협을 느낀 A씨는 팔을 뿌리치기 위해 힘껏 저항했다.

남자 친구의 손이 잠깐 떨어지나 싶었던 그때, 그녀는 강한 힘에 나가떨어졌다.

낮은 탁자의 모서리에 세게 머리를 부딪친 A씨는 한동안 움직일 수가 없었다.

"머리가 막 멍해지고 그랬어요. 걔가 저한테서 떨어져 복도로 가는 걸 쓰러진 상태로 그저 볼 수밖에 없었죠."

다시 거실로 돌아온 남자 친구의 손에는 가위가 있었다.

그때 A씨는 남자 친구의 표정을 똑똑히 보았다.

만면에 웃음을 띤 채 그는 울고 있었다. 웃는 표정을 억지로 붙여놓은 듯한 얼굴에서 눈물이 흘러내리는 모습을 A씨는 몽롱한 의식 속에서 지켜보았다.

남자 친구는 저항 없는 A씨에게 다가와 긴 머리카락을 손으로 들어 올리더니 가위로 싹둑 잘라냈다.

"환청을 들은 게 아니라면 머리카락을 자르면서 '이걸로 일단 괜찮으니까', '인형을 너로 할 테니까' 같은, 도무지 무슨 소린지 모를 말을 계속 중얼거렸어요."

A씨의 머리카락 다발을 들고 남자 친구는 침대 곁으로 가서 봉제 인형을 손에 쥐었다.

토끼 캐릭터 모양의 그 인형은 예전에 A씨와 남자 친구가 데이트할 때 들른 게임 센터의 인형 뽑기 기계에서 뽑은 추억의 물건이었다.

남자 친구는 인형에 머리카락을 둘둘 감았다.

그 후 머리카락이 감긴 인형을 손에 쥔 채, 쓰러져 있는 A씨 곁을 지나 현관문을 열고 나가버렸다.

"그게 마지막이었어요. 저는 의식이 뚜렷해지자마자 그 집을 뛰쳐나왔고, 그날 이후로는 한 번도 만나지 않았어요. 만나고 싶지도 않았고요. 병원에는 갔지만, 가벼운 뇌진탕이라는 말로 끝이었어요. 근데 머리카락은 잘려버렸고… 미용실에서 다듬기만 했는데도 꽤나 쇼트커트가 돼버렸네요."

동아리 친구들에게 그 일을 숨김없이 털어놓았는데, 모두 믿기지 않아 하면서도 남자 친구의 만행에 분노했다.

A씨를 대신해 항의라도 한마디 하자는 친구도 있었지만, 남자 친구가 그 후 동아리에 얼굴을 전혀 비치지 않았다. 학교에도 나타나지 않았고, 방도 뺐다는 소문이 들려왔다.

"처음에는 충격과 슬픔과 분노로 도무지 마음이 정리되지 않았지만, 이제야 차분히 생각해 보니 여러 가지로 이상하네요."

중얼거리듯 A씨는 말을 이었다.

"다 함께 술을 마셨던 그날부터 그는 무엇과 바람을 피웠던 걸까요. 도대체 무엇한테 사과했던 걸까요."

『긴키 지방의
어느 장소에 대하여』
4

"여기까지 왔으니 일단 ●●●●●에 가보려고요."

오자와 군은 말했습니다.
저는 물론 말렸습니다.
그래도 그는 가버렸습니다.

『긴키 지방의 어느 장소에 대하여』는 이것으로 끝입니다.
오자와 군을 찾고 있습니다.
정보가 있으신 분은 연락 부탁드립니다.

「학교의 무서운 이야기」
시리즈

● 어느 학교의 9대 불가사의

어느 초등학교에서는 '7대 불가사의'가 아니라 '9대 불가사의'에 관한 소문이 학생들 사이에서 떠돈다고 합니다. 그 내용을 소개해 보겠습니다.

첫 번째 「층계참의 거울」

4학년부터 6학년이 사용하는 계단 층계참에 큰 거울이 있습니다. 그 거울에는 교장 선생님의 유령이 나온다고 합니다. 그 유령은 옛날에 교장으로 계셨던 선생님인데, 선생님 말을 듣지 않는 학생을 거울 속으로 데려가 버린다고 합니다.

두 번째 「인체 모형의 춤」

3층 과학실에 있는 인체 모형이 밤이면 밤마다 춤을 춘다고 합니다. 옛날에 숙직을 맡은 선생님이 밤늦게 학교를 순찰할 때, 문이 잠긴 과학실에서 소리가 나서 복도 창으로 슬쩍 들여다보았더니 인체 모형이 즐겁게 춤을 추고 있었다고 합니다.

세 번째 「마시로상」

늦게까지 학교에 남아 있으면 마시로상이라는 무시무시한 유령이 나온다고 합니다. 마시로상을 본 학생은 없지만, 그건 마시로상을 본 학생이 모두 죽어버렸기 때문이라고 합니다.

네 번째 「수영장의 흰 손」

옛날에 깊이가 깊은 상급생용 수영장에 빠져 죽은 여학생이 유령이 되어서, 헤엄치고 있는 학생의 다리를 흰 손으로 잡아당긴다고 합니다. 여름방학에 허락 없이 수영장에 들어가서 놀던 학생이 흰 손에 발목을 잡혀 빠져 죽었다고 합니다.

다섯 번째 「저절로 소리 나는 피아노」

체육관 뒤편에 있는 합창용 피아노가 가끔 저절로 소리가 난다고 합니다. 졸업식에서 연주할 교가를, 아무리 해도 제대로 치지 못해서 고민 끝에 자살한 학생의 유령이 죽고 나서도 연습을 하고 있다고 합니다.

여섯 번째 「여자 그림」

미술 준비실에는 누가 그렸는지 알 수 없는 여자 그림이 보관돼 있습니다. 그 그림을 보면 꿈에 그림 속 여자가 나온다고 합니다. 그래서 미술 준비실은 닫아두게 되었습니다.

일곱 번째 「구름다리의 잘린 목」

밤이 되면 구름다리를 잘린 목이 뛰어 건넌다고 합니다. 깜빡 잊고 학교에 프린트를 두고 온 학생이 밤늦게 구름다리를 걷고 있었는데 웃는 얼굴을 한 잘린 목이 엄청난 속도로 학생을 향해 날아왔다고 합니다.

여덟 번째 「하교 종소리」

저녁 5시가 되면 방송실에서 자동으로 울리는 하교 종소리가 가끔 멋대로 3분 늦게 울린다고 합니다. 그때가 옛날에 자살한 학생이 죽은 시간이라고 하는데요. 그 시간에 종소리를 들으면 까닭 없이 죽고 싶어진다고 합니다.

아홉 번째 「아키오 군」

아키오 군이라는 남자아이의 유령이 나온다고 합니다. 다목적실의 암막 그늘이나 화장실의 가장 안쪽 칸처럼 어둑어둑한 곳에서 친구가 되자고 꾀러 온다고 합니다. 아키오 군과 친구가 되면 잡아먹히니까 거절해야 합니다.

＊＊＊＊＊＊

【『학교의 무서운 이야기』 제6권(초판 2007년) 「제3장 학교 주변의 무서운 이야기」에서 일부 발췌】

● 점프하는 여자

초등학교 4학년 T군의 이야기입니다.

　　T군은 어느 날 밤, 저녁을 먹고 나서 2층에 있는 자기 방에서 숙제로 받은 프린트물을 풀고 있었습니다.

　　문득 창밖을 보았더니 무서운 얼굴을 한 여자가 창밖에 보였다, 안 보였다, 하고 있었습니다.

　　놀랍게도 여자는 2층 높이까지 점프해서 창으로 T군을 엿보고 있었던 겁니다.

으악!

소리를 지르며 T군이 계단을 뛰어 내려갔더니 계단 밑에 어머니가 서 있었습니다.

지금 있었던 일을 이야기하려 하자, 어머니는 T군의 얼굴을 물끄러미 보며 다가왔습니다.

그것은 어머니의 옷을 입은 그 여자였습니다.

그 후 T군 가족은 행방불명이 되었다고 합니다.

● 아키토 군의 전화 부스

R양이 다니는 초등학교 부근에는 아무도 사용하지 않는 낡은 전화 부스가 있습니다.

저녁 5시, 그 전화 부스에 들어가 수화기를 귀에 대면 아키토 군이라는 남자아이와 연결된다고 합니다.

당시 초등학생들 사이에서 아키토 군에게 소원을 빌면 뭐든 이루어준다는 소문이 돌았습니다.

R양은 마음에 둔 같은 반 남자애와 조금 더 친해지고 싶어서 어느 날 저녁, 그 전화 부스에서 수화기를 들었습니다.

한참 기다렸는데도 아무 소리가 들리지 않아 실망했지만, 일단 소원을 남겼습니다.

전화 부스 밖으로 나오자, 겨울인데도 반소매 반바지 차림의 남자애가 서 있었습니다.

"아키토 군?"

R양이 물었습니다.

그러자 그 남자아이는 매우 크게 입을 벌렸습니다.

그것을 마지막으로 R양은 행방불명이 됐다고 합니다.

K의 편지

늘 신세 지고 있습니다.
K입니다.

요전에는 감사했습니다.
그쪽은 어떻게 안정이 되었는지요.
신입 편집자 건은 정말 유감입니다.
부디 무리하지 않으시길 바랍니다.

이런 시기에 연락을 드려도 될지 고민했습니다만,
예전에 뵀을 때 의뢰하신 것도 있고 해서 메일을 드렸습니다.

연락드린 것은 편집장이었던 S에 관한 건 때문입니다.
그 후, S가 퇴직할 때 저희에게 보내온 인수인계 데이터를 조사해 봤
습니다.
●●●●●에 관한 것이 몇 가지 발견되었기에 보내드립니다.
그도 ●●●●●에 대해 조사했던 모양입니다.
정확하게 말하자면 그가 조사한 것은 다른 것인데, 그 과정에서 ●●
●●●에 다다른 것 같습니다.
내용은 읽어보면 아실 겁니다.

관련 파일을 정리해 놓은 폴더 이름에 붙인 날짜가 퇴직 시기 직전이
므로 아무래도 S가 마지막으로 했던 일로 보입니다.
그가 이 자료로 어떤 기사를 쓸 생각이었는지는 알 수 없지만요.

206

저도 조금 궁금했던 터라 지금도 근무하고 있는 인사부 동기에게 S에 관하여 다시 물어보았습니다.

이미 시효가 지난 이야기라며 가르쳐주었는데, S가 그만둔 이유는 부인 때문인 것 같습니다.

부인이 갑자기 마음에 병을 얻어서, 간병을 위해 퇴직하기로 마음먹었던 모양입니다.

상태가 어지간히 안 좋았는지, 직장에 이상한 전화를 걸거나 편지를 보냈다고 합니다.

이상한 연락은 편집부에서는 일상다반사였으므로 당시에는 저도 그게 S의 부인이 보낸 거라고는 알아차리지 못했는데, 사무 보는 알바생들 사이에서는 유명했던 모양입니다.

업무상 의견 차이가 있었다고는 해도 같은 편집부 동료이니만큼 상의를 해줬더라면 좋았을 텐데, 하는 아쉬움이 개인적으로 남습니다.

뭔가 도울 수 있었을지도 모르는데 말이죠. 이제 와서 하는 이야깁니다만.

S의 현재에 관해서는 인사부 동기도 모르는 모양입니다.

퇴직하겠다는 뜻을 밝혔을 때, S가 어지간히 깊이 생각한 눈치여서 앞으로 어떻게 할 건지 물을 만한 분위기가 아니었나 봅니다.

이 이야기를 들었을 때 저는 선생님과 신입 편집자를 떠올리지 않을 수 없었습니다.

자료를 보내드리기는 했지만 걱정이 이만저만한 게 아닙니다.

저희는 엔터테인먼트를 제공하는 미디어 종사자이지 형사가 아닙니다. 모쪼록 깊게 들어가지는 마시길.

전화 연결이 안 되어 메일로 실례했습니다.
확인하셨다면 회신 부탁드립니다.

이만 총총.

모 월간지
2012년
10월호 게재

단편 「보인 것」

A는 입을 열자마자 이렇게 말했다.

"제 친구가 본 것에 관한 이야기인데요."

A가 다니는 대학은 긴키에 있다.

그럭저럭 전국적으로 이름이 알려진 사립대학으로, 진학을 계기로 지방에서 온 학생도 많은 가운데 A는 이른바 토박이 출신이었다.

고등학교 시절 성적이 좋았고, 딱히 도쿄에 갈 생각도 없었던 A는 주변 동급생들이 그랬듯 당연한 흐름처럼 그 대학에 입학하기로 했다. 본가에서 다닐 수 있는 거리이기는 했지만, 부모님이 보내주는 생활비를 받으면서 인생 첫 자취 생활을 즐겼다.

"지방에서 올라 온 놈들은 작심하고 왔다고 해야 하나, 모두 성실했거든요. 어쩌다 보니 대학에 다니게 된 나 같은 놈이 어울리기에는 안 맞는 거 같았고. 그래서 자연스럽게 긴키에서 나고 자란 애들이랑 주로 어울려 다녔습니다."

학교에서 A는 주로 같은 긴키 토박이 두 친구와 함께했다.

임시로 한 사람을 B, 나머지 한 사람을 C라고 하자.

"처음에는 종종 B와 강의를 듣거나 점심을 먹었습니다. 깊은 이야기를 나누는 친구는 아니었지만, 사교성도 좋고 그랬죠. 제가 다니는 학부에는 뭐랄까, 어두운 애들이 많았으니까, 소거법으로 친해졌다고 할 수도 있겠네요. 그러다 어느 날, B가 갑자기 여자애를 데려오더라고요. 그 여자애가 C였습니다. 동아리 친구라고 했지만 한눈에 알았죠. 애들 조만간 사귀겠네, 하고요."

210

막상 이야기해 보니 C는 잘 웃는 귀염성 있는 여자애였고, A와도 잘 맞아서 자연스레 셋이 뭉쳐 다니게 됐다고 한다.

작년 여름에 있었던 일이다. 오후 수업을 빠지고 학생 식당에서 셋이 늘어지게 이야기하던 중에 B가 제안했다.

"오늘 셋이 야경 보러 가자고 그러더라고요. B는 본가에서 다니고 있고, 가족이 함께 쓰는 차가 있었어요. 최근 면허도 땄으니 운전 연습 겸 같이 가달라는 이야기였습니다."

B가 목적지로 꼽은 곳은 동네 사람쯤은 되어야 알 만한 야경 명소였다.

대학에서 차로 한 시간쯤 걸리는 그곳은 전망 시설 따위가 있는 것도 아니어서 레저 잡지 같은 데 소개된 적은 없지만, 산을 넘어가는 차도 옆에 지어진 광장에서 산기슭의 야경을 한눈에 볼 수 있어 현지 주민들은 커플의 데이트나 운전자의 휴식 장소로 찾곤 했다.

"저나 C나 다 신이 났죠. 하지만 저는 그날 아르바이트가 있어서 일단 해산했다가, 끝나는 시간에 B가 저를 데리러 와서 함께 출발했습니다."

아르바이트하던 음식점 앞에 갖다 댄 차는 경차인 원박스카[23]로, 운전석 창 너머로 B의 웃는 얼굴이 보였다. 뒷좌석에 먼저 타고 있던 C가 권하는 대로 A가 조수석에 앉자 차는 출발했다. 날짜가 막 바뀌려고 하는 무렵이었다.

"다음 날 1교시는 출석을 안 해도 되는 수업이었고, 심야에 달리는 차 안은 분위기가 어지간히 끓어올랐죠. B가 빌려온 CD를 엄청난

---

23   엔진 룸과 캐빈과 트렁크가 명확히 구분되지 않는 상자 모양의 차량.

볼륨으로 틀어놓고 노래도 따라 부르면서요."

그 장소에 도착했을 무렵에는 새벽 1시를 지난 데다 평일이어서 A 일행의 차 외에는 아무것도 보이지 않았다.

광장에 차를 세운 A 일행은 야경을 배경으로 사진도 찍고, 울타리에 기댄 채 야경을 바라보며 실없는 이야기도 나누면서 일탈을 즐겼다.

"처음에는 셋이 이야기했지만 제가 담배를 가지러 차에 다녀오는 사이에 둘의 분위기가 어쩐지 조금 미묘해졌더라고요. 기분은 상했지만, 일단 눈치껏 둘이 있는 곳으로 돌아가지 않고 차 옆에서 한 대 피웠죠."

야경을 배경으로 속닥거리는 두 사람의 실루엣을 A는 초조한 마음으로 바라보았다.

B가 거리를 좁혀 C와 어깨가 닿을락 말락 가까워졌을 때, 갑자기 C가 얼굴을 돌리고 무언가를 깨달은 것처럼 손가락으로 가리켰다.

"광장 끄트머리 쪽을 가리켰어요. 그걸 알아차린 것처럼 B도 그쪽으로 몸을 틀어서 둘이 뭔가 이야기하는 것 같았습니다."

그 광장은 차를 주차할 공간과 경치를 전망할 공간을 겸한 장소로 끄트머리에는 생색만 낸 수준의 휴식 장소가 있었다.

"정자라고 하나요? 작은 지붕이 있고 그 아래 마주 앉을 수 있게끔 사각 벤치가 나란히 놓여 있는 그런 거 말입니다. C가 가리킨 건 거기였습니다. 걔들, 제가 없는 동안 그 밑에서 시시덕댈 생각인가 보다 했죠."

아니나 다를까 두 사람은 그곳을 향해 걷기 시작했다. 멀리서 둘

212

의 그림자를 지켜보며 혀를 찬 A는 두 번째 담배에 불을 붙이고 스마트폰으로 시선을 떨어트렸다.

"잠깐 폰을 보고 있었는데 갑자기 으악, 하고 큰소리가 나는 거예요. 놀라서 걔들 있는 쪽을 봤더니 둘이 제 쪽을 향해 엄청난 기세로 달려오더라고요. 울 것 같은 얼굴을 하고요."

A는 두 사람이 달려온 정자 쪽을 다시 쳐다보았다. 멀리 어둠 속을 응시하자 거기에 기묘한 것이 보였다.

놀란 A가 두 사람에게 말을 건네려 했지만, B는 "됐으니까 얼른 타!"라고 소리쳤다. 반쯤 처박히듯 뒷좌석에 올라타는 동시에 C도 옆자리에 올라탔고 차는 급발진했다.

차가 광장을 빠져나갔을 무렵 A가 지금 본 것을 이야기하려 하자, 옆에 앉아 있던 C가 갑자기 크게 소리를 질렀다.

"닥쳐! 이야기하지 마."

그런 식으로 고함을 지르는 C의 모습은 처음이어서 A는 우두커니 입을 다물었다.

운전석의 B도 당황하는 눈치였다.

차는 맹렬한 속도로 산길을 달렸다. 차 안에 기묘한 정적이 번져가는 가운데, 그 소리가 들리기 시작했다.

"차 밖에서 들려왔습니다. 비명인지 웃음소리인지 모를 이상한 소리였죠. 그게 산길의 양쪽 숲에서 계속 들려왔어요. 마치 차를 따라오는 것처럼요."

차 안에서도 충분히 들릴 만큼 크던 그 소리는 한 사람의 것이 아니었다. 많은 사람이 입을 모아 다양한 음색으로 외치는 것 같았다.

"꺄아- 꺄아"
"케케케케케"
"아하하하하하하"
"ㅋㅋㅋㅋㅋㅋ"

동물의 울음소리인가 하는 생각도 했지만, 소리의 종류가 다양해서 그렇게 보기는 어려웠다. 남녀노소가 엉망진창으로 소리를 지르는 모습이 머릿속에 저절로 떠올랐다고 한다.

공포에 질려 와들와들 떠는 A의 옆에서 C가 중얼거렸다.

"들켰어. 어쩌지?"

그 말을 계기로 B가 감정을 폭발시켰다.
"대체 뭔데! 이 소리도, 저놈들도 뭐냐고!"

B의 말에 의문을 느낀 A가 입을 열려 하자 C가 가만히 그것을 제지했다.
그리고 B에게 말을 걸었다.

"넌 뭔가 봤어?"
핸들을 쥔 채 B는 초조한 듯 대답했다.

"뭐냐니, 너도 봤잖아. 네가 뭔가 보인다고 해서 같이 보러 간 거 아냐! 받침대 같은 데 얹힌 이상한 돌 주변에 사람들이 몇 명이나 있었잖아. 펄쩍펄쩍 뛰면서 뭔가 말했고."

바깥에서 들리는 소리가 아까보다 커진 것 같았다.
절박해 보이는 모습으로 C는 질문을 거듭했다.

"말했다니, 뭘?"

B는 조금 당혹스러운 듯 대답했다.
"너한테도 들렸을 텐데. 뭔가 알 수 없는 주문 같은 거. 어, 뭐였더라, 루키에무…"
B씨가 제 귀로 들었을 주문 같은 것을 막 입에 담기 시작했을 때 갑자기 말이 끊겼다.
계속하라고 재촉했지만 전혀 대답이 없었다.
백미러 너머로 B의 모습을 살피니 무표정으로 입을 꾹 닫고 있었다.
아까까지 보였던 초조한 기색과 공포를 아예 잊어버린 것처럼 완연한 무표정으로 핸들을 조작했다.
여전히 차 밖에서는 엉망진창인 소리가 크게 들렸다. 이제는 차 바로 옆에서 들릴 만큼 소리가 컸다.
갑자기 B의 손이 카 오디오를 조작해 재생 버튼을 눌렀다.
흐르기 시작한 것은 오는 길에 CD로 듣던 한창 유행하는 제이팝이었다. 볼륨을 그대로 두었던 탓에 어마어마한 음량이 차 안을 가득 채웠다.

차 밖에서 들리는 많은 목소리와 차 안의 오디오에서 울려 퍼지는 대음량이 어우러져 소리의 홍수가 지옥 같았다고 한다.

A가 어떻게든 상황을 이해하려고 옆자리 C의 모습을 엿보니 C의 표정도 굳어 있었다.

"자, 다들 내 말 들어. 함께 빠져나가자. 자! 자, 자, 자, 자!"

B가 느닷없이 큰 소리를 지르기 시작하자 A의 어깨는 크게 떨렸다.

"그렇게 말하고 나서 B는 음에 지지 않을 만큼 큰 소리로 불경인지 주문인지를 부르짖기 시작했습니다. 끝없이. 뒷좌석에서는 잘 들리지 않았지만, 암기한 걸 외운다기보다 뭔가에 맞춰서 외우는 그런 느낌이었어요. 그때 직감적으로 깨달았죠. B에게는 지금 음악이 아닌 것이 들리고 있다고요."

더는 견딜 수 없었던지 C가 울기 시작했다. A도 거의 패닉 상태였다.

A는 무언가를 끊임없이 외치는 B의 팔을 뒤에서 붙잡고 큰 소리로 그를 불렀다. 그러나 그 소리조차 다양한 소리에 묻히고 말았다.

A가 B의 팔을 힘껏 흔들었을 때, 차가 크게 휘청이며 미끄러졌다.

반사적으로 몸을 굽히자마자 차는 급정거했다.

조심조심 창으로 바깥을 살피니 차는 산길의 중앙선을 크게 벗어나 비스듬히 정지해 있었다.

그때서야 비로소 숲에서 들리는 소리도, 차 안의 음악도, B의 목소리도 멎었다는 것을 깨달았다고 한다.

한참 후 B는 제정신을 차린 듯 아무 말 없이 차를 발진시켰다.

차 안도 밖도 조금 전의 소란이 거짓말이었던 것처럼 정적에 휩싸였다.

A는 방금 있었던 일에 대해 어쩔 셈이었느냐고 B에게 따져 물었다.

"아, 뭔가 좀 이상했지. 미안, 미안."

아무렇지도 않은 듯 B는 그렇게 대답했다.

"그날은 어찌저찌 집에 돌아갈 수 있었습니다. 하지만 다음 날부터 B가 어딘가 이상해졌습니다. 사람이 바뀌었다고 할 정도는 아니었지만요. 대학에서 늘 하던 대로 어울려 다녔지만, 뭐랄까, 조금 위화감이 느껴졌다고 해야 하나. 평범하게 주거니 받거니 대화하다가도 갑자기 무표정이 되는 일이 늘었어요. B라는 인간의 알맹이 중 일부가 쏙 빠져 어딘가로 가버린 것 같았습니다."

그러다 B는 지금까지 소속해 있던 동아리를 갑자기 탈퇴했고, 학교 밖의 수상쩍은 종교 동아리 활동에 힘을 쏟기 시작했다. 대학에 얼굴을 비치는 일도 줄어들었다. 그때껏 알고 지내던 B의 행동이라고는 이해하기 어려운 모습이었다고 한다. A와 C에게도 함께 가자는 B의 끈질긴 제안을, 두 사람은 어쩐지 무서워서 거절했다.

그러면서 차츰 두 사람은 B에게 거리를 두게 되었다.

"역시 그날 밤에 보았던 것 탓일까요? C는 조금이긴 하지만 영감

같은 게 있어서, 차 밖에서 소리가 들렸을 때 아무것도 못 본 척하려고 했답니다. 그렇게 하면 도망칠 수 있을지도 모르겠다고 생각했대요. 저도 그때 본 것을 말하지 않아서 정말 다행이라고 생각합니다. 제게도 보였거든요. B에게 보였던 것과는 다른 뭔가가. 멀리서 본 데다 어두워서 희미하게만 보였지만, 그건 돌이 아니었습니다."

돌이 아니라면 A에게는 무엇이 보였던 걸까. 질문을 던지자 A는 고개를 저으며 대답했다.

"말하기 싫습니다. 말했다가 들키는 것도 싫잖습니까. C에게는 또 다른 무언가가 보였을지도 모르지만, 그 점에 관해서는 서로 아무 말 안 하기로 했습니다. 이 이야기는 어디까지나 제 친구가 이상한 것을 보고 이상해진 이야기입니다. 저희는 그 자리에 어쩌다 함께 있었을 뿐이고요."

비밀을 공유하면서 두 사람은 친밀한 관계가 되었다.

이 사건이 일어난 지 얼마 지나지 않아 A는 C에게 고백을 받았다.

현재 두 사람은 사귀고 있다.

『긴키 지방의
어느 장소에 대하여』
4

"여기까지 왔으니 일단 ●●●●●에 가보려고요."

오자와 군은 말했습니다.
저는 물론 말렸습니다.
하지만 그는 가버리고 말았습니다.

두 달 후, 그는 죽었습니다.
●●●●●에서 발견되었습니다.

여러분에게 거짓말을 해서 정말 죄송합니다.
『긴키 지방의 어느 장소에 대하여』는 이것으로 끝입니다.

독자의
편지
3

• 첫 번째

×××씨

오랜만입니다.
○○○○○입니다.
저를 기억하십니까?

얼마 전에 서랍을 정리하는데 명함이 나와서 펜을 들었습니다.
꼭 전하고 싶은 말이 있습니다.

당신은 저와 그 아이를 호되게 모욕했지요.
그때 일은 떠올리고 싶지도 않습니다.
하지만 당신이 잊었다는 말은 못 하게 하겠습니다.
전부 당신들, 매스컴 탓입니다.

마치 동정하는 듯한 얼굴로 다가와서
그런 처사라니, 저를 더 높은 곳으로 이끄는 시련이라고 생각하고 참
았습니다만,
그래도 당신의 죄가 사라지는 것은 아닙니다.

당신은 속죄해야 합니다.
한 번 더 제게 이야기를 들으러 오세요.
이번에는 제가 말하는 대로 퍼뜨리세요.

내용은 지금은 숨기겠습니다.

어차피 여기에 적어도 당신처럼 수준 낮은 인간은 이해 못 하겠지요.

저는 그 아이를 구해냈습니다.

다만, 당신이 퍼뜨림으로써 그것을 보고 이해할 수 있는 사람도 있을 것입니다.

어쨌든 이토록 멋진 일은 그리 없으니까요.

아무튼 제게 연락하세요.

반드시.

기다리고 있습니다.

＊＊＊＊＊＊

● 두 번째

×××

왜 연락이 오지 않지?

자신의 죄를 인정해라.

조금 더 시간을 줄 테니까

반드시 연락해라.

＊＊＊＊＊＊

● 세 번째

×××

이것이 마지막입니다.
연락해라.

* * * * * *

● 네 번째
×××씨

안녕하세요.
전혀 답장이 없으시네요.

뭐, 그것도 이젠 괜찮습니다.
저는 더 높은 곳에 도달하기로 했습니다.

당신의 차크라도 열어드리겠습니다.
감사의 마음을 잊지 말도록.
저를 찾아내 주셔서 감사합니다.

※ 끝에 타 부서 편집부가 적은 것으로 보이는 메모가 있음.
「O씨, 예전에 이쪽 주간지에서 취재한 ●●●●●의 사건에 등장
하는 망상병 여자가 보낸 편집니다. 오컬트라면 그쪽에서 취재 어때
요?(웃음)」

모 월간지
2014년
12월호 게재

단편「노래방」

【S의 인수인계 파일 『돌에 관하여– 2』에서】

나가사키에서 회사원으로 일하는 A씨는 올해 오봉[24] 연휴에 참석한 고교 동창회에서 기묘한 체험을 했다.

나고 자란 지역에서 사회인으로 일하기 시작한 지 3년, 나가사키를 떠난 친구도 많고, 연락을 주고받는 일도 줄어든 A씨에게 동창회는 옛 인연을 새로이 다질 좋은 기회였다.

"아니나 다를까, 대성황이었습니다. 고작 3년이라고는 해도, 저와 달리 결혼한 친구도 있고, 도시에서 바쁘게 일하는 친구도 있고, 다들 분위기도 제법 바뀌어서 처음에는 심정이 좀 복잡했지만, 잠깐 이야기를 나눠보니 역시 고등학교 때랑 성격은 똑같아서 즐거웠습니다."

술집을 통째로 빌린 1차가 마무리되고, 일행은 2차를 위해 다트 바로 이동했다. 사람은 절반으로 줄었지만, 그 무렵에는 다들 술기운이 돌아서 마치 학창 시절로 되돌아간 듯 분위기는 달아오를 대로 달아올랐다.

"2차가 끝난 무렵에는 자정도 훌쩍 지나 있었죠. 택시로 본가로 돌아가는 애도 많았지만, 저는 학창 시절에 사이가 좋았던 애들끼리 넷이서 아침까지 마시자고 의기투합해서 이동하게 되었습니다. 하지만 그 시간이면 문을 연 가게가 별로 없죠. 그래서 24시간 영업하는 노

---

24 일본에서 양력 8월 15일을 전후로 약 나흘 동안 지내는 명절. 저승의 조상이 이승의 후손을 찾아오는 날로 여겨, 후손들이 조상을 맞이할 의례를 준비하고 모두의 평안과 행복을 기원한다.

226

래방으로 가기로 한 겁니다."

A씨 일행이 간 노래방은 나가사키의 번화가에 있는 체인점이
었다.

점원은 술주정뱅이를 보는 성가신 눈초리로 방 번호를 알려줬고,
그들은 우르르 방으로 들어가 노래를 부르기 시작했다.

"다들 취해서 제정신이 아니었어요. 애니메이션 주제가를 열창
하고, 눈물이 나도록 웃고. 그야말로 최고였죠."

그러나 떠들썩하던 분위기도 잠시, 3시가 지나자 책상에 머리를
박고 나가떨어지는 멤버가 나타나기 시작했다.

"다른 놈들은 모두 도쿄에 있다 온 애들이니까 긴 여행에 지치기
도 했겠죠. 마지막까지 깨어 있던 건 저뿐이었습니다."

혼자서는 노래 부를 마음이 들지 않아 한동안 스마트폰을 만지작
댔지만, 슬슬 A씨의 눈꺼풀도 무거워지기 시작했다.

"스스로 자는 줄도 몰랐어요. 머리가 털썩 떨어지는 순간, 아, 지
금 내가 잤구나, 싶었습니다."

A씨가 눈을 떴을 때도 여전히 다른 세 사람은 자고 있었다. 취기
에 의식이 흐릿한 채, 스마트폰으로 첫차 시간을 확인하던 A씨는 문
득 방의 상태가 이상하다는 것을 알아차렸다.

"방이 조용했어요. 노래방인데 말이죠. 노래를 안 부를 때도 화
면에는 신곡의 뮤직비디오나 음반 회사가 미는 아이돌의 인터뷰 같은
게 흐르잖습니까. 제가 졸기 전에도 그랬습니다. 그런데 깼을 때는 방
이 무음이었습니다."

시선을 모니터로 돌린 A씨는 기묘한 영상을 보았다.

"화질이 묘하게 거칠었다고 할까, 옛날 홈 비디오 같은 분위기의 영상이었습니다. 다양한 사람이 화면 안에서 가만히 서 있었죠."

조명이 꺼진 어둑한 실내에서 A씨는 그 영상을 홀린 듯 바라보았다.

마치 단체 사진 같았다. 숲 같은 배경에 묘한 것을 한가운데에 놓고, 열 명쯤 되는 남녀가 옆으로 한 줄, 나란히 서 있었다. 남녀라고는 해도 노인도 있고, 초등학생도 안 돼 보이는 어린애도 있었다. 복장도 다양해서 정장을 입은 사람도, 작업복을 입은 사람도 있었으며 분위기나 연령대도 제각각이었다. 모두 하나같이 감정이라고는 전혀 읽을 수 없는 무표정으로 이쪽을 응시하고 있었다.

화면 중앙에는 허리쯤 되는 높이의 받침대가 놓여 있고, 그 위로 큰 돌이 방석을 깔고 얹혀 있었다.

"수학여행으로 오사카에 갔을 때, 빌리켄상의 양옆으로 서서 친구랑 사진을 찍은 적이 있습니다. 그 생각이 나더군요. 관광 명소에서 찍은 기념사진 같은 느낌. 하지만 아무도 즐거워 보이지 않았습니다."

누구 하나 움직이지 않는 영상을 보고 처음에는 정지 화면인가, 싶었다고 한다. 하지만 잠시 지켜보다 보니 배경에 보이는 나무들의 이파리가 흔들리고 있다는 사실을 깨달았다.

"공포 영화나 뭐 그런 것의 예고편인가 싶었습니다. 홍보 치곤 어지간히 공격적이구나 싶었죠. 몇 분인가 계속 봤지만, 입을 여는 사람이 아무도 없었으니까요."

228

A씨가 이제 좀 질렸다 싶던 때, 갑자기 화면 속 한 사람이 입을 열었다.

"당신도 빠져나오십시오."

A씨가 놀란 것은 그 말 때문이 아니었다. 말하는 사람 아닌 다른 사람의 모습 때문이었다.

"그 사람이 말하자, 그걸 계기로 모두가 입을 한껏 벌렸습니다. 무표정인 채로요."

이번에는 다른 사람이 말했다.

"여기로 오십시오."

그 순간에도 나머지 사람들은 입을 계속 크게 벌린 채였다.

또 다른 사람이 이야기했다. 이번에는 어린아이였다.

"그렇게 해야 합니다."

졸업식에서 볼 수 있는 졸업생의 말처럼, 저마다 한마디씩 하는 모습이 무슨 의식 같아 보였다.

"영감이라고는 조금도 없는 제가 그때는 온몸에 소름이 돋았습니다. 이거 아무래도 안 되겠다 싶었어요."

바로 모니터로 달려가서 볼륨 스위치를 최대한 낮추었다. 모니터 화면도 끄려고 했지만, 초조해진 A씨 눈에는 어느 것이 모니터 스위

치인지 보이지 않았다.

"아무튼 어떻게든 해야 할 것 같아서 방에 딸린 전화기로 프런트에 전화를 걸었습니다."

잠시 신호음이 울렸지만 응답이 전혀 없었다. 그동안에도 A씨의 눈은 보고 싶지도 않은 영상에 빨려들고 있었다. 소리야 들리지 않았지만, 화면 속 인간은 여전히 한마디씩 무슨 말을 계속하고 있었다.

신호음이 열 번쯤 떨어지자 간신히 달칵, 하고 전화를 받는 기척이 났다.

"얼른 오십시오."

노인의 목소리가 전화기를 타고 들렸다.

화면 속에서도 노인이 무언가를 말하고 있었다. 그 입의 움직임과 전화기에서 들리는 말이 완전히 일치했다.

A씨는 바로 방에서 뛰쳐나갔다.

"저도 제가 왜 그랬는지 모르겠습니다. 하지만 더 이상 거기 있고 싶지 않았어요."

문을 열고 복도로 뛰쳐나왔을 때 A씨는 움직일 수 없었다.

긴 복도의 좌우로 저 안쪽까지 늘어선 방의 문이 전부 반쯤 열려 있었고, 그 틈으로 머리만 내민 무표정한 얼굴들이 자기를 바라보았다.

"남자도, 여자도, 어린애도, 노인도 있었습니다. 전원이 마치 제가 나오기를 기다렸던 것처럼 물끄러미 저를 보고 있었어요."

그 자리에 멈추어 선 A씨를 응시하면서 전원이 입을 크게 벌렸다.

A씨는 방금 뛰쳐나온 방으로 도로 뛰어들었다.

"반쯤 울면서 애들을 깨웠습니다. 하지만 어느새 화면에는 보통 영상이 흐르고 있었죠. 제가 안절부절못하니까 다들 깜짝 놀랐습니다."

친구 하나가 프런트로 다시 전화를 거니 "고장인가요?" 하고 성가신 듯 대응할 따름이었다.

"첫차까지는 아직 시간이 남았지만, 바로 나가자고 했습니다."

동트기 전 어슴푸레한 하늘 아래, 노래방을 나와 고요한 번화가를 넷이 걸었다. A씨는 아까 있었던 일을 상세하게 설명했다.

A씨의 이야기가 끝날락 말락 할 때 전원의 스마트폰이 울리기 시작했다.

"전화가 걸려 왔어요. 같은 번호로요. 이상하죠. 동시에 여러 사람에게 전화를 걸다니, 이게 가능한 일입니까? 게다가 새벽 4시였어요."

아무도 그 전화를 받지 않았다. 신호음은 오래도록 이어졌다.

"나중에 통화 이력에 남은 전화번호를 인터넷으로 검색해 봤습니다. 간토에 있는 노인 요양원이었던 장소에서 온 전화였어요. 얼마 전에 집단 자살로 뉴스를 탄 곳이죠. 거기서 절 불렀던 걸까요. 전화를 받지 않길 정말 잘했다고 생각했습니다."

『긴키 지방의
어느 장소에 대하여』
4

오자와 군과의 마지막 만남도 진보초의 그 카페에서 이루어졌습니다.

자리에 앉고 음료가 나오자, 그는 아이스 카페라테에 들어간 시럽을 섞으면서 이야기를 시작했습니다.

"제 견해를 한번 들어봐 주시겠습니까?"

저는 그의 이야기를 듣기로 했습니다.

＊＊＊＊＊＊

전에도 공통점으로 인식했듯이 산으로 꾀는 것은 집요하게 여성을 대상으로 하고 있습니다. 「수련회 집단 히스테리 사건의 진상」이나 「신종 UMA 화이트맨 발견!」에서 알 수 있듯이 산으로 꾀는 것의 정체는 끝까지 산에서는 나오지 않고, 어떤 영향을 받은 남자를 이용해 여자를 산으로 끌어들입니다. 끌어들인 남자들이 살았는지, 죽었는지는 알 수 없지만요….

전부터 어렴풋이 느꼈지만, 끌어들이는 목적은 여자, 그중에서도 비교적 젊은 여성을 '신부'로 삼는 것입니다. 이게 보통의 '신부' 개념과 같은지는 모르겠습니다만….

혹시 산으로 꾀는 그것이 신부를 바치는 역할을 한 남성이나, 신부가 된 여성의 '육체'를 댐으로 뛰어들게 하는 건 아닐까요.

그게 원인이 되어 그 댐은 자살 명소가 되었다….

그렇게 보면 「실록! 나라현 행방불명 소녀에게 새로운 사실?」의 소녀도 발견만 안 되었을 뿐, 댐 어딘가에 가라앉아 있는지도 모릅니다.

다만 「바람기」 에피소드에 있듯이, 인형을 대역으로 바침으로써 신부가 되는 일을 모면할 수도 있는 모양입니다. 「신종 UMA 화이트맨 발견!」이나 「기다리고 있다」처럼 대역이 없어도 살아 있는 예외가 있는 것 같지만요.

초등학교에서 유행한 「맛시로상」과 「마시로사마」에 관해 말씀드리자면, 이것은 산으로 꾀는 것의 영향을 받은 아파트에 사는 아이들이 초등학교에서 놀이로 퍼뜨린 거겠죠. 산으로 꾀는 것이 희고 거대한 모습을 한 걸로 보아 놀이의 이름을 '새하얗다'라는 뜻으로 읽을 수 있습니다. 「바람기」에 적혀 있는 대역을 바친다는 점도 공통적이네요.

******

여기까지 이야기하고 나서 한숨 돌리더니 오자와 군은 말했습니다.

"이제 조금 남았습니다. 조금만 더 가면 될 것 같습니다. 빨간 여자나 스티커까지 포함해서 아직 밝혀지지 않은 부분이 많지만, 조금만 더 가면 전부 연결되어 멋진 특집이 될 것 같습니다."

그 기세 그대로 그는 말을 이었습니다.

"여기까지 왔으니 일단 ●●●●●에 가보려고요."

물론 저는 말렸습니다.

하지만 그는 가버렸습니다.

두 달 후, 그는 죽었습니다.

●●●●●에서 발견되었습니다.

여러분에게 거짓말을 해서 정말 미안합니다.

『긴키 지방의 어느 장소에 대하여』는 이것으로 끝입니다.

인터뷰
녹취
3

네, 안녕하세요. 처음 뵙겠습니다.

어디 보자… 그럼 얼그레이, 뜨겁게 주세요.

선생은 O군과는 면식이 없으시다고?

들었어요. 그 친구 예전 동료인 K씨, 였나? 그 사람이랑 일을 같이 하셨다던가, 그죠?

O군, 갑자기 전화를 걸어왔다니까. 옛날에 자기랑 같이 취재한 ●●●●●에 관해 조사하는 작가가 있다고, 예전 동료가 상담을 해왔으니까 가서 이야기 좀 해주라지 뭐야. 나도 뭐, 신작 아이디어를 찾다 막힌 김에 뭐라도 힌트를 얻을 수 있지 않을까 해서 받아들였지.

선생도 작가 일을 하죠? 출판 불황에 피차 큰일이네, 참. 나도 최근에는 출판 부수가 계속 떨어져서 야단 났지 뭐야. 이런 할멈은 진작 은퇴했어야 했나. 어머나, 농담이야, 신경 쓰지 마요. 후후.

O군? 그 사람이 전에 있던 회사에서 문예 편집부에 있을 때 함께 일했으니까 제법 오래 알고 지냈지. 벌써 20년쯤 된 거 같은데.

그래도 몇 년 있다 다른 데로 가서, 아, 뭐였더라, 그렇지 그 호러 쪽. 맞아요, 맞아. ○○○○ 편집부에 가버렸으니까. 그때부터는 한동안 연락이 없었네. 내게 청탁할 만한 원고료는 마련하지 못한 모양이야. 후후.

그러다가 그 친구가 지금 출판사 문예부로 옮겨 오면서 다시 함께 일을 하게 됐고. 하긴 뭐, 이 업계도 좁으니까. 인연은 소중히 해야지.

그렇지, 선생도 ○○○○의 취재로 조사했죠? ●●●●●에 관해서. 그거 지금은 월간인가? 뭐? 부정기 간행이야? 먹고살기 참 힘들어, 그죠?

어디 보자, 무슨 이야길 했더라. 맞아, ●●●●●였지.

내가 쓴 책, 읽은 적 있으려나? 어머, 기뻐라! 고마워요.

그럼 쉽게 이해하겠네. 내 소설, 호러를 테마로 한 게 많잖아요?

몇십 년이나 계속할 수 있었으니 정말 고맙지.

가만, 분명 20년쯤 전이었을 텐데. 당시 간신히 한 사람 몫을 하던 신입 문예 편집자 O군이 전임의 뒤를 이어 내 담당이 된 거야.

O군과 차기작 상담을 하고 있는데, 아동서 편집부에서도 청탁을 해왔지 뭐야.

학교의 무서운 이야기를 정리하는 아동서 기획이 있는데, 아동이 대상이라고는 해도 너무 어린애 속임수 같은 건 만들고 싶지 않으니 호러 작가인 선생님께 꼭 부탁드리고 싶다나.

그때 O군과 생각한 차기작 아이디어가 '거짓말의 전파'를 테마로 한 소설이었거든.

이왕 할 거 차기작 테마를 '초등학생에 의한 괴담의 전파'로 잡아서, 그 아동서 취재랑 겸사겸사해 버리자, 이렇게 이야기가 된 거야.

뭐, 결과적으로 O군이 생각한 차기작은 방향성이 다른 이야기가 됐으니, 그 취재는 딱히 관계없는 일이 돼버렸지만 말이야. 그건 그거대로 재미있는 작품이니까, 흥미가 생기면 또 읽어줘요.

미안해요. 그 이야기는 이제 그만할게. 나야 아동서는 쓴 적도 없고, 아이들 읽는 책을 만들기에는 아이에 대해서 너무 모르니까 현지로 조사를 한번 가보자는 이야기가 나왔지.

아동서 편집부 연줄로 간토와 긴키의 초등학교 세 곳에 말을 넣고 실제로 거기까지 가서 학생들을 취재했어. 취재는 나와 O군이 갔고. 청탁한 편집자도 함께 가면 좋았겠지만, 우르르 가도 좀 그렇잖아?

그때 간 곳 중 하나가 ●●●●●에 있는 초등학교였지.

그런데 선생, 유령이란 거 믿으시나? 그래, 그렇지.

나? 나는 말이지, 호러 작가니까 뜻밖이라고 생각할지 모르지만, 유령은 믿지 않아요.

오랜 세월 호러 작가로서 쌓아온 경험에서 내린 내 지론이지만, 유령이란 건 사람의 공포심이 만드는 거야.

애초에 유령이라는 존재가 있고, 그걸 봐버린 사람이 이야기함으로써 괴담이 탄생하는 게 아냐.

초등학교 과학실에서 밤이면 밤마다 인체 모형이 춤을 춘다면 그야말로 대사건이지.

예를 들자면, 말이야. 애초에 초등학교 안에 과학실이라는, 보통 교실과는 다른 특별한 공간이 있어. 그런 공간은 으레 여느 교사와는 다른 건물에 있지. 당연히 그런 곳은 보통 교실과 비교해서 오가는 사람이 적어. 사람의 왕래가 적으면 어떤 계기로 거기 가야 할 때 아무래도 좀 불안이나 공포심을 느끼기 마련이거든. 공포의 정체를 모른다는 것, 그 자체가 공포를 키우니까. 그 막연한 공포감을 공유하기 위해 춤추는 인체 모형이라는 엉터리 공통 인식을 만들어 내는 거야.

지금 사례에서는 장소를 들었지만, 공포의 대상은 뭐든 상관

없어.

한때 화제가 된 인면견도 일설에 따르면 들개를 향한 아이들의 공포심 때문에 이야기가 퍼져나갔다고들 하잖아?

물론 들개 자체를 무서워해도 괜찮아. 하지만 아이들 중에는 집에서 개를 키워서 들개를 그다지 무서워하지 않는 아이도 있지. 그 아이에게 들개가 무섭다고 해봐야 이해 못 할 거야. 그래서 자기가 느끼는 공포를 타자와 공유하기 위한 공통 인식이 작용해 매스컴이 흘린 인면견이 폭발적으로 퍼져나갔는지도 몰라.

인면견이 전국에서 유행했듯 공포의 대상이란 건 일종의 전국 공통이야. 그러니 대체로 어느 학교든 화장실에는 하나코[25]가 나오고, 병원 영안실에는 죽은 이의 유령이 나와. 그런 법이에요.

공포의 대상은 전국 공통이지만, 동시에 시대를 초월하여 이름을 바꾸어가며 전승되기도 해요.

메리[26]는 집 전화가 없어진 지금은 스마트폰으로 전화를 걸고, 때로는 문자 메시지로 연락하지. 이젠 뭐, 메리라는 이름이 등장하는 괴담 자체가 없어졌는지도 모르지만, '상대의 얼굴이 보이지 않는 커뮤니케이션'에 대한 막연한 공포는 시대를 뛰어넘어 계속 남을 거야.

산, 강, 바다에 대한 괴담이 시대를 가리지 않고 많은 것도 그런 이유 때문 아닐까. 인간의 힘으로는 제어할 수 없는 자연에 대한 공포

---

25 일본의 학교 괴담에 등장하는 화장실에 깃든 유령. 아무도 없는 화장실에서 특정한 의식을 치르거나 주문을 외면 하나코라는 죽은 소녀의 유령이 대답하거나 나타난다고 알려져 있다.

26 일본의 도시 괴담에 등장하는 인형의 이름. 소녀가 이사하면서 버리고 간 '메리'란 이름의 외국산 인형이 끊임없이 소녀에게 전화를 걸어온다는 류의 이야기다.

가 시대에 걸맞게 다양한 이름을 얻어 사람들 입에 오르내리는 거지.

다만 예외는 있어.

아주 좁은 지역에만 알려질 만한 충격적인 사건이 일어났을 때, 그건 그 지역의 독특한 괴담으로 전해지는 거야. ●●●●●의 초등학교가 바로 그런 거였고.

내가 쓴 「학교의 무서운 이야기」 시리즈의 「어느 학교의 9대 불가사의」와 「학교 주변의 무서운 이야기」 중 두 편의 이야기가 ●●●●●에서 취재한 내용을 바탕으로 만든 거야.

맞아, 바로 그거. 그립네. 그나저나 벌써 읽으셨구먼.

원래 뒤의 두 이야기는 싣지 않을 예정이었는데, 고맙게도 1권과 2권이 호평을 받고 시리즈가 길어지면서 학교에서 일어난 무서운 이야기만으로는 소재가 달리는 거야. 그래서 그 권에서 처음으로 학교 주변까지 이야기를 넓혀 써본 거야. 그때 실었으니 취재부터 게재까지 시차가 제법 벌어졌네.

다른 초등학교에서 취재한 내용과 비교하면 ●●●●●은 조금 희한했지.

취재할 때 보니까 이미 몇 년 전에 일어난 사건이 학교에 전승되는 괴담에 영향을 미치고 있었어.

선생도 읽은 「어느 학교의 9대 불가사의」, 그건 학생 몇 명을 인터뷰해서 공통으로 나온 에피소드를 이야기로 정리한 거야.

학생들이 이야기한 것 중에 괴담 일곱 개는 솔직히 진부한, 딱히 이렇다 할 특징이 없는 것이었어. 그런데 괴담 두 개는 꼭 마지막에 말하는 거야.

아무래도 이상해서 이유를 물었더니 이 두 가지 괴담은 최근 학교에서 유행하는 거라고들 하대. 그래, 처음부터 9대 불가사의였던 게 아니라 7대 불가사의에다 당시에 두 가지가 추가되어 9대 불가사의가 된 거야.

그 두 가지 괴담이란 게 「하교 종소리」와 「아키오 군」이고.

또 9대 불가사의와는 별개로 학교 밖에서 일어난 괴담으로 최근 떠돈다는 「점프하는 여자」와 「아키토 군의 전화 부스」도 있었어. 아니지, 또 하나 있었다. 실리지는 못했지만.

난 무척 흥분했지. 소설의 주제로 삼으려 했던 '초등학생에 의한 괴담의 전파'와 딱 마주하게 됐으니까.

괴담의 발상에는 막연한 공포가 관여하고 있다는 이야기는 아까 했지? 그때만 해도 나 역시 무엇에 대한 공포가 괴담을 만들어내기에 이르렀는가를 규명하려고 했지.

그러다 알게 된 게 어떤 학생과 그의 모친이 자살한 사건이고.

당시 사건이 보도된 신문 기사 사본도 있어. 취재 메모 사이에 끼워 두었지. 꼼꼼한 성격은 이럴 때 도움이 된다니까. 자, 이거.

사망한 건 당시 11세였던 ○○ 아키라 군. 맞아, '了'라고 쓰고 아키라라고 읽지.

모친 쪽은 신문에 기사화되지는 않았지만, 아키라 군이 죽고 나서 1년쯤 뒤에 자살한 모양이야.

그 학교 학생들에게 물어봐도 부모가 아키라 군의 자살에 대해서는 재미 삼아 이야기해서는 안 된다고 못을 박아뒀는지 거의 말을 안 하더라니까. 당연히 선생들도 마찬가지였고. 다만 종소리가 몇 분 늦게 울리는 게 진짜 있는 일이라는 건 알게 됐지.

우리는 학교 근방을 수소문해 보기로 했어, 적당한 이유를 붙여서. 이를테면 시장 갔다 오는 주부에게 묻고 다녔단 말이야. O군이 워낙 그런 걸 잘해서 한시름 놨지.

입을 여는 사람 가운데 우연히 아키라 군의 자살 현장을 목격한 사람이 있었어.

그는 초등학교 근방에 있는 어느 아파트에 사는 사람인데, 그날도 장을 보고 오는 길이었다고 해. 저녁 종소리가 울리는 가운데 아파트로 이어지는 언덕길을, 자전거에 장바구니를 걸고 밀면서 걷고 있었는데 아파트 단지 안에 있는 공원에 애들이 바글바글 모여 있었다는 거야.

공원에 심어놓은 키 큰 나무에 아이가 목을 맸다나 봐.

그 아래 모친으로 보이는 여성이 아이의 이름을 외치면서 우리 애 좀 내려달라고 반쯤 미쳐서 손을 치켜들고 펄쩍펄쩍 뛰었다는 거야.

마침 하교 시간이겠다, 학교에서 아파트로 돌아오던 많은 아이들이 주변을 에워싸고 그 광경을 봤다지 뭐야.

그 모습을 본 그 사람이 얼마나 놀랐겠어. 그쪽으로 부랴부랴 달려가서 아이 하나한테 어른을 불러오라고 시킨 뒤 나머지 아이들을 집으로 돌려보냈다고 해. 그렇게 참혹한 상황은 보여줄 수 없지, 아무렵.

경찰차와 구급차가 올 때까지 모친은 소리를 지르면서 같은 행동을 반복했던 모양이야. 끌어내려졌을 때는 이미 애가 이 세상 사람 같지 않았다나 봐.

경찰한테도 불려갔대. 아무튼 초등학생 키로는 닿지 않을 키 큰 나무에 목을 맸는데 받침대가 없었으니까. 그래도 얼마 후 그 기사가 실린 신문에는 자살이라고 적혀 있었다지.

또 한 사람, 상세히 이야기를 해준 사람이 있었어.

이번에는 모친에 관한 이야기인데.

자살한 모자는 초등학교 근방에 살았던 모양이야.

아이가 태어나고 바로 남편이 세상을 떠나서 외딴집에 모자 둘이 지냈다고 해.

사근사근 붙임성도 좋은 사람이었다는데, 조금 이상한 구석이 있어서 무슨 종교에 들어갔다나 어쨌다나 소문이 떠돌았던 모양이야. 그렇다고 딱히 큰 말썽을 일으킨 적은 없었다지만 말이야.

아이가 자살하고 나서 오다가다 보면 어지간히 침울해 보였대. 아무렴, 당연히 그랬겠지.

그런데 몇 달이 지나서 갑자기 상태가 이상해졌다는 거야.

길거리에서 우연히 만나면, 무척 들뜬 기색으로, 아주 활기차게 아무한테나 말을 걸었다지 뭐야.

뭐, 주간지나 방송에서도 수상쩍은 자살이라며 타살설이니 왕따설이니, 하다못해 학대설까지 온갖 소리가 다 나오니, 동네 사람들도 불쌍한 여자라며 대놓고 피하지는 않았다지만.

그러다 이상한 부적인지 스티커인지를 붙이기 시작했다고 해. 자기 집 담벼락이며 창에 빼곡하게. 한번은 이웃이 알림판을 들고 갔는데 현관에서 보이는 집의 안쪽 벽에, 마루에, 천장까지 빽빽하게 붙여놓은 거야.

집에 부적을 붙일 장소가 없어지니까 이번에는 동네 전봇대며 게시판 같은 곳에도 붙이기 시작하더니 끝내는 길거리 오가는 사람들한테 부적을 나누어줬대.

그것도 "대발견입니다!", "신의 가호가 함께합니다!" 뭐 이런 소리 하면서.

진짜 이상해져 버린 거지.

그러다 얼마 후, 집에서 목을 매고 자살한 모습으로 발견되었다지 뭐야.

아까, 게재하지 않은 이야기가 있다고 했잖아.

그게 이 집 이야기야.

그런 일이 있고 나서 아무도 안 사는 집을 두고 동네에서는 '부적 집'이라고 부르기 시작했지. 거기에 빨간 코트를 입은 여자의 유령이 나온다면서.

그 모친이 종종 빨간 코트를 입었던 모양이야.

아무래도 현실에 아직 남아 있는 폐허에 관해서는 못 쓰겠더라. 게다가 쓰자고 맘먹으면 아무래도 실제 사건을 언급 안 할 수가 없는데 윤리적으로 그러면 안 되잖아.

그래서 그냥 묻어둔 거야.

책에 실린 「점프하는 여자」도 그 모친을 모델로 만들어진 괴담일

245

거야.

묘사를 하지는 않았지만, 이야기해 준 아이들이 하나같이 빨간 옷을 입었다고 했거든. 게다가 점프한다는 부분도 똑같고.

아키라 군의 괴담도 실을지 말지 고민했는데, 그건 O군과 상담해서 싣기로 했지. '아키오 군', '아키토 군'으로 이름을 바꿔서. 자살한 학생이라는 부분은 삭제했고.

아키라 군의 괴담은 뒷이야기가 더 있어. 9대 불가사의에 끼워 넣자니 복잡해져서 개별 이야기로 쓴 거지만.

잘은 몰라도 아키라 군은 '마시로상'에게 바치는 대역이 됐다는 말이 있어.

그렇지. 학교 9대 불가사의에 나온 '마시로상' 말이야.

그건 '소의 목[27]'이라는 괴담이 바탕이 되지 않았을까 싶어. 알게 되는 족족 죽어서 아무도 그 내용을 모른다고 하잖아. 괴담은 반복되는 법이야.

이야기해 준 학생 중에 지금은 졸업한 형이 있는 아이한테 들었는데, 그 형이 말하기를, 아키라 군은 대역이 되어서 죽었다는 거야.

'마시로상'에게 들켜버린 다른 학생이 아키라 군을 대역으로 삼았고, 그 탓에 아키라 군이 죽어버렸다는 거지.

아키라 군의 자살 원인을 두고 일부에서 왕따 때문이 아니냐는

---

27 일본의 도시 전설 중 하나. '소의 목'이라는 무시무시한 괴담이 있는데, 그 이야기를 들은 사람은 미치거나 죽어버려서 그 내용에 대해서는 아무도 알 수 없다고 전하는, 실체가 없는 공포를 그럴듯하게 다룬 것으로 유명한 괴담이다.

말이 있는 걸 보면, 그 영향으로 그런 소문이 생겨났을 수도 있겠네.

또 하나, 실은 그 초등학교에서 자살한 학생은 한 사람이 아니야. 내가 듣기로 아키라 군 말고 한 사람이 더 있어.

그 건은 같은 시기에 전국적으로 큰 사건이 있었고, 정황상 자살이 아니라고 보기는 어려워서 지역 신문에 슬쩍 실리는 데 그쳤을 뿐, 아키라 군 때처럼 크게 보도되지는 못한 모양이야.

여자애인데, 아키라 군이 자살한 공원이 있는 아파트 옥상에서 뛰어내렸어. 아키라 군이 자살하고 몇 년 후에. 자살이란 건 계속되는 걸까.

그 여자애에 대한 괴담은 없냐고? 응, 없어.

아키라 군과 달리 목격자가 많지도 않아서 별로 안 유명해진 탓도 있겠지.

다만 그 애가 자살한 원인이 아키라 군과 친구가 되어서 잡아먹힌 것 아니냐는 이야기는 있어.

먹혔는데 자살이라니 뭔가 좀 어색하지. 글쎄, 소문이라는 게 원래 그런 거 아닐까?

아키라 군의 자살 이후 「아키토 군의 전화 부스」라는 괴담이 사람들 입에 오르내렸는데, 자살한 여자애가 그 전화 부스에서 아키라 군에게 부탁을 한 게 아니냐고들 했지.

하기는 사람이 죽을 때마다 괴담이 늘면 학교의 불가사의 수가 점점 늘어나 버리겠지. '마시로상'과 아키라 군의 이야기도 역시 원래 있는 괴담에 붙여서 하는 게 어떻게 보면 경제적이기는 해. 아키라 군은 그것과는 별개로 괴담으로 성립해 버린 것 같지만.

247

아키라 군의 이야기도, 모친의 이야기도 학생들 사이에 전해지는 줄거리를 대체로 따랐지만, 세부적인 면은 각색을 좀 했어.

목격자가 행방불명되어 버렸다면 누가 그 이야기를 들었겠냐 하는 거지. 후후.

내가 아는 ●●●●●에 관한 이야기는 이 정도가 다이려나.

묻고 싶은 거? 그러게⋯. 신작의 힌트를 얻고 싶다고 했지만, 사실 내가 선생한테 묻고 싶은 게 있어.

난 동업자로서 충고하러 온 거야.

O군에게 조금은 내용을 들었거든. ●●●●●에 관해서 공통된 괴담이 전국에 떠도는 모양이지? 사람도 죽고. 거기엔 내가 말한 여자와 아이에 관한 이야기도 관계있는 것 같고.

그게 사실이라면 정말 무시무시한 이야기야.

아니, 선생을 의심하는 건 아냐.

그런 게 아냐. 인식의 문제란 거지.

난 지금도 유령은 믿지 않아. 하지만 이 건에 관해서는 그다지 내용을 깊게 듣고 싶지 않아.

이유? 간단해. 내 지금까지의 인식을 뒤엎고 싶지 않아서야.

만약 유령이 있다는 걸 인정할 수밖에 없는 이야기를 선생한테 듣는다면 나는 앞으로 어떻게 유령과 마주해야 할까.

만약에, 만약에 말이야, 정말 유령이나 그것과 비슷한 무언가가 있다면, 이건 적어도 인간에게 해가 되는 거야. 코로나바이러스랑 같을지도?

일단 엮여버리면, 무차별로 공격을 개시하지. 피해 정도도 다양하고. 너무나 부조리한 이야기야.

유령이 그런 거라면, 나는 지금까지 취재한 괴담을 씀으로써 독자에게 해롭기 짝이 없는 것을 흩뿌린 셈이 되는 거야.

아니, 그런 건 있을 리 없어. 있으면 배기겠어?

그러니 충고 좀 할게.

늙은이의 잠꼬대라고 생각하고 들어줘.

믿지 않는 건 그 사람에게 없는 거나 마찬가지야.

나는 유령을 믿지 않아.

하지만 선생은 이 건에 유령이 관여하고 있다고 생각하지.

게다가 그 정체를 밝혀내려고 해.

내가 하려고 했던, 학교에 전해지는 무서운 이야기의 근원을 규명하는 작업과, 하는 일은 같아도 목적이 달라.

나쁜 말은 안 할 테니 그만둬.

'유령의 정체, 알고 보니 마른 참억새'라는 속담도 있잖아.

유령의 정체가 마른 참억새였다면 한시름 놓지. 하지만 만약 그게 마른 참억새가 아닌 무언가였다면, 선생은 어쩔 거야?

나는 점프하는 여자와 아이의 괴담에서 모자가 자살한 충격적인 사건이 준 공포가 만들어낸 소문이라는 마른 참억새를 보았어. 선생은 뭘 볼 생각이야?

…. 그렇군. 그만둘 생각이 없는 거지?

알겠어, 그렇게까지 말하면 더는 못 말리지.

그럼 내가 한 가지 알려드릴게.

실은 내가 아는 어떤 가족도 ●●●●●의 댐에서 죽었어.

6, 7년쯤 된 거 같은데. 이건 살인이 되려나?

남편 되는 사람이 출판계 디자이너였어. 무척 젊은데도 멋진 디자인을 하는 양반이었는데, 내 책 표지도 맡아준 적 있어. 나가노 분이었는데, 도쿄에 오면 꼭 편집자까지 셋이서 식사를 함께할 만큼 친하게 지냈지.

그런 사람이 부인과 딸을 댐에 밀어 빠뜨릴 줄 누가 생각이나 했겠어.

경찰도 여러 가지로 조사했지만, 결국 동반 자살할 셈으로 부인과 딸을 죽였다가 자기만 미처 죽지 못한 게 아니냐고 결론이 난 모양이야.

근데 내가 보기에 절대로 그건 아냐. 그도 그럴 게 부인도 딸도 정말로 사랑했으니까.

부인과의 사이에서는 좀처럼 아기가 생기지 않았던 모양이야. 그래도 부인과 의논해서 아이를 입양했다고 하더라고. 친딸처럼, 아니 그 이상으로 사랑했다니까. 사진도 종종 보여주었지. 귀여운 여자애였어.

이 나이에 혼자 살다 보면, 어쩐지 이야기를 듣는 동안 손주처럼 생각되는 그런 게 있어. 그 양반도 다음에 도쿄에 올 때 데려오겠다고 했었는데….

우연히도 그런 일이 있었어. 우연히. 나는 그렇게 생각해. 다만 해석은 선생한테 맡길게.

250

그나저나 선생은 어때? 결혼은 하셨나? 아, 혼자시구먼. 그렇지, 이 업계에는 많지. 나도 남 말을 할 때가 아니지만 말이야.

뭐? 어머, 그래요. 이혼을…. 뭐, 요즘 시대에 드문 일도 아니니까.

밥은 제대로 챙겨 먹어? 혼자면 돌봐주는 사람도 없으니 큰일이야. 보니까 제대로 챙겨 먹는 거 같지 않네. 안색이 안 좋아. 편의점 음식만 먹으면 안 돼. 이런 괴담만 쫓아다니다 보면 아무래도 우울해질 거야. 괜찮으면 내가 아는 애를 소개해 드릴까? 착하고 성실한 애야.

아이고, 미안해요. 그만 오지랖을 부렸네. 나이 들면 여러모로 뻔뻔해져서 참 그래.

인터뷰
녹취
4

남성: 무례한 질문이 있을지도 모르지만, 오늘은 아시는 걸 전부 말씀
　　 해 주셨으면 합니다.

여성: 제가 말할 수 있는 건 경찰에도, 매스컴에도 몇 번이나 말했으
　　 니 이제 더는 드릴 말씀이 없어요. 지금은 거기도 폐쇄됐다고
　　 들었고요.

남성: 아뇨, 오늘 여쭙고 싶은 건 그 사건뿐만이 아닙니다. 사실은 제
　　 가 이런 잡지의 편집을 하고 있는데요.

여성: 네? 아… 그럼 이건 어떤…?

남성: 보시는 대로 오컬트 잡집니다. 모쪼록 기분 나쁘게 생각 안 하
　　 셨으면 좋겠네요. 사실은 근무하신 양로원에 관해 묘한 소문을
　　 들어서 말입니다.

여성: 묘한 소문이란 건 귀신이라도 나온다는 그런 소문인가요?

남성: 예, 하지만 사람이 죽은 사건을 재밌고 우스꽝스럽게 쓸 생각은
　　 없습니다. 그저 진실을 독자에게 전하고 싶습니다.

여성: 역시 그렇군요. 그건 보통 사건이 아니었죠.

남성: 짚이는 데가 있으십니까?

여성: 네. 근데 이런 거 말해봤자 아무도 안 믿을 것 같았어요. 나도 귀
　　 신 같은 건 안 믿었으니까. 그래서 아무한테도 말 안 했어요.

남성: 그렇습니까? 물론 익명은 보장해 드릴 테니 그때 느끼신 거, 알
　　 게 되신 거 죄다 말씀해 주셨으면 합니다.

여성: 알겠어요. 뭐부터 말씀드려야 할까요…. S씨는 이 사건에 관해
　　 어디까지 알고 계시죠?

남성: 보도된 내용만 알고 있습니다. 양로원에 입소한 치매 노인들이 집단 자살을 했고, 거기에 휘말려 직원분이 사망했다는 정도밖에 모릅니다.

여성: 역시 그렇군요. 먼저 꼭 정정했으면 하는 게 있는데, 돌아가신 분들이 치매였던 건 아니에요. 대충 '양로원'으로 통쳐서 보도했지만, 제가 일했던 '도코시에[28] 스페이스'는 말하자면 케어 하우스, 그중에서도 일반형이라고 불리는 부류에 속하는 시설이었어요.

남성: 그랬군요. 실례했습니다. 그 일반형 케어 하우스란 건 어떤 시설인가요?

여성: 간단히 말해서 건강한 고령자를 대상으로 하는 시설이죠. 치매나 이런저런 질환으로 돌봄을 받지 않아도 되는 분들을 위한 곳이에요. 특별히 지병이 없어도 혼자서 살기가 불안한 분들도 계시니까, 그런 분들의 생활을 저희가 도우면서 함께 지내는 곳이죠.

남성: 그렇군요. 많이 배웠습니다.

여성: 말은 그래도 제가 거기서 일한 건 석 달 정도밖에 안 되네요.

남성: 어떻게 '도코시에 스페이스'에서 일할 생각을 하셨나요?

여성: 남편의 전근으로 가나가와에 와서 저도 주간에 파트타임으로 일을 해볼까 싶었죠. 그때 구인 광고를 봤고요. 생긴 지 얼마 안 돼서 스태프를 늘리려던 참이었나 봐요. 제 어머니도 후기 고령자[29]여서 언젠가는 돌봐드려야 하는 날이 올 테니, 미리 공부할

---

28 영원, 영구라는 뜻의 일본어.
29 65세 이상을 노인 인구로 구분하는 경우, 75세 이상의 노인을 가리킨다.

겸 지원했어요. 일반형은 간병인 자격이 없어도 지원할 수 있거든요.

남성: 일을 시작해 보니 어땠습니까?

여성: 환경이 정말 좋았어요. 돌봄형은 체력적으로나 정신적으로나 힘에 부친다는데, 일반형은 모두 비교적 건강하시니까요. 익숙해지기 전에는 힘든 부분도 있었지만, 선배분들도 경험 없던 제게 하나하나 친절하게 가르쳐주셨고요.

남성: 그런 곳에서 어째서 그런 일이 일어나 버렸을까요?

여성: 아마 그거 탓 아닐까요.

남성: 그거라…. 혹시 돌과 관련 있습니까?

여성: 네? 아… 역시. 그 말씀대로예요.

남성: 말씀해 주시겠습니까.

여성: 그건… 그 돌은 '도코시에 스페이스'에 장식돼 있었어요. TV가 놓여 있고, 입소한 분들이 자유롭게 지내거나 다 함께 이벤트 같은 걸 하는 레크리에이션 룸이에요. 이상한 돌이었죠. 크고 울퉁불퉁한 검은 돌이 받침대 같은 거 위에 얹혀 있었어요.

남성: 그 돌을 신으로 모신다거나 뭐 그런 거였습니까?

여성: 아뇨. 딱히 그런 건 아니었어요. 얼핏 보면 예술 작품이나, 뭔가 광석 같은 걸 장식해 놓은 느낌이었어요. 그거 말고도 접수처에는 풍경화를 장식해 놨으니까요. 소장이 예술을 좋아하나 보다, 했죠. 입소자 가족도 딱히 수상하게 생각하지 않는 눈치였고요.

남성: 하지만 선생님 눈에는 이상하게 보였다는 거죠?

여성: 네. 아니, 위험하잖아요. 그런 장소에 장식해 놓으면 말이죠. 아무래도 무겁고. 보통은 입소자가 만에 하나 넘어질까 봐 위험한

건 안 갖다 놓으니까 이상하다 싶었죠.

남성: 하긴 그렇죠. 지당한 말씀입니다.

여성: 그래도 신입이 뭐라고 하기도 그래서 딱히 암말 안 했어요. 근데 더 이상한 일이 있었어요.

남성: 어떤 일이었죠?

여성: 일부 입소자들이 그 돌을 향해 이상한 짓을 하는 거예요.

남성: 이상한 짓이라니 구체적으로 어떤?

여성: 다양했어요. 제가 맡은 일 중에 낮에 레크리에이션 이벤트를 기획하고 개최하는 게 있었어요. 다 함께 종이접기도 하고, 링 던지기 같은 가벼운 운동도 하는 거죠. 그런 건 기본적으로 자유 참가인데, 그런 이벤트에 참가하지 않고 돌만 신경 쓰는 분들이 계셨어요. 입을 벌린 채 돌만 지긋이 보는 분이 있는가 하면, 앞에 가서 돌에 절을 하거나, 돌을 에워싸고 두 손을 올리는 분도 있고, 개중에는 펄쩍펄쩍 뛰는 분도 있었어요.

남성: 다른 직원은 그런 모습을 보고도 신경 쓰지 않았고요?

여성: 네. 그것도 이상하죠. 일이 바빠서 신경 쓸 여유가 없었을지도 모르지만, 치매는 아니라 해도 나이가 들면 많든 적든 인지가 흐트러지기도 하니까 그런 건가 싶어서 저도 신경 안 쓰려고 했어요.

남성: 달리 또 무슨 일은 없었습니까?

여성: 한번은 선배가 입소자와 함께 돌을 향해 펄쩍펄쩍 뛰는 걸 봤어요. 같이 놀아주는 거라도 해도 지나치다 싶었죠. 그 선배 말고 다른 선배에게 물어봤어요. "전부터 신경 쓰였는데, 그 돌은 대체 뭐예요?"라고요.

남성: 그분은 뭔가 알고 계셨나요?

여성: 글쎄요. "소장이 가지고 온 거야"라더군요. 어디서 가지고 온 무슨 돌인지 물었더니 "원래는 ●●●●●의 산에 모셔져 있던 특별하고 고마운 돌이라더라"라고 했어요. 그 말을 듣는데 살짝 불쾌하더라고요. 뭔가 종교랑 엮여 있을지도 모른다는 생각이 들어서요. 판단력이 떨어진 고령자를 대상으로 슬쩍 포교하는 게 아닌가 했죠.

남성: 하긴 기분 나쁜 이야기네요. 선생님은 권유를 받거나 그런 적이 없습니까?

여성: 네, 딱히 없었어요. 하지만 그 돌에 관해서 화제로 삼는 건 되도록 피했어요.

남성: 돌 말고는 또 무슨 일이 있었습니까?

여성: 레크리에이션 시간에 종종 주제를 정해서 그림을 그리곤 했는데요. 치매 예방도 되니까요. 그런데 정해진 주제를 무시하고 이상한 그림을 그리는 분이 있었어요.

남성: 어떤 그림이었나요?

여성: 도화지 가득 도리이 그림을 그리는 거예요. 그것만 몇 장이나 그리더군요.

남성: 그린 본인은 뭐라던가요.

여성: 그게 한 사람이 아니었는데, 하나같이 "이 안에 들어갈 분을 찾고 있어"란 말만….

남성: 그거 오싹하네요.

여성: 또 있어요. 저랑 같은 시기에 채용된 애한테 들은 이야긴데요. 전 오전 근무였고, 걘 오후 근무였어요. 그러니까 근무 시간이

겹치지도 않아서 거의 이야기를 나눈 적이 없었는데, 한번은 교대 시간에 이상한 말을 하는 거예요.

남성: 어떤 말이었습니까?

여성: 밤에는 당연히 각자 자기 방에서 쉬는 분이 많은데, 몇몇 분의 방에서 이상한 소리가 들린다고요. 소리도 그 왜 막 내지르는 그런 소리 있잖아요. 꺄아—, 게에— 하는 그런 소리가 들렸대요. 놀라서 달려가 봐도 문을 여는 순간 소리는 멎어버리고, 본인은 멍하니 무표정으로 앉아 있었다고 해요. 그 밖에도 염불 같은 걸 외우는 소리도 들렸다나 봐요.

남성: 염불이란 건 어떤 걸까요?

여성: 그건 모르겠네요. 저도 걔한테 듣기만 해서요. 하지만 뭔가 중얼중얼 외운다기보다는 낭랑하게 울리는 목소리였대요.

남성: 그분은 선배한테 상담을 안 하셨습니까?

여성: 물론 했죠. 근데 "가끔 가위눌리거나 혼란스러워하는 분도 계시니 신경 안 써도 돼"라고 했대요. 본인도 의심스러워하는 눈치였고, 그 이야기를 들은 저도, 안 그래도 돌이 신경 쓰이는 판에 섬뜩했죠.

남성: 무례한 질문입니다만, 그 사건 이후에도 돌아가신 분이 있습니까?

여성: 네, 있었어요. 제가 일하는 동안 세 분이 돌아가셨죠. 모두 딱히 수상한 점이 없는 노화에 따른 자연사였다고 들었어요. 세 분이란 게 많은지 적은지는 모르겠네요. 고령자를 위한 시설이었으니. 하지만 기분이 그랬던 게, 세 분 모두 돌에 흥미를 보이던 분들이라는 거죠. 세 번째 돌아가시고 그걸 깨달았을 때, 근무 시

258

간을 줄이고 다른 아르바이트를 찾기로 했어요.

남성: 사건이 일어났을 때는 근무를 하고 계셨습니까?

여성: 일단은요. 하지만 근무 시간을 거의 다 뺀 상태였어요. 게다가 사건이 일어난 건 밤이었고요.

남성: 다시 한번, 사건에 관해 아는 대로 말씀해 주세요

여성: 저도 그 자리에 있었던 게 아니어서 들은 이야기가 다지만, 오후 근무하는 선배가 발견했대요. 돌 앞에 네 분의 입소자와 직원이 쓰러져 있는 걸 말이죠.

남성: 어떤 모습이었습니까?

여성: 보도에서는 그저 집단 자살이라고 했지만, 어지간히 이상했나 봐요. 모두 돌에 머리를 부딪혀서 피투성이로 죽어 있었다나.

남성: 그렇다면….

여성: 직원이 휘말렸다는 건, 그 사람만 자살이 아니었기 때문이에요. 아무래도 넷이 그 사람을 뒤에서 이렇게 겨드랑이 밑으로 양팔을 넣어서 꽉 죄고서는 돌에 머리를 박아서 살해한 뒤에, 한 사람씩 차례로 돌에 자기 머리를 박아서 죽었다고 하더군요.

남성: 그렇게 될 때까지 다른 직원은 알아차리지 못했을까요?

여성: 전혀 알아차리지 못했다고 해요. 순찰 보러 간 사람이 돌아오지 않으니까 찾으러 갔다가 다섯 명이 쓰러져 있는 걸 봤다고요.

남성: 쉽게 믿기지 않는 이야기네요.

여성: 그렇죠. 게다가 넷이라고 해도 다 노인인데, 어떻게 그런 일이 가능했을까요. 애초에 그런 일을 저지를 이유가 뭐였을까요? 짚이는 것은 모두 그 돌에 흥미를 보였다는 점뿐이에요. 살해된 직원도 같이 돌을 향해 펄쩍펄쩍 뛰었던 사람이고요.

259

남성: 경찰한테는 그 이야기 하셨습니까?

여성: 안 했어요. 엮이고 싶지 않았으니까. 다만 워낙 사건이 이상하다 보니 아시다시피 수사는 할 만큼 했나 봐요. 결국은 집단 자살과 거기에 휘말린 살인이라고 나왔으니, 그렇게 마무리를 짓기로 했겠죠. 예민한 문제니까 상세하게 보도는 되지 않았지만요. 게다가 방송에서는 이때다 싶게 노인 돌봄 문제에 초점을 맞추어서 그것만 보도했으니까요. 이 사건은 사건 자체가 아니라 사회 문제를 키우는 재료로 다루어진 거죠.

남성: 같은 매스컴 업계에 종사하는 인간으로서 참 찔리는 이야깁니다…. 그나저나 취재에 협조를 얻은 이상, 제가 어떻게 돌에 관한 정보를 입수했는지 전할 의무가 있을 것 같습니다. 들으시겠습니까?

여성: 아뇨, 됐어요. 전 더 이상 파고들기 싫어서요. 긁어서 부스럼을 만들 필요는 없겠죠.

남성: 알겠습니다. 오늘 여러모로 감사했습니다.

『긴키 지방의
어느 장소에 대하여』
4

오자와 군이 급히 호출해 저는 진보초의 카페로 향했습니다.

자리에 앉고 주문한 음료가 나오자, 바로 아이스 카페라테를 단숨에 들이키더니 그는 말했습니다.

"제 견해를 들어주시겠습니까?"

저는 그의 이야기를 듣기로 했습니다.
그는 산으로 꾀는 것에 관한 견해를 한 차례 피력하고 나서 이야기를 계속했습니다.

******

인터뷰에 응해주신 여성 호러 작가 ××××씨, 그분의 「학교의 무서운 이야기」 시리즈에도 빨간 여자와 남자애 같은 이야기가 나왔죠. 아뇨, 남자애 같은 게 아니라 「아키라 군」이겠죠.

이 인터뷰 덕분에 산으로 꾀는 것 말고 일어나는 괴이한 현상의 원인은 대체로 밝혀진 것 같습니다. 비참한 진상이기는 합니다만.

제가 인터넷에서 찾아낸 「부적 집과 관련 있는 스레드」에 나오는 부적 집은 빨간 여자와 아키라 군이 살던 집이겠죠. 지금은 부적이 떨어져 나간 모양이지만 말입니다. 스레드 주인도 쓴 대로 '쿵쿵쿵' 하고 정기적으로 울리는 음도 빨간 여자와 공통점이 느껴집니다.

인터뷰하셨던 「저주 동영상에 관한 인터뷰의 당사자가 된 남성과 그 후의 이야기」에서는 빨간 여자가 남성에 씌었다가 어째선지 일단 떨어져 나갑니다. 대신 남성은 아키라 군을 몇 번이고 목격하게 됩니다. 빨간 여자와 아키라 군이 모자 관계라면 그것도 납득이 갑니다.

전에도 말씀드렸지만, 산으로 꾀는 것과 달리 빨간 여자는 적극적으로 다가옵니다. 눈에 띄고 싶어 하는 것 같기도 합니다. 그러는 데는 아무래도 아키라 군이 관계가 있지 않을까요?

저도 놀랐습니다만, 이 여자는 생전에 제가 일하던 곳에 편지를 보낸 모양입니다. 아뇨, 빨간 여자가 자살한 게 언제인지 확실히는 알지 못하므로 생전이란 건 어디까지나 제 예상입니다. 다만 글에서 느껴지는 전체적인 인상은 다른 글과 같지만, 아직 지성이 느껴진다고 해야 하나, 그저 괴짜가 쓴 글 같습니다.

편지를 보낸 사람이 혹시 빨간 여자가 아닐까, 깨달은 건 세 번째 편지 끝에 "찾아내 주셔서 감사합니다"라는 구절에 기시감이 있었기 때문입니다. 십중팔구 아이가 자살한 사건을 기사화하기 위해 취재한 저희 출판사 기자한테 편지를 보냈겠죠. 월간 ○○○○에서 파생되어 나온 사진 주간지 ○○○○가 그렇듯이 다른 부서에는 그런 가십 기사를 게재하는 매체도 있으니까요.

○씨는 「학교의 무서운 이야기」 시리즈와 ××××씨의 신작에 즈음해서 사내에서 ●●●●●에서 일어난 자살 사건을 취재한 동료가 없는지 여기저기 수소문을 했는지도 모릅니다. 그걸 들은 다른 부서 동료가 ○씨에게 자살한 아이의 부모가 보낸 편지를 건넸고, 산더미 같은 자료에서 제가 그걸 발견했다면, 어떻습니까.

다른 부서에서 제작한 것이어서 아직 해당 기사가 실린 과월호는 찾지 못했습니다. 지금도 찾고 있지만요.

대체로 무리하게 취재하다 결국 취재 대상을 규탄하는 내용으로 기사가 마무리됐겠죠. 그렇다면 빨간 여자는 피해자이겠네요.

피해자라 하면 아키라 군도 그렇죠.

작가분 이야기에 따르면 아키라 군은 마시로상에게 바치는 대역이 되었다고 하는데, 이건 아파트 아이들이 했던 맛시로상이라는 놀이의 대역이 되었다는 뜻 아닐까요. 그걸 모친이 발견하고 말았죠. 그리하여 두 사람도 역시 귀신이 돼버린 것으로 보입니다.

이야기 중에 마시로상은 원래 7대 불가사의로 초등학교에 전해지고 있던 것 같습니다. 시간순으로 보면 산으로 꾀는 것일 마시로상이라는 이야기가 일단 있고, 아파트 아이들이 그것을 바탕으로 맛시로상이라는 놀이를 시작한 것 같습니다. 그리고 그 영향으로 죽어버린 아키라 군과 그 모친인 빨간 여자에 관한 소문이 퍼졌다, 그렇게 생각됩니다.

다만 산으로 꾀는 것과 아키라 군의 괴담 사이에는 묘하게 공통점이 있습니다.

크게 입을 벌린다는 점과 대역을 요구한다는 점입니다.

엄밀히 말하면 산으로 꾀는 그것이 입을 크게 벌린다는 정보는 없습니다. 다만 독자가 보낸 편지와 「심령사진」에 그런 묘사가 있습니다. 이 귀신들이 아마 산으로 꾀는 것과 관련이 있겠죠. 한편 「아키토 군의 전화 부스」에서도 아키라 군이 입을 크게 벌리고 있습니다.

대역 쪽을 보면 공통점이 있으면서도 의미가 조금 다릅니다. 산으로 꾀는 것은 대역이 인형일 때가 많고, 그 영향을 받았을 맛시로상이라는 놀이에서도 무기물이 포함된 대역을 바칩니다. 이 놀이에서는 타인의 목숨을 바치는 것도 대역이 되는 것 같지만요.

그런데 아키라 군의 경우에는 목숨을 대역으로, 아니, 이 경우는 제물이라고 해야 할까요. 목숨을 바치는 것만 허용되는 인상을 받았습니다.

다른 점이라면 어떠한 목적을 가지고 산으로 꾀는 것과는 달리 아키라 군은 동기가 읽히지 않는다는 겁니다. 아니, 목숨을 앗는 것 자체가 목적 같아 보이기도 합니다. 「학교의 무서운 이야기」 시리즈처럼, '먹는 것'이 아키라 군의 행동 원리일까요.

목숨을 먹는다, 그게 인간이면 먹고 나서 그 육체를 그 아파트에서 뛰어내리게 합니다. 산으로 꾀는 그것이 댐에 뛰어들게 하듯이요. 그러한 해석도 가능할 것 같습니다.

또 빨간 여자와 마찬가지로 귀신에 씌면 어디에 있든 아키라 군이 계속 따라붙습니다. 이것도 산으로 꾀는 것과는 다른 점이네요.

이런 점들을 고려하면, 산으로 꾀는 것 탓에 죽어버린 아키라 군이 귀신이 되어 산으로 꾀는 것의 특징을 일부 이어받은 것으로 볼 수 있겠습니다.

작가분도 말씀하셨고, 편지에도 적혀 있었지만, 빨간 여자는 생전에 영적인 뭔가에 경도돼 있던 것 같습니다.

「부적 집에 얽힌 스레드」를 봐도 집에 그런 아이템이 남겨져 있었고, 불단이 집에 없었던 것 같습니다. 「온라인 의사 상담 서비스의 댓글」에도 "찾아내 주셔서 감사합니다"라는 구절이 있는데요, 동시에 "높은 곳에서 모두를 이끌어주세요"라는 일반적이지 않은 표현이 있습니다.

빨간 여자는 어떤 사상에 기반하여 아키라 군과 관계있는 무언가를 퍼뜨리려고 한다, 혹은 아키라 군이라는 존재 혹은 인식 자체를 퍼뜨리려고 한다, 그 수단의 하나로 '了', 즉 아키라라는 아이의 이름이 적힌 스티커가 사용되었다, 저는 이렇게 생각합니다.

자식인 아키라 군과 마찬가지로 빨간 여자와 산으로 꾀는 그것도 관계는 있어 보입니다.

「온라인 의사 상담 서비스의 댓글」에 상담자의 아들이 휴양소의 폐허에 갔다는 내용이 있습니다. 이건 혹시 「수련회 집단 히스테리 사건의 진상」에 나온, 산의 서쪽에 있는 건물이 아닐까요. 장소가 확실하게 적혀 있지는 않지만, 아시다시피 그 폐허는 지금도 심령 스폿으로 유명합니다. 그것 말고는 주변에 달리 큰 폐허 건물도 없고요.

또 단편인 「바람기」에 나온 마시로사마를 불러내는 의식 말인데요, 여기 나오는 움직임이 빨간 여자를 방불케 합니다. 마시로사마라는 강령술이 언제부터 해당 초등학교에 유행했는지는 모르지만, 빨간 여자가 아키라 군을 나무에서 내리려고 필사적으로 뛰는 모습을 본 아이들이 마시로사마의 강령술에 그 몸짓을 도입했을 가능성도 있겠네요. 그렇게 되면 마시로사마에 관해서는 인과관계가 반대가 되겠지만 말입니다.

그리고 스티커와 편집부 앞으로 온 괴문서 말인데요….

266

******

제가 끼어들 틈도 없이, 또 제 반응 따위 전혀 신경 쓰는 기색 없이, 끝도 없이 일방적으로 이야기를 계속하는 오자와 군의 모습은 예사롭지 않았습니다.

　제가 가로막고서야 간신히 말을 멈춘 그는 한숨 돌리더니 이렇게 말했습니다.

"이제 조금 남았습니다. 조금만 더 가면 될 것 같습니다. 여전히 알 수 없는 부분이 많지만, 조금만 더 가면 전부 이어져서 좋은 특집이 될 것 같습니다."

　그 기세 그대로 그는 계속 말했습니다.

"여기까지 왔으니 일단 ●●●●●에 가보려고요."

저는 물론 말렸습니다.
하지만 그는 가버렸습니다.

두 달 후, 그는 죽었습니다.
●●●●●에서 발견되었습니다.

여러분에게 거짓말을 해서 정말 죄송합니다.
『긴키 지방의 어느 장소에 대하여』는 이것으로 끝입니다.

267

모 월간지
2000년
8월호 게재

「변경에서 본 이단,
사교 집단 잠입 보고서」

1996년에 본지가 보도한 ●●●●●의 사교 집단을 기억하는 독자가 있을까.

전년에 일어난 모 종교 단체에 의한 테러 사건의 영향으로 그 무렵 우리는 전국의 사교 집단에 대한 특집을 꾸려 보도했다. 본지는 신흥 종교부터 악마 숭배 집단까지 다양한 단체의 실태를 소개해 왔는데, 그중 하나로 그 교단이 있었다.

지난 회의 복습을 겸해 그 교단을 소개하겠다.

1991년경 설립된 신흥 종교로 '스피리추얼 스페이스'라고 불리는 그 교단은 일반적인 종교 단체와 달리 교조가 없다.

또 불교 계통이나 신토 계통, 혹은 기독교 계통과도 달라서 특정한 신불을 숭배하지도 않는다. 그녀들이 숭배하는 것은 '우주' 자체다.

그녀들이라고 표현한 것은 그 종교 단체가 여성 신자만으로 구성돼 있기 때문이다.

●●●●●의 산기슭, 주위에는 댐밖에 없는 오지에 있는데도 많은 여성이 멀리서 찾아오고, 개중에는 아예 거기서 살다시피 하는 사람도 있다.

요가와 명상을 비롯해 '우주의 진리'에 다가가는 수행을 목적으로 활동한다고 한다.

본지는 독자적인 경로로 이 교단의 어두운 소문을 접했다.

신자의 자살이 잇따르고 있다는 소문이었다. 그중에는 가족이 동반 자살한 사례까지 있다고 했다.

지난 회는 편집자가 직접 현지로 가서 잠입 취재를 시도했다. 하지만 예상 밖으로 수비가 견고해 남자인 편집자는 응접실에서 홍보 담당자에게 앞서 설명한 바와 같은 소개를 듣고 나서 내부에는 발도 들이밀지 못한 채 덧없이 물러났다.

4년이 지난 지금, 본지는 다시 취재를 감행했다. 지난 번 실패에 대한 반성을 담아 이번에는 여성 작가에 의한 잠입 취재라는 형식을 취하기로 했다.

잡지 취재가 아니라 입교 희망의 방식으로 잠입, 신자와 접촉함으로써 마침내 내부의 충격적인 실태를 파악하는 데 성공했다. 이하는 여성 작가가 쓴 보고서다.

******

점심시간 지나서 역에 도착. 배웅 나온 차 안에서 운전기사인 '스피리추얼 스페이스'의 신자에게 교단에 대한 소개를 받았다.

운전기사, 홍보, 사무, 총무 등 신자의 역할이 제법 세분화돼 있는 것 같다.

전체를 총괄하는 리더 같은 사람이 몇 있는 것 같지만, 어디까지나 상하 관계는 아니고 전원이 대등하게 상대를 '~씨'라고 부른다.

인원의 변동은 있지만 대략 30명에서 50명 정도. 전부 여성이고. 개중에는 가정이 있는 사람도 있다고 한다.

도착한 '스피리추얼 스페이스' 시설은 상상보다 훨씬 컸다.
작은 호텔 같다고 해야 할까. 로비와 집회실 외에 욕실에 식당, 침대가 있는 방도 많아서 대규모 인원도 충분히 숙박할 수 있을 것 같다. 실제로 많은 사람이 거의 여기서 생활하다시피 하는 모양.

응접실에서 홍보를 담당한 여성에게 교단에 대한 설명을 들었다. 사전에 알던 내용이 거의 다였지만, 열심히 귀 기울이는 내 모습에 싹수가 있다고 생각한 모양이었다.

회원비, 즉 교단의 돈줄에 관해서도 이야기를 들었는데, 놀랍게도 정해진 금액을 바치는 규칙은 없고 저마다 낼 수 있는 금액을 낼 수 있는 시기에 바친다고 한다. 그런 방법으로 어떻게 이렇게 큰 건물을 운영할 수 있는지 묻자 신자 중에는 금전적으로 여유가 있는 사람도 있어서, 그런 신자의 성의로 유지된다고 한다. 이 점에 대해서는 크게 의문이 든다. 아직 입교 희망 단계일 뿐인 내게는 많은 이야기를 해주지는 않을 것이다.

리더 격인 신자의 손에 이끌려 시설 내부에 대한 설명을 들었고, 집회소에서 신자들 틈에 끼어서 요가를 했다.

'고양이 자세'나 '달 경배 자세' 같은 요가의 대표적인 자세에 섞여 독자적인 자세도 몇 가지 있었다. 그런 자세는 죄다 손을 위로 올리는 모습이었는데, 가까이 있던 신자에게 물어보니 손을 올리며 조금이라도 하늘에 가까이 다가감으로써 우주의 힘을 얻어 차크라를 열기위한 것이라고 한다.

이어서 명상을 했다. 많은 사람이 모였는 데도 완벽히 정숙한 분위기가 참으로 불편했다. 겉으로만 명상을 하는 척하고 있자니 두통이 밀려들었다. 나의 차크라가 열리기 시작한 것일까.

271

요가든 명상이든 하고 싶을 때 하면 되는 듯, 저마다 할당된 역할을 하는 시간 외에는 신자들이 자유롭게 지내는 모양이다.

속박이 적은 교단 활동은 사교 집단이라는 점을 제외하면 여성의 취미 동아리 같았다.

자유 시간을 활용하여 신자 몇 사람에게 세상 돌아가는 이야기를 하는 척 취재를 시도해 보았다.

모두 붙임성이 좋고, 교단의 가르침인 '감사의 마음이 우주로 이끈다'를 실천하는 듯했다. 이야기의 시작에는 어김없이 '감사합니다'라고 말했는데, 그 붙임성이 도리어 섬뜩하게 느껴졌다.

처음 내가 말을 붙인 신자는 50세쯤 되는 중년 여성.

물어보니 남편과 고등학생인 아들이 있다고 한다. 가족과의 관계는 어떤지 물었더니 가족과의 사이는 양호하고, 한 주의 절반을 교단 활동에 종사하는 그녀를 응원한다고 한다.

교단 입교는 여성만 가능한 게 규칙이지만, 남성도 포교 활동은 허용돼서 남편과 아들은 여성과 함께 열심히 포교 활동에 몰두하고 있단다.

자신은 입교할 수 없는 종교에 아내 혹은 엄마가 깊숙이 빠져들었음에도 자진해서 그 종교를 포교하는 입장을 나로서는 이해할 수 없었다.

포교는 어떻게 하는지 물었더니 길에서 그림을 나누어주거나 눈에 띄는 장소에 그림을 붙인다고 했다. 교과서나 교본 같은 게 없는 대신에 그 그림이 입교를 권유하는 도구가 된 걸까. 어떤 그림인지 보여

달라고 부탁했지만, 공교롭게도 여성이 맡고 있는 청소 시간이 되어 그림은 보지 못했다.

다음으로 이야기를 들은 것은 젊은 여성. 물어보니 고작 20세라고 한다.

내가 입교 경위를 묻기도 전에 만면에 웃음을 띠며 그녀는 말했다.

"전 이제 조금만 더 하면 높은 곳에 갈 수 있을 것 같아요."

어안이 벙벙해진 나를 향해 그녀는 이야기했다. 아무래도 모두 대놓고 말하지는 않지만, 신자에는 두 종류가 있다고 한다. 높은 곳으로 갈 수 있는 사람과 갈 수 없는 사람.

높은 곳으로 가면 어떻게 되느냐고 물어보니 '우주의 진리를 얻는다'라고 한다.

우주의 진리를 얻으면 어떻게 되느냐고 물으니 종잡을 수 없는 대답만 돌아왔다. 다만 그 여성의 눈초리가 보통이 아니어서 공포를 느꼈다.

지금으로서는 교단 활동에 세뇌 비슷한 것은 일절 보이지 않는다. 생활이 얽매여 있는 것 같지도 않다. 그런데도 이런 신자가 있다니 어찌 된 일일까.

마지막으로 이야기를 들은 것은 40세쯤 돼보이는 여성.

교단 설립 초기부터 활동한 신자라고 한다. 작년에 초등학생인 아들을 잃고, 높은 곳에 가서 아들을 만나기 위해 수행하고 있다고 한다. 역시 마음에 상처를 입은 사람에게는 이런 장소가 구원이 되는 듯하다.

필사적으로 수행에 몰두하고는 있지만 좀처럼 높은 곳으로 갈 수 없다며 눈물을 지으며 이야기하는 여성의 모습은 참으로 애달파 보였다.

무심코 취재 중이란 사실을 잊고, 수행도 좋지만 자식을 만나기 위해 어리석은 생각을 해서는 안 된다고 이야기하고 말았다.

신자를 취재하는 동안 저녁 식사 시간이 됐다.

집에서 왔다 갔다 하는 신자는 집으로 돌아가고, 시설에 머무는 신자는 식당에서 저녁을 먹는다.

식당에서는 모두, 제각각 잡담을 하면서 식사를 즐기는 듯했다.

나로 말할 것 같으면 식사가 좀처럼 목으로 넘어가지 않았다. 맛이 나지 않아서였다.

식사 담당 신자가 만든 요리는 겉보기에는 보통 메뉴지만 무엇 하나 맛이 느껴지지 않았다. 간이 약해서일까. 다른 신자들은 전혀 신경 쓰이지 않는 눈치였다. 결국 거의 남기고 말았다.

식사가 끝나자, 홍보 담당 신자가 나를 응접실로 불러들여 입교 의지를 새롭게 물었다.

물론 나는 심층 취재를 위해 입교하고 싶다는 뜻을 전했다.

그러자 그녀는 만족스러운 얼굴로 "고맙습니다"라고 하더니 입교한 사람만 참가할 수 있다는 어떤 행사의 견학을 허가해 주었다.

그녀가 나를 데리고 간 곳은 건물 안에 있는 어떤 방이었다.

무척 튼튼해 뵈는, 양쪽으로 여닫는 문 너머, 어슴푸레한 방 안에 열 명이 넘는 신자가 있었다.

그리고 이상한 광경을 보았다.

방 중앙에는 나무로 짠 받침대 같은 것이 있고, 그 위에는 금줄을 두른 커다란 돌이 놓여 있었다.

돌이 놓인 받침대를 네모나게 에워싸듯 네 명의 신자가 웅크리고 앉아 바닥에 놓인 종이에 한 점 흐트러짐 없이 붓으로 무언가를 그리고 있었다.

아마 취재했던 여성이 말했던 그림일 것이다. 어깨 너머로 간신히 보이는 것은 무언가의 그림과 '女'라는 한자였다.

웅크린 채 그림을 그리는 신자들을 다시 에워싸듯 원을 그리고 선 신자들이 이상한 움직임을 반복했다.

손을 위로 치켜들고 계속해서 펄쩍펄쩍 뛰는 것이었다.

신자들은 입을 모아 의미를 알 수 없는 말을 뱉어냈다.

이하는 취재 중 은밀히 녹음한 음성을 옮겨 쓴 것이다.

"루키에마시라무도지에우즈메"

"메시타가하하아오에마시라오이즈메미오치쿠도"

"조기쓰마시라후이에하모스모오오에"

"아이루즈메소마시라우즈지에미후오포레루토즈에"

"도이-시마시라메코요이아스피쿠소"

"스에이미쿠루루루에마시라오키무나시"

"아오이에후즈모즈이세로마시라오아부루이소"

"지메미후즈로이테톳쓰스모이테토부나루마시라이케코미테루"

"후에오이에푸시마시라"
"리마시라쓰후이토토미나오이오에루쓰"
"마시라시코에리부쓰이토테미즈"

의식을 목격한 나는 한동안 움직일 수 없었다.

옆에서 생글거리며 서성이는 홍보 담당자에게 부탁해 그 방에서 물러난 뒤 다시 이야기를 들었다.

홍보 담당자가 말하기를 그것은 신자가 높은 곳으로 가기 위한 수행이자 사람들을 높은 곳으로 이끌기 위한 행위였다.

어디까지나 '스피리추얼 스페이스'는 신앙 대상을 따로 두지 않으며, 중앙에 놓인 돌은 높은 곳으로 가기 위한 도구일 뿐이란다.

우주의 힘을 지닌 돌 곁에서 포교를 위한 그림을 그리고, 그 그림을 본 사람들을 구원한다고 한다.

그 주변에서 기묘한 움직임을 반복하는 신자들은 손을 들고 껑충껑충 뛰어가며 머리에 번뜩이는 음을 입으로 내뱉음으로써 돌을 통해 힘을 얻는다고 한다.

그렇다고 하더라도 돌에 두른 금줄은 명백하게 일본 신토의 문화를 이어받았다. 그 점에 대한 설명을 요구하자 "그건 특별한 돌입니다"라는 말만 반복할 뿐이었다.

이야기를 듣는 동안 현기증이 찾아왔다. 비유가 아니라 실제로.

몸 상태가 나빠졌다고 해도 홍보 담당 신자는 딱히 걱정하는 기색을 보이지 않았다.

276

신변에 위험을 느낀 나는 화장실을 쓰겠다고 말한 뒤 빈칸으로 들어가 휴대전화로 편집부에 전화를 걸었다.

편집부가 부른 구급차 사이렌 소리가 밖에서 들려올 즈음 나는 의식을 잃었다.

* * * * * *

그녀는 가까운 병원에서 진찰을 받았는데, 다행히 큰일은 아니어서 무사히 집으로 돌아올 수 있었다. 하지만 앞서 소개한 원고를 편집부에 보낸 뒤 다시 몸이 안 좋아져서 현재 입원 중이다.

편집부는 그녀가 먹은 식사에 어떤 약물이 섞여 있었을 가능성도 있다고 보아 그 후 교단에 전화를 걸었다. 하지만 전화는 연결되지 않았고, 교단이 운영하는 홈페이지도 폐쇄돼 있었다.

긴키에 거주하는 작가에게 현지로 직접 가달라고 의뢰했는데, 시설 건물은 텅 비어 있었고, 보고서에 나온 큰 돌도 발견하지 못했다고 한다.

일본에는 여전히 위험한 사교 집단이 많이 숨어 있다.

어느 집단이든 웃는 낯으로 서민들에게 접근하면서 사실은 세뇌와 금전 착취 같은 범법을 저지르고 있다. 비극을 되풀이하지 않기 위해서라도 본지는 계속해서 악랄한 사교 집단이 숨기고 있는 어둠을 파헤치고자 한다.

인터뷰
녹취
5

【S의 인수인계 파일 『돌에 관하여–4』에서】

남성: 안녕하세요.

여성: 안녕하세요….

남성: 제가 기잔데, ●●●●●에 관한 취재로 이 근방의 향토 지리
　　　를 조사하고 있습니다. 명함을 드려도 될까요?

여성: 에구…. 어디선가 이름은 들은 적 있는 출판사네. 주소가 도쿄
　　　아냐. 이런 벽지까지 찾아와 무슨 조사를 한다는 거야.

남성: 책을 하나 기획하는 중이어서요. 잠깐 이야기를 좀 여쭤도 될까
　　　요? 서서 이야기해도 괜찮은데요.

여성: 뭐, 상관은 없어.

남성: 덕분에 살았습니다. 저 너머 보이는 산 위에 신사가 있죠? 꽤 옛
　　　날부터 있었습니까?

여성: 그렇지. 이젠 뭐 제법 오래됐지. 옛날에는 신관도 있었지만, 그
　　　분 돌아가시고 벌써 몇십 년이나 내버려두었다고 들었구먼. 나
　　　어릴 적엔 여름이면 축제를 열어서 경내에서 재도 올리고 그랬
　　　는데. 50년 가까이 된 이야기지만 말이여. 나도 어른이 되고 나
　　　서는 쭉 가보질 않네. 내가 불교거든.

남성: 축제는 여름에만 했습니까?

여성: 어? 어디 보자, 어땠더라. 아, 어린이날 즈음해서도 했던 거
　　　같고.

남성: 그렇군요. 무슨 신을 모시는 축제였을까요?

여성: 뭐였더라…. 액막이 신이었던 거 같은데, 기억은 잘 안 나네. 미
　　　안해.

남성: 그렇습니까…. 그러면 그 신이 돌과 관계있는지 어떤지는 모르시죠?

여성: 돌? 아, 마시라사마 말이야? 그거라면 알지. 신이랑은 별개구먼. 신사에 작은 사당 있잖아. 거기에 모셔져 있지.

남성: 아 진짜요? 그 텅 빈 사당에 돌이요? 마시라사마라고 하나요?

여성: 뭐? 텅 비었다고? 거기에는 마시라사마의 돌이 모셔져 있을 텐데?

남성: 제가 봤을 때는 이미 돌은 없었습니다. 대신에 인형이 잔뜩 있던데요….

여성: 그럴 리가 없는데. 거기엔 돌이 모셔져 있을 거야.

남성: 누가 가지고 가버린 걸까요?

여성: 어쩌자고 그런 짓을 했을꼬. 천벌 받아 마땅한 짓을.

남성: 누가 들고 갔는지 짚이는 사람은 없습니까?

여성: 그걸 난들…. 아, 혹시 그 사람들인가? 그 야릇한 짓거리를 했던 집단. 저 산언저리에서 어슬렁댔다가 소문도 났는데.

남성: 그런 무리가 있었습니까?

여성: 한참 전이지만 그 근방에 종교 시설 같은 건물이 생긴 적이 있어. 낯선 이들이 거기서 여러 가지로 수상쩍은 짓을 했던 모양이야.

남성: 지금도 활동하고 있습니까?

여성: 진작에 없어졌지. 건물도, 휴양손가 뭔가 됐다가 나중엔 계속 내버려뒀을걸.

남성: 그 집단에 관해 아시면 가르쳐주세요.

여성: 아니, 난 아무것도 몰라. 좀 섬뜩해서 여기 사람들은 다들 안 엮

이려 했거든. 잘 아는 사람은 아무도 없을걸.

남성: 그렇군요…. 종교의 이름은 기억하십니까?

여성: 벌써 몇십 년이나 지난 일이어서…. 확실히 무슨 외국 이름 같기는 했는데 말이여. 어쩌구 스페이스였나…, 스페이스 어쩌구였나. 기억이 안 나.

남성: 감사합니다. 저도 조사해 보겠습니다. 그나저나 신사에 모신 마시라사마에 관해 좀 더 들을 수 있을까요?

여성: 그야 괜찮은데, 이상한 걸 이것저것 묻네? 나도 어린 시절에 얻어들은 이야기라서 잘 모르지만…. 마시라사마는 원숭이의 신이야.

남성: 원숭이요?

여성: 그렇다니까. 희고 큰 원숭이. 우리가 어릴 적엔 "늦게까지 나돌아 다니면 마시라사마가 신부로 데려간다" 하고 어른들이 을러댔지. 미신 믿는 아재들은 감 따는 철이 되면 감을 공물로 바치러 갔고.

남성: 감요?

여성: 그래, 먹는 감. 알지? 원숭이는 감을 좋아한대.

남성: 바친 건 감뿐입니까?

여성: 그리고 그거, 인형. 할머니가 손바느질한 인형을 바치러 갔지. 거기가 계단이 많거든. 운동할 겸, 딱 좋지.

남성: 그랬군요,…. 인형을 거기에….

여성: 여기도 댐 옆에 국도가 생길 때 다들 떠나서 사람이 줄었지. 옛날에는 집도 제법 많았는데 이젠 사는 사람이 거의 없네. 마시라사마 이야기도 이제 아는 사람이 없고.

남성: 그 마시라사마를 실제로 본 적은 있습니까?

여성: 뭔 소리람. 그럼 댁은 부처님을 본적 있나? 그런 건 미신이야.

남성: 아뇨, 아뇨. 마시라사마의 돌 말입니다.

여성: 아, 그 소리였군. 있지, 어릴 적에. 검고 울퉁불퉁한, 바위같이 커다란 돌만 놓여 있어서, 왜 원숭이가 아니에요? 하고 엄마한테 물었던 기억이 나.

남성: 어머님은 뭐라고 하셨습니까?

여성: '그러게'라고 하셨나…? 뭐라셨나. 엄마도 몰랐던 것 같아. 마시라사마한테 흥미가 많은가 본데. 울 엄만 이미 저세상 사람이지만, 아버지는 지금 집에 계시니까 이야기 들어볼 테야?

남성: 그래도 되겠습니까? 꼭 부탁드립니다.

『긴키 지방의
어느 장소에 대하여』
4

"드릴 말씀이 있습니다."

전화기 너머 오자와 군은 기분 탓인지 화가 나 있는 것 같았습니다.

호출을 받고 진보초의 카페로 향했더니 그는 이미 도착해 있었고, 제가 자리에 앉자마자 프린트 한 장을 내밀었습니다.

"읽으세요."

시키는 대로 저는 그 프린트를 훑었습니다.

그것은 ●●●●●에 있었던 사교 집단의 잠입 보고서 기사였습니다.

마지막까지 다 읽기도 전에 그는 말했습니다.

"이 기사 쓴 사람, 선생님이시죠?"

저는 놀랐습니다.

그렇습니다, 저는 여성입니다.

글쟁이로 막 일을 시작했을 무렵, 일감을 가리지 않고 과격한 기사도 쓰곤 했습니다.

마침 그 무렵, 입원했던 기억도 있습니다.

하지만 그 기사를 쓴 기억은 없었습니다.

제가 부정하자 오자와 군은 말없이 기사의 끝부분을 가리켰습니다.

거기에는 기명 기사의 필자로 제 필명이 적혀 있었습니다.

"선생님의 필명, 흔하지 않은 편이죠. 선생님이 아니라면 달리 누가 썼다는 겁니까?"

저는 필사적으로 부정했습니다.

그는 의심의 눈초리를 숨기지도 않고 말했습니다.

"그럼 뭡니까? 선생님은 이때의 기억을 잃었다는 겁니까?"

말이 끝나자마자 깜짝 놀란 얼굴을 했습니다.

"혹시⋯."

저는 그가 말을 계속하도록 재촉했습니다.

"「신종 UMA 화이트맨 발견!」에서도 「기다리고 있다」에서도 살아남은 여성은 있습니다. 그리고 살아남은 여성은 모두 기억을 잃거나 치매 같은 병증을 일으켰습니다⋯. 선생님도 그런 겁니까?"

저는 자신이 없어져서 대꾸할 수가 없었습니다.

"하지만 만약 그렇다면, 왜 선생님은 살아남았습니까? 교단에 잠입까지 했는데, 어째서 지금까지 무사한 겁니까?"

저는 돌아가지 않는 머리로 필사적으로 생각했습니다. 왜 나는 살아 있을까. 왜 나는 '신부'로 선택받지 못했을까. 왜 '높은 곳으로 가지 못한' 걸까.

그리고 짚이는 이유가 떠올랐습니다.

잠입 보고서 기사는 2000년에 나왔습니다.

잊을 수도 없습니다. 바로 전해에 하나뿐인 아들을 사고로 여의었으니까요.

285

교통사고였습니다.

그것이 원인이 되어 남편과 이혼하고 다니던 출판사마저 그만두고서 글쟁이를 업으로 삼아 악착같이 일을 시작했습니다.

육체적으로나 정신적으로나 무리하던 시기라 단순히 몸이 망가져서 입원했다, 그렇게 생각했습니다. 기사에 따르면 제가 입원한 것은 시설에서 일어난 일이 원인이었던 모양이지만요.

기사를 쓴 것이 제가 맞다면, 신자인 여성에게 감정을 지나치게 이입한 나머지 취재 중이란 걸 잊고 쓸데없이 말을 건넨 것도 이해가 됩니다.

그러한 점을 감안해 저는 오자와 군에게 말했습니다.

산으로 꾀는 것은 출산하지 않은 여성을 노리는 게 아니냐고.

막연히 젊은 여성을 노리는 게 아니라 이 귀신은 표적을 명확히 취사선택하고 있다고.

그는 잠시 침묵을 지키더니 입을 열었습니다.

"그럴지도 모르겠습니다. 아니, 그런 거겠죠. 의심해서 정말 죄송합니다."

사과하는 그에게 그럴 필요는 없다고 말하며 우리는 음료를 주문했습니다.

저는 블랙커피, 그는 아이스 카페라테를.

음료를 기다리는 동안에도 그는 차분하게 있지를 못했습니다.

286

음료가 나오자마자 아이스 카페라테를 단숨에 들이키더니 그는
말했습니다.

"전 무섭습니다."

******

이 잠입 기사를 한창 읽다가 저는 어떤 사실을 깨달았습니다.

기사에서 신자들이 입을 모아 외우는 주문 같은 문장이, 제가 대
학 시절 친구에게 들은 사회인 동아리 이야기에 나오는 주문과 매우
흡사하다는 것을요.

물론 미묘하게 다르긴 합니다.

그런데 미묘하게 다르다는 걸 저는 어째서 알고 있을까요.

어째서 친구에게 이야기를 듣기만 했던 제가, 그 주문을 전부 기
억하고 있을까요.

친구도 그래요. 한 번 들었을 뿐인, 게다가 여러 명이 동시에 이야
기했을 그 의미도 알 수 없는 오십음의 나열을 어째서 전부 기억할 수
있을까요.

어제 친구 여러 명에게 연락을 받았습니다. 다 여자들이에요.

밤중에 이상한 전화 좀 그만하라고 하더군요.

친구가 그러더라고요. 제가 계속 전화로 그런다고.

"산에 가자. 재미있으니까. 가자. 산으로."

287

전화를 건 기억이 없었습니다.

하지만 발신 이력을 확인해 보니 전화번호부 위에서부터 차례대로 여자만 골라 전화를 걸었어요.

선생님의 이야기를 듣고 나서 돌이켜 생각해 보니 확실히 아이가 있는 여성에게는 전화를 걸지 않았던 것 같습니다.

제가 이상해진 걸까요.

뭘 하더라도 이 특집에 대해 계속 생각하고 맙니다.

처음에는 일을 맡게 돼서 기쁘고 조금 들뜬 정도일 뿐이라고 생각했습니다. 하지만 집에서 샤워하면서 생각하다 거울을 보고 깨달았습니다. 거울 속의 제가 웃고 있었습니다.

그래도 역시 재밌어.

이러는 제가 무섭습니다.

선생님은 어떠세요?

＊＊＊＊＊＊

제 반응을 기다리지 않고 오자와 군은 말을 이었습니다.

그래요. 「산으로 꾀는 것」과 「빨간 여자」와 「아키라 군」에 대한 고찰을 끝도 없이.

제가 가로막고서야 간신히 말을 멈춘 그는 한숨 돌리더니 말했습니다.

"이제 조금 남았습니다. 조금만 더 가면 될 것 같습니다. 여전히 알 수 없는 부분이 많지만, 조금만 더 가면 전부 이어져서 좋은 특집이 될 것 같습니다."

그 기세 그대로 그는 계속 말했습니다.

"여기까지 왔으니 일단 ●●●●●에 가보려고요."

제게는 그를 말릴 자격이 없었습니다.
이제는 저도 무사하지 않았으니까요.
그는 가버렸습니다.

두 달 후, 그는 죽었습니다.
아뇨, 두 달 후에 시신으로 발견되었다는 게 정확합니다.
오자와 군과 연락이 되지 않는다는 편집부의 전화를 받았습니다.
그가 더는 살아 있지 않다는 사실을 알던 저는 ●●●●● 댐에서 그가 자살했을지도 모른다고 말해주었습니다.

그는 익사체로 발견되었다고 들었습니다. 면식이 없는 여성과 함께.
두 사람의 시신은 웃고 있었다고 합니다.

여러분에게 거짓말을 해서 정말 죄송합니다.

『긴키 지방의 어느 장소에 대하여』는 이것으로 끝입니다.

인터뷰
녹취

6

노인: 마시라사마에 대해 듣고 싶다고? 엄청 기묘한 걸 조사하고 있구먼.

남성: 예. 그런데 저기, 기묘한⋯ 거라고요? 마시라사마는 신 아닙니까?

노인: 그게 신이라고? 아, 딸애가 그리 말해놨나 보네.

남성: 예. 그렇게 들었습니다. 원숭이의 신이라고요.

노인: 그렇군. 걔한텐 그렇게 가르쳤지. 이보게, 말하는 거야 상관없지만, 세상에다 대놓고 쓰거나 이야기는 안 했으면 좋겠네. 무슨 말인지 알지?

남성: 알겠습니다. 저만 아는 이야기로 하죠.

노인: 그거는 응? 신 같은 게 아니야. 그냥 남자지.

남성: 남자요?

노인: 그래. 마사루라는 이름의 남자야.

남성: 그냥 남자를 사당까지 지어 모시고 있다고요?

노인: 그렇게 안 하면 안 됐으니까 그려.

남성: 돌도 관계가 있습니까.

노인: 뭐부터 이야기해야 하나⋯. 나도 부친께 들은 이야기일세. 부친도 조부께 들었다고 하니 조부가 살아 있을 무렵의 이야기겠구먼. 메이지 무렵이지. 댐이 생기기 전에는 이 근방이 우리 동네까지 포함해서 큰 마을이었던 건 알고 있나?

남성: 예, 알고 있습니다.

노인: 이런 시골이니까, 온 마을 사람이 전부 가족처럼 지냈다고 하

네. 다만 한 집, 마사루네는 좀 달랐던 모양이야. 따돌림을 받지는 않았지만 다들 무슨 종기라도 다루듯 조심조심 대했다더구먼.

남성: 뭔가 문제가 있었습니까?

노인: 마사루네는 마사루가 어릴 적에 부친이 곰한테 물려 죽고 모친과 둘이 살았거든. 모친도 몸이 약해서 자리보전만 겨우 했다는구먼.

남성: 그러면 그 마사루란 사람이 모친을 돌보았던 건가요?

노인: 그랬다더라고. 모친과 달리 몸집도 커서 들일도 묵묵히 하는 성실한 사람이었다나 봐. 그런데 모친이 죽어버렸지. 그때부터 어딘가 이상해진 모양이야.

남성: 이상해졌다….

노인: 아마 쓸쓸했던 게지. 모친 간병하는 데 여념이 없어서 마을 회합에 얼굴 한번 내밀지 않고, 스물 넘어서도 장가를 못 갔다고 하대. 집에 틀어박혀 이상야릇한 인형에 대고 종일 말을 걸고 그랬다는 거야. 제 신부라도 되는 것처럼.

남성: 마을 사람들은 그를 그냥 내버려두었습니까?

남성: 당연히 다들 걱정했지. 진짜 살림을 차리면 마음을 다잡을 수 있을까 해서 동네에 나이 찬 규수랑 소개도 시키고 그랬대. 하지만 제대로 안 풀린 모양이야.

남성: 어째서죠?

노인: 그게… 원래 좀 이상한 구석이 있었다고 해야 하나? 사람이 조금 시덥잖았다나 봐.

남성: 그랬군요….

292

노인: 그래서 개중에는 마사루를 반쯤 재미로 놀리는 놈들도 있었다 더라고. 자네, '감나무 문답'이란 거 아나?

남성: 죄송합니다. 배움이 모자라서….

노인: 아니야, 요즘 사람은 모르겠지. 간단히 말해서 남자와 여자의 첫날밤 암호 같은 거구먼. 내가 어릴 적에도 아직 있었던 모양 이지만.

남성: 암호요?

노인: 남자가 "당신 집에 감나무 있소?"라고 물어. 그러면 여자가 "있 어요. 마침 감이 맺혔네요"라고 대답해. 그러면 또 남자가 "그 감을 받아도 되오?" 하고 묻지. 여자는 "예, 따주셔요"라고 대꾸 하는 거야. 물론 실제로는 감 같은 거 없어도 돼. 그렇게 대화를 나누면서 서로 마음이 있는지 확인하는 풍습이야.

남성: 그렇군요. 흥미롭네요.

노인: 뭐 그런 풍습이 있었는데, 마사루에게 장난스레 가르친 놈이 있었던 거지. "감이 있는지 물으면 너도 신부를 얻을 수 있다" 라고.

남성: 마사루는 그걸 실행했고요?

노인: 아니지, 뭘 착각했는지, 쉴 새 없이 온 마을 여자한테 "감이 있으 니 이리 온" 하고 다녔다는 거야.

남성: 그랬군요.

노인: 그 모양이니 다들 진저리를 쳤고, 아무 여자도 마사루에게는 다 가가질 않았다지.

남성: 가여운 이야기네요.

노인: 그랬는데… 어느날 밤, 마사루네 집 근처 사는 여자가 죽은 채

293

발견된 거야. 머리가 깨져서. 이제 범인을 찾는데, 마사루네 밭에서 피 묻은 커다란 돌이 발견됐지 뭔가. 어디서 들고 온 건지 모르지만, 이 주변 산에서는 찾아볼 수 없는 검은 바위를 떼다 온 것 같은 큰 돌이었네. 그걸 발견하고 죽은 여자의 남편과 젊은이들이 마사루를 에워싸고 마구 때렸지.

남성: 세상에… 진짜 마사루가 저지른 짓이었습니까?

노인: 그렇지 않으려나? 마사루 본인도 마을 사람들이 따져 물을 때 자기가 했다고 했으니.

남성: 마사루는 그대로 맞아 죽었습니까?

노인: 아니지, 반쯤 죽은 상태로 곁에 있던 여자를 죽인 큰 돌에 스스로 머리를 박아 죽어버렸다지 뭔가.

남성: 참혹하군요.

노인: 죽은 얼굴이 또 그렇게 무시무시했다더구먼. 눈과 입을 떡 벌리고 죽었다나.

남성: 그 후에는 어떻게 됐습니까?

노인: 그런 놈을 마을 묘에 넣을 수 없다고 해서 산속 숲에다 묻어버렸대. 그리고 묘비 대신 돌을 그 위에 얹었다는구먼.

남성: 그게 저 사당입니까?

노인: 아냐, 아냐. 그러고 나서 마을 여자가 몇 사람이나 죽었어. 다들 희한하게 죽었어. 그 돌에 머리를 박아서 죽어버렸거든. 마사루가 불러낸 거라는 말까지 나왔지.

남성: 마사루의 저주에 걸렸다?

노인: 다들 그렇게 생각한 모양이야. 그래서 산 위의 신사에 서둘러 작게 사당을 지어서 마사루의 넋을 다스리기로 했지. 그런데 본

존이 없질 않나. 그래서 그 돌을 놓고, 금줄을 둘러서 '마사루사마'라고 부르고 참배를 올리게 되었다고 해.

남성: 그걸로 마사루는 달래졌을까요?

노인: 달래진 모양이야. 다들 마사루가 입에 달고 살았던 감도 바치고, 인형도 공양했으니까.

남성: 그렇군요. 그런데 그게 왜 지금은 '마시라사마'가 된 걸까요?

노인: 그건 저기, 그래서야. 이렇게 비참한 이야기를 아이들에게는 못하니까. 그런데 마사루는 또 계속 모셔야 하고. 그래서 이름이 비슷한 '마시라사마'라는 원숭이 신이라고 말하기로 하고 후세로 전한 거야. 실제로 나도 딸애한테 '마시라사마'라고 일렀으니까.

남성: 감사합니다. 잘 알겠습니다.

노인: 딸애도 말했겠지만, 지금은 그 신사도 글렀을 거야. 신이란 존재는 잊히면 나쁜 짓을 한다고 하니. 나도 매일 불단에서 조상님한테 절을 하고 있구먼.

남성: 하지만 마사루는… 신은 아니지 않습니까?

노인: 잘 생각해 보게. 자네도 주변에서 치켜세워주면 잘나지 않아도 그런 생각이 들 거 아닌가. 그거랑 똑같지. 다들 숭상하고, 두려워하고, 그러다 보면 신이 돼버리는 거야. 그러다 점점 잊히고. 신이건 부처님이건 귀신이건 잊히면 희미해지는 법이지. 그래서 잊힐 것 같으면 나쁜 짓을 해서 자신의 존재를 알리는 거야. 내 생각은 그래.

남성: 그렇습니까. 이야기 들려주셔서 감사합니다. 그런데… 지금 하신 이야기는 전부 진짭니까?

노인: 무슨 뜻인가?

남성: 실은 저도 그 신사에 가봤습니다. 돌이 사라진 작은 사당도 제 눈으로 보았죠. 그 사당, 신사와 비슷할 정도로 상당히 오래된 것 같았습니다. 게다가 나무를 짜서 만들었더군요. 제가 본 바로는 보이는 부분에 못도 쓰지 않았습니다. 신사 건물과 마찬가지죠. 도편수나 그쯤 되는 기술이 있는 사람이 만든 것처럼 보였습니다. 급하게 만든 것 같지는 않았습니다.

노인: 갑자기 뭔 소리람. 그런 걸 나한테 물어본들 나야 모르지. 부친에게 들은 이야기를 했을 뿐이니까. 이제 됐나? 슬슬 밥 먹을 시간이구먼.

남성: 실례 많았습니다. 이야기 들려주셔서 감사합니다.

신사의 내력이
적힌 간판

【S의 인수인계 파일 『돌에 관하여 – 6』에서】

●………●…사

유…
이 신사는………에 의…면, ………라고 일컫………
………년 …지어……….
모…… 신은 ………………………………의
하나………………………이다…
…세…불명……, ……전하…따르…
……, 하늘……내려……, 귀신……을 먹………하여……
……진……하여……모시………………………
………터 …오…삼일………진………제………하여…

원고 작성용 메모→
버려진 신사의 덤불에서 간판을 발견.
풍화와 누군가에 의한 파괴, 낙서로 손상이 심각하여 판독 가능한 부
분만 기재.

『긴키 지방의
어느 장소에 대하여』
5

여기까지 읽어버리셨네요.

정말 미안합니다.

　제게는 그때, 원격으로 오자와 군과 협의한 그날부터 줄곧 그게 보였습니다.

　그것이 제 귓가에 계속 "전부 써, 전부 퍼뜨려"라고 속삭여 왔습니다.

　자고 있을 때조차 꿈속에서 속삭임이 들렸습니다.

　저도 너무 깊이 파고든 모양입니다.

　살아남기 위해 필사적으로 부적을 만들어도 속삭임은 멎지 않았습니다.

　그래도 이 이야기를 쓰고 있을 때만큼은 속삭임이 멎었습니다.

　계속 쓰는 것만이 제게 남은 살아날 방법이었습니다.

　도망치기 위해 저주에 손대고 그것을 계속 글로 썼습니다.

　어째서 그것이 저주를 퍼뜨리려 하는지 저는 알아차렸습니다.

　알아차렸으면서도 계속 글을 써서 퍼뜨렸습니다.

　저는 목숨을 건지고 싶었습니다. 아직은 살고 싶었습니다.

　여러분을 대역으로 삼아서라도.

　저는 이미 죽은 오자와 군을 찾고 있다고 거짓말을 해서 퍼뜨리기로 했습니다.

　친구가 실종되었다고 하면 마음씨 착한 여러분은 열심히 읽어주시겠죠. 그렇지 않더라도 ●●●●●라고 지명을 숨기면 거기가 어딘지 추측하기 위해 계속 읽고 싶어지겠죠. SNS로 퍼뜨리고 싶어질지도 모릅니다.

유감스럽게도 저는 알고 있었습니다. 글쟁이로서, 독자를 조종하는 효과적인 정보 발신법을.

이야기 첫머리에 제가 썼던 '여러분이 협조해 주셨으면 하는 일'이란 바로 여러분이 이 이야기를 읽는 것이었습니다.

그래도 저는 여러분에게 모든 것을 전하고 싶지는 않았습니다.

제게 남은 마지막 양심이자 저항이었습니다.

귀신과의 연이 강할수록 받는 저주도 커집니다.

그래서 도중에 몇 번이나 이야기를 끝냈습니다.

여러분이 더 이상 저주에 닿지 않아도 되도록.

하지만 그것은 허락되지 않았습니다.

몇 번씩 억지로 끝내도, 속삭임은 멎지 않았습니다.

전부 글로 써서 널리 퍼뜨릴 때까지.

제가 선택된 것은 그것에 가까웠기 때문이겠죠.

자신에게 가까운 존재에게 역할을 맡김으로써 부적보다 강력한 저주를 감염시키고 싶었겠죠.

자신에게 가까운 존재, 즉 어머니인 여성입니다.

그것은 아이를 찾아서 집집마다 들여다보았던 게 아닙니다. 어머니를 찾으려 한 겁니다.

자신에게 공감하는 여성을 찾았던 겁니다. 자신과 함께 아이를 키우기에 걸맞은 여성을.

아이를 낳고 잃은 제가, 그때 시설에서 말을 나누었던 제가 그것에게는 더없이 자신에게 가까운 여성이었겠죠.

　한 번 끊어진 연을 스스로 되살려, 어리석은 저는 다시 그것과 엮이고 말았습니다.

　그것은 매스컴을 증오했습니다. 동시에 매스컴의 확산력도 경험으로 잘 알고 있었습니다.

　그러한 의미에서도 아이를 널리 알려 키우고 싶어 하는 그것에게 글쟁이인 저는 적임이었겠죠.

　그 여자, 빨간 여자는 자기 아이를 되살리려고 했습니다.

　믿었지만 자신을 선택해 주지 않았던, 더군다나 제 아이의 목숨을 빼앗은 거짓 신에 의지해서. 그것이 무엇을 의미하는지도 모르고.

　자기 아이의 죽음을 눈앞에 두고도 빌었던, 속절없이 어리석은 여잡니다.

　그리고 속절없이 가련한 여잡니다.

　돌을 훔치고 부적의 문자를 자기 아이 이름으로 바꾸어 되살린 것은 자기 아이의 형태를 한 무언가였습니다.

　하지만 여자는 그것을 자기 아이라고 믿었습니다.

　그저, 그저 목숨을 먹어 치울 뿐인 무언가를 기르기 위해 스스로 저주에 가담하고, 더 나아가 부적으로 아무 관계도 없는 사람에게 저주를 퍼뜨렸습니다.

　숫제 귀신이 되어 마음을 잃고서도 그 짓을 반복했습니다.

　하지만 그것만으로는 모자랐습니다.

　그래서 저를 이용했습니다.

302

귀신에게 마음 따위는 없습니다. 본능을 좇아 사냥감을 찾을 뿐입니다.

자신이 신이라고 믿던 게 거짓 신이었다고 쓸 때조차 여자는 슬퍼하지 않았습니다.

인간의 도리 따위 통하지 않습니다. 귀신이란 그런 존재겠죠.

애처로운 것은 여자만이 아닙니다.

뿌리를 더듬어가면 그 남자도, 그 아이마저도 제물일 뿐이었습니다.

제물이 다시 제물을 요구하다니. 얄궂은 일입니다.

귀신은 지금도 어딘가에서 인간의 피를 마시며 거짓 신을 만들어내고 있습니다.

하지만 이제 와 그것을 알았다 한들 무슨 소용일까요?

『긴키 지방의 어느 장소에 대하여』는 정말로 이것으로 끝입니다.

저는 더는 쓸 말이 없습니다. 모든 것을 써버렸습니다.

●●●●●가 어디든, 이제 아무런 의미도 없습니다.

여러분은 너무나 강한 연을 맺고 말았습니다.

이제, 끝입니다.

지금 제게는 여자의 속삭임이 들리지 않습니다.

여자에게 용서받았는지도 모릅니다.

하지만 남자아이가 보입니다. 저기, 방구석에 서서 저를 보고 있습니다.

요컨대 그런 거겠죠.

여러분, 정말 미안합니다.

그리고 찾아내 주셔서 감사합니다.

역자 후기

삼차원의 일상으로 들이닥치는 공포

『긴키 지방의 어느 장소에 대하여』는 '세스지'라는 필명을 쓰는 작가가 KADOKAWA에서 운영하는 인터넷 소설 연재 사이트 '가쿠요무'에 2023년 1월 28일부터 같은 해 4월 20일까지 34회에 걸쳐 연재한 소설을 가필, 수정하여 단행본으로 출간한 것이다.

연재 초기, "여덟 분이나 읽어 주셨다"라며 작가가 그 소박한 성과에 기뻐했던 이 소설은 오래지 않아 "너무 무섭다"라는 입소문을 타고 연재 내내 SNS에서 크게 화제가 되었고, 완결되자마자 독자들의 기대 속에 단행본으로 출간되어 연간 베스트셀러 목록에 그 이름을 올렸다. 소설의 화제성은 미디어 믹스로도 이어져 소설을 원작으로 만화도 출간되었으며, 2025년에는 작가가 소설에 영향을 준 작품의 하나로 밝힌 영화 〈노로이〉를 연출한 시라이시 고지 감독의 손을 거쳐 실사 영화로도 개봉될 예정이라고 한다.

한창 연재 중일 때, 다른 출판사에서 채어 갈까 봐 민첩하게 작가에게 연락해서 완결하는 대로 단행본으로 출간하자고 제안한 편집자에 따르면 "자신이 무엇을 무서워했는지 이야기할 수 있는 포인트가 많다"라는 이 소설은 이른바 '모큐멘터리' 기법으로 만들어졌다. 다시 말해서 허구의 상황을 실제처럼 보이도록 만든 다큐멘터리 스타일을 빌려 만든 이야기다.

"정보가 있으신 분은 연락 부탁드립니다."

소설의 시작을 알리는 문장이다. 소설의 화자로서 이야기를 이끌어가는 작가는 이 한마디로 독자를 긴키 지방의 어느 장소로 끌어들여 이야기 속 허구의 현실을 마치 사실처럼 체험하게 한다.

왜 저토록 절박한 호소로 입을 떼는지, 그 사연에 귀를 기울여 보니 이런 이야기다.

작가는 친우인 새내기 편집자 오자와의 청탁을 받고 오컬트 잡지에 실을 특집 기사를 함께 만들어 가기로 한다. 참신한 기삿거리를 찾던 오자와는 몇 가지 으스스한 괴담에 공통으로 등장하는 긴키 지방의 어느 장소에 주목하여 괴담과 그 지역의 관련성에 대한 가설을 세우고, 작가와 정보와 의견을 나누며 고찰을 거듭해 간다. 그러던 어느날, 오자와가 그 의문의 장소 ●●●●●로 간다는 말을 남기고 실종된다.

작가는 행방불명이 된 오자와의 목격 정보를 모으기 위해 잡지 기사를 중심으로 다양한 매체에서 발췌한 괴담 기사, 사건 르포, 인터넷 익명 게시판의 글, 익명의 독자 편지 등, 매체와 연대도 다양한 글들을 《긴키 지방의 어느 장소에 대하여》라는 제목으로 묶어 웹상에 공개하고, 독자들에게 혹시 뭐라도 아는 게 있으면 연락을 달라고 당부한다.

그런데 사실, 저 글들 속 괴담과 긴키 지방의 어느 장소에는 무시무시한 사실이 숨겨져 있었으니…, 라는 게 이 소설의 전말이다. 얼핏 관계없어 보이는 사건과 상황이 ●●●●●라는 의문의 장소를 중심으로 어찌나 촘촘하게 엮여 있는지, 각각의 괴담만으로도 충분히 오싹한 마당에, 점과 점이 선을 긋고, 선과 선이 형태를 이루며 떠오르는 사건의 전말은 그야말로 소름 끼치는 한기를 선사한다. 섬뜩하고 영문 모를 사건과 사건이 특정 지역을 원점으로 하여 여러 겹 포개지면서 발현되는 악의의 선명함과 부조리함이란. 이야기가 진행됨에 따라 사건의 배경과 추가 정황이 드러나고 인물의 영문 모를 말과 행동이

개연성과 설득력을 획득하는데, 그 과정을 거치면서 독자는 지나온 이야기를 돌이켜 새삼 이해함으로써 한층 짙어진 공포를 곱씹게 될 것이다.

이게 마냥 소설 속 이야기일까, 이거 비슷한 사건을 어디서 들은 적이 있는데, 그러고 보니 여기도 그런 일이 있었지 않나…낯설지만 생각해 보면 낯설기만 하지는 않은 이야기가 이어지고, 호기심과 상상력이 풍부한 독자라면 허구가 현실을 잠식해 들어가는 순간순간, 위화감과 더불어 친근감을 느끼며 소설 속 질척하고 음습한 호러의 세계로 기꺼이 빠져든다. 한편으로는 생리적 혐오감과 함께 이런 생각도 하지 않을까. 이렇게까지 무서울 필요가 있냐고. 말 그대로 작가는, 평론가 오모리 노조미의 표현을 빌리자면 "무서운 것을 보고 싶어 하는 마음을 자극한다는 점에서 사상 최고 수준"으로 호러 모큐멘터리가 보여줄 수 있는 무시무시한 세계를 가차 없이, 아낌없이 선보인다.

혹시 아는 정보가 있으면 연락을 달라는 작가의 호소에 답이라도 하듯 책을 속속들이 읽어 가는 독자라면 이런 의문도 느낄 법하다. 왜 하필 긴키 지방이냐고. 역사적으로 옛 수도권을 아우르는 지역의 관습적인 명칭인 긴키 지방은 현대에서는 일반적으로 오사카부, 교토부, 효고현, 나라현, 와카야마현의 2부 5현을 가리키며, '서일본'을 가리키는 '간사이 지방'과도 대체로 겹친다. 다시 말해서 일본 여행에 익숙한 독자라면 낯설지 않은 곳이라는 이야기다. 작가는 한 인터뷰에서 왜 긴키 지방이냐는 질문에 일단 자신이 이 지방에 살고 있어 지리적으로 상상하기 쉬웠고, 여기 살지 않은 독자라도 수학여행이나 관광 등으로 평생에 한 번쯤은 들러봤을 곳이기에 친밀감을 느끼고 이야기에 쉽게 몰입할 수 있으리라 생각했다고 밝힌 바 있다. 작가의 이러한 의도는, 관광 등으로 그 지방이 아예 낯설지는 않을 한국 독자에게도 제법 유효할 것으로 보인다.

작중에서 사건은 인터넷, 학교, 아파트, 노래방, 캠프장, 일터 등, 우리 일상과 맞닿은 곳에서 벌어진다. 그래서 공포는 한결 즉물적으로, 즉각적으로 다가온다. 퍼즐 조각이 맞추어질 때마다 공포는 배가 되고, 종반에 이르러서는 눈덩이처럼 커진 공포가 정점을 맞이한다. 이를테면 어린 시절 들었던 괴담 한 토막의 결말같이. 눈 내리는 겨울밤, 따뜻한 벽난로 앞에서 크리스마스 선물로 들어온 지그소 퍼즐을 풀고 있던 남자는 퍼즐 조각이 맞추어질수록 어떤 위화감을 느낀다. 퍼즐의 그림이 아무래도 눈에 익어서다. 그러고 보니 누가 보낸 선물인지도 모르고, 포장을 풀었더니 퍼즐의 완성 예상도도 없이 그저 퍼즐의 판과 조각만 있었더랬다. 남자는 조심스레 남은 조각을 하나하나 맞추어갔다. 퍼즐 조각 하나를 남기고 남자는 깨달았다. 퍼즐 속 그림이 바로 지금 자신이 있는 방의 모습 그대로라는 것을. 오싹해진 남자가 떨리는 손으로 마지막 조각을 그림 속 비어 있는 창문 자리에 맞추었다. 그랬더니 그림 속 창문에 깨진 틈이 생겼다. 그 순간, 쨍그랑, 창문이 깨지는 소리가 울려 퍼진다.

마지막 조각이 맞아떨어진 순간, 남자를 덮친 공포가 이 소설을 읽고 나서 느끼는 공포와 흡사하지 않을까. 이차원의 퍼즐로 부감하던 공포가 삼차원의 내 일상으로 불현듯 들이닥치는.

작가의 의도를 따라 저주의 감염체로서, 공포를 확산하는 물신으로서 '책'이라는 형태로 세상에 나온 이 소설을 우리말로 옮기는 작업은 지난봄부터 여름에 걸쳐 이루어졌다. 평소에는 올빼미처럼 늦은 밤, 깊은 새벽에 작업하는 편이었는데, 이 소설만큼은 그런 평소 습관대로 작업할 수 없었다. 등 뒤에 뭔가 서성일 것만 같고, 창 너머로 뭔가가 들여다보고 있을 것만 같아서 도무지 불안해서 견딜 수 없었다. 원래 겁이 많아서 행여 공포 영화 광고라도 볼까 봐 여름철에는 영화관에 얼씬도 하지 않는다. 그런 사람이 감히 이 책의 번역을 맡아 공포의 감염에 한몫 보태는 일을 하였으니 어떤 의미로는 도전이었다 하겠다. 밤을 피해 낮에 작업하느라 모처럼 아침형 인간처럼 살면서 두 계절을 보냈다. 무서운 나머지 심장이 덜컥대어 해로웠으나 일찍 자고 일찍 일어나느라 애썼으니 따지고 보면 건강에 유익했던 작업이었다. 모쪼록 독자 여러분도 이 책에서 비롯되는 새로운 차원의 공포감을 자신만의 방식으로 마음껏 즐기시기를….

긴키 지방의
어느 장소에 대하여

초판 1쇄 발행 2025년 4월 10일
초판 5쇄 발행 2025년 5월 2일

지은이. 세스지
옮긴이. 전선영

책임편집. 김혜영
디자인. 6699프레스
책임마케팅. 최혜령, 박지수, 도우리
마케팅. 콘텐츠IP사업본부
해외사업. 한승빈
경영지원. 백선희, 권영환, 이기경, 최민선
제작. 재영P&B

펴낸이. 서현동
펴낸곳. ㈜오팬하우스
출판등록. 2024년 5월 16일 제2024-000141호
주소. 서울특별시 강남구 테헤란로 419, 11층
(삼성동, 강남파이낸스플라자)
이메일. info@ofh.co.kr

ⓒ 세스지
ISBN 979-11-94654-06-3(03830)

취재 자료

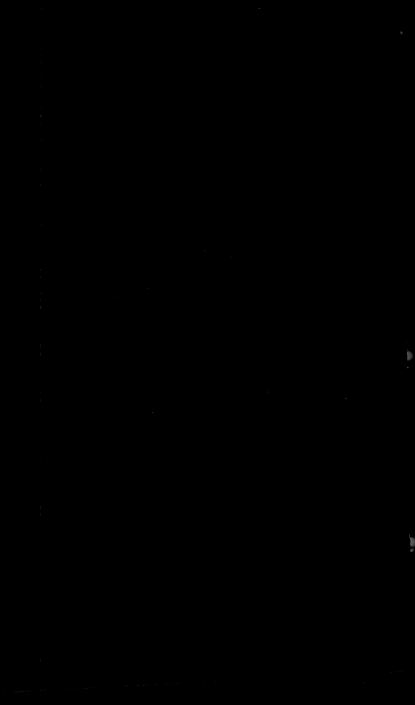